Albrecht Göstemeyer

DAS FENSTER ZUR UNENDLICHKEIT

Albrecht Göstemeyer

DAS FENSTER ZUR UNENDLICHKEIT

ROMAN

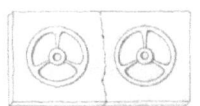

Information der deutschen Nationalbibliothek:
Die Deutsche Nationalbibliothek verzeichnet diese Publikation
in der Deutschen Nationalbibliografie; detaillierte bibliografische
Daten sind im Internet über dnb.dnb.de abrufbar.
Herstellung und Verlag:
BoD - Books on Demand, Norderstedt
ISBN: 9 783 754 361 047

BERLIN, IM JANUAR 2010

Eine bleigraue, unfreundliche Luftglocke hatte sich über Berlin gesenkt, wie ein Raumschiff, und bedeckte die Straßen, Plätze und Parks. Ihre winterliche Herkunft ließ einen eisigen, mineralischen Hauch spüren, der über Zunge und Gaumen in die Lunge strömte und sich dort ungesund verteilte.

Der Dauerfrost hielt schon über Wochen an und ließ sich durch die magere Morgensonne nur wenig mildern. Ihr kleiner Anflug von Wärme bewirkte, dass die Kälte über die Fassaden der Häuser hinabfiel und sich kriechend über den frosttoten Boden hermachte, der wegen der Salzüberschüttungen bereits resigniert hatte. Das ständige Auftauen und Wiedergefrieren hatte ihn zermürbt und so kam es dazu, dass er neben eisglatten Rutschbahnen, die sich am Mittag glänzend spiegelten, hartgefrorene Placken bildete, die sich so verfestigten, dass sie nur mühsam mit Eishacken zu beseitigen waren. Der Berliner Senat hatte es längst aufgegeben, die öffentlichen Wege und Straßen von den Ausscheidungen dieses Winters freizuhalten und begnügte sich damit, sie mit Asche und Sand zu überdecken, um die Bewegungen der Menschen und Fahrzeuge darauf zu ermöglichen, so folgenlos, wie es eben ging.

Sie stand jetzt vor dem Fenster ihres Schlafzimmers, das sie seit zwei Jahren mit ihrem Freund Paul teilte, unausgeschlafen und halb angezogen, und schaute auf die Zehlendorfer Matterhornstraße, die sich vom Mexikoplatz bis hin zum Südufer des Schlachtensees schlängelt. Sie genoss die heimelige Wärme der gusseisernen Heizkörper, die für die Behaglichkeit in den Räumen dieser alten kleinen Villa sorgten und empfand gleichzeitig die von dem Fenster

5

ausgehende glitzernde Kälte als unangenehm beißend. Offensichtlich hatten die Erbauer des Hauses Geld sparen wollen, indem sie bei dessen Planung nur für die Wohnräume Doppelfenster vorgesehen und bei den Schlafräumen darauf verzichtet hatten.

Auf der Straße war nicht viel los. Ein paar vorsichtige Autos kamen vorbei und eine einzelne, dick eingekleidete Person schob missmutig ein rollendes Gefährt vor sich hin, hoch bestapelt mit Packen von Zeitungen. An jeder Haustür warf sie eine Zeitung in den Briefkasten, wahrscheinlich eines dieser Werbeprodukte, die kaum gelesen, doch meist umgehend entsorgt werden.

Der Nachbar von gegenüber kam fröhlich pfeifend aus der Tür und bemühte sich, mit einem Spaten die Eisplacken vor seiner Haustür zu beseitigen. Wenn es ihm gelang, gab es ein knackendes Geräusch und der Eisplacken flog zur Seite und verschwand unter den winterschlafstarren Sträuchern an seinem Grundstückszaun.

Jessica Andert überlegte, was sie anziehen solle. Sie entschied sich für eine schwarze Wollhose von Bogner und einen pinkfarbenen Kaschmirpullover. Normalerweise ging sie nicht ohne hochhackige Schuhe aus dem Haus, doch Wetter und Eisglätte verlangten eine andere Wahl. Also nahm sie aus ihrem Schuhschrank ein paar neue, schwarzglänzende Halbschuhe heraus, die in ihrem vorderen Anteil mit durchbrochenen, schwarzen Lederapplikationen versehen waren. Sie hatte sie vor einer Woche in einem Geschäft am Kurfürstendamm gekauft.

Es war der dritte Sonnabend im Monat, der Tag, an dem sie sich regelmäßig mit ihrer Freundin Isabell im Café Einstein in der Kurfürstenstraße zum Frühstück traf. Jessica, jetzt wach geworden und munter, lief über die breite Treppe der Villa nach unten, warf sich einen warmen, dunklen

6

Wollmantel über, schloss ab und ging zu ihrem Auto. Der VW Golf eierte etwas beim Start, sprang dann aber an und sandte eine milchige Wolke aus dem Auspuff. Sie überlegte, welchen Weg sie in die Innenstadt nehmen wolle und entschied sich, über den Hohenzollerndamm zu fahren.

Die Kurfürstenstraße war um diese Zeit noch wenig belebt und es gelang ihr, in der Nähe ihres Treffpunktes einen Parkplatz zu finden. Doch das Café Einstein, in den Räumen einer alten repräsentativen Villa angesiedelt, hatte nur wenige Tische frei; lebhaftes Stimmengewirr drang in ihre Ohren.

Sie schaute sich kurz um und erblickte Isabell Wolter, die an einem Zweiertisch saß und ihr zuwinkte. Sie ging zu ihr hin und setzte sich.

„Hab mich etwas verspätet", entschuldigte Jessica. Isabell machte eine wegwerfende Handbewegung.

„Nicht schlimm, ich bin selbst gerade gekommen. Es ist immer noch elend kalt und ich bin bis hierhin fast gelaufen, nachdem ich das Auto abgestellt hatte." Sie zog die Schultern zusammen, um ihr Frösteln anzudeuten.

Isabell war eine schlanke, hübsche Frau, etwas größer als Jessica. Sie hatte ihre Haare dunkelrot gefärbt und zusammengebunden; über ihrer Jeans trug sie einen dicken, weißen Rollkragenpullover. Jessica wirkte etwas gedrungener und verfügte ebenfalls über eine ansprechende Figur, deren Formen sie durch ihre Kleidung mehr betonte als Isabell. Ihre dunkelbraunen Haare, sorgfältig gekämmt, fielen ihr lang über die Schultern.

Eine Servieren kam. Isabell bestellte ein gemischtes Frühstück und Jessica zwei weichgekochte Eier im Glas und ein Croissant mit Butter und Orangenmarmelade, dazu schwarzen Filterkaffee für beide.

7

Die Frauen kannten sich seit ihrer Studienzeit an der Hochschule der Künste. Sie hatten beide Medienwissenschaften und Kulturjournalistik studiert. Über Jahre wohnten sie zusammen in einer Wilmersdorfer Altbauwohnung. Es war eine ereignisreiche Zeit gewesen, die sie eng zusammenschweißte. Isabell arbeitete jetzt bei rbb, dem Sender Berlin Brandenburg und Jessica hatte eine Stelle bei einem Kreuzberger Verlag angetreten, der auf Fachzeitschriften und Sachbücher spezialisiert war. Weil sie jetzt weit auseinander wohnten – Isabell lebte in Prenzlauer Berg und Jessica bei ihrem Freund Paul Voigt in Zehlendorf – trafen sie sich im „Einstein", das ungefähr in der Mitte lag.

Isabell erzählte von ihrer Arbeit beim Sender, die sie zwar fordere, aber auch sehr viel Spaß mache, denn man betraue sie im Moment mit vielen unterschiedlichen Aufgaben; es solle sich wohl herausstellen, für welchen Arbeitsplatz sie auf die Dauer am besten geeignet sei.

„Bei uns geht es etwas weniger aufregend zu", sagte Jessica. „Ich bin beim Lektorat beschäftigt. Doch wir haben ein super Arbeitsklima in unserem Betrieb und treffen uns auch oft nach der Arbeit privat."

„Privat, das ist das Stichwort. Wie geht es Paul und eurer Beziehung?" In diesem Moment kam das Frühstück. Jessica zog die Stirn kraus.

„Erst mal essen, dann kommt der Bericht." Sie griff zum Löffel. Die Frauen aßen schweigend. Als Isabell zwischendurch einmal prüfend ihre Freundin anschaute, legte Jessica das Besteck zur Seite und reagierte darauf.

„Es ist kompliziert mit Paul, wie immer. Der Mann führt ein ausgeprägtes Eigenleben und lässt sich ungern durchschauen. Das muss daran liegen, dass er als Einzelkind aufgewachsen ist. Außerdem möchte er oft allein sein, manchmal auch über Nacht. Ich kann ihm daraus keinen

8

Vorwurf machen, denn als ich zu ihm gezogen bin, hat er mir klar gesagt, dass er das brauche."

„Er geht also fremd?"

„Nein, wahrscheinlich nicht. Ihm gehört immer noch diese Wohnung seines Onkels über dem Laden und er übernachtet dann dort. Ich habe ihn einige Male heimlich kontrolliert. Er war jedes Mal allein."

„Wozu braucht er das?"

„Keine Ahnung. Ich habe ihn mal gefragt, er sagte, er könne nicht 365 Tage im Jahr über 15 Stunden Menschen um sich haben, schon gar nicht dieselben, also auch mich nicht."

„Und wie läuft es mit eurem ... Sex?"

„Objektiv gibt es nichts zu klagen. Paul ist phantasievoll, zärtlich und ausdauernd. Und doch ist sein Sex von einer eigenartigen Beiläufigkeit. Am Anfang habe ich das seiner Erfahrenheit gutgeschrieben, die wollte ich ja. Du weißt, dass ich ihn schon als Kind kennengelernt habe. Die Voigts und meine Eltern sind befreundet, denn Pauls Vater war Geschäftsführer einer Fabrik, die irgendwas Elektrisches machte und mein Vater ist Industriekaufmann, wie du weißt. Aus den geschäftlichen Bindungen wurden private Bindungen und so kam es, dass Paul in meinem Elternhaus am Stölpchensee ein und aus ging. Als ich so um die sechzehn Jahre alt war, war ich total in Paul verschossen, eine pubertäre Leidenschaft, die wohl bis heute angehalten hat. Paul ist zwar zehn Jahre älter als ich, ich mochte das und es hat mich nie gestört. Er sieht gut aus mit seinem großen und muskulösen Körper, ist gelassen, hat gute Umgangsformen – der perfekte Mann, so schien es mir. Er war eben ganz anders als die Jungs in der Schule, eher etwas konservativ mit seinem kurzen Haarschnitt und seiner dezenten und trotzdem edlen Kleidung, das mag ich. Außerdem hatte er schon Erfahrung mit Frauen, auch das mag ich. Wenn er bei uns zu Hause

9

auftauchte, fing mein Herz an zu klopfen und wenn ich allein in meinem Bett lag, kamen mir wilde Fantasien - na ja, manchmal bin ich sogar ein bisschen feucht geworden. Zu meinem Leidwesen hat er sich damals nie um mich gekümmert. Dabei bin ich überzeugt, dass er gemerkt haben musste, dass ich auf ihn stand. Um so etwas zu übersehen, ist er viel zu erfahren. Die Wende kam erst viel später, kurz vor dem Ende meines Studiums und nachdem ich selbst ein paar Beziehungen hatte, wem sage ich das jetzt? Ich ging mit ihm aus und er sprang an. Den Rest kennst du."

„Dann sei doch zufrieden!"

„Nein, bin ich nicht. Was mir fehlt, ist die bedingungslose Nähe, die ich mit ihm haben möchte, wir sind weder ineinander verschlungen noch miteinander verzahnt, wenn du verstehst, was ich meine. Wir sind eher zwei einzelne Individuen, die miteinander leben und miteinander schlafen, dies durchaus alles in Harmonie wegen Pauls Erfahrung und Einfühlungsvermögen. Und manchmal denke ich, er hat die Stute erst so spät genommen, weil er wollte, dass sie eingeritten war."

Jessica stach wütend in die Eier im Glas, ein Eigelbspritzer landete auf ihrem Kaschmirpullover.

„So eine Scheiße! Der Pullover ist im Eimer. Will hoffen, dass die Reinigung ihn wieder hinkriegt."

In diesem Moment musste Isabell sich bremsen, um das leise Lächeln, mit dem sie Jessicas Ausführungen begleitet hatte, nicht zum Lachanfall werden zu lassen. Jessica merkte es.

„Fang nicht an, zu spotten! Erzähl mir lieber, wie es bei dir aussieht!"

„Na, Jessica, ich hätte jetzt nicht gelacht, um dich auszulachen. Ich finde, eure Beziehung ist mehr als spannend und so eine Beziehung würde ich selbst gern haben. Ich hab mich

10

in der letzten Zeit ein bisschen ausprobiert und musste feststellen, dass nichts Passendes dabei war. Um ein Haar hätte ich mich in einen Kollegen verliebt, schöne Vorstellung, doch getrübt dadurch, dass der Mann verheiratet ist. Dem kurzen Glück wäre ein Rattenschwanz von Problemen gefolgt, ich habe es abgebrochen."

Die Frauen wechselten das Thema und unterhielten sich über andere Dinge, Mode, Berliner Ereignisse und ihr Vorhaben, demnächst zusammen auszugehen. Eine halbe Stunde später standen sie auf und verließen das Einstein.

Die eisige Winterluft überfiel sie wie ein Schock. Weil ihre Autos nicht weit voneinander entfernt standen, konnten sie noch eine Weile zusammen die Kurfürstenstraße entlang gehen. Auf der anderen Straßenseite erblickten sie mehrere junge Mädchen, die am Straßenrand standen. Die Mädchen trugen kurze Röcke und weiße oder rosafarbene Strumpfhosen und hielten Handtaschen in den Händen. Obwohl sie oben herum dick angezogen waren, bibberten sie vor Kälte.

„Das ist der Babystrich", sagte Jessica, „die armen Würmer. Die machen das nicht freiwillig, sondern sind drogensüchtig oder wurden von anderen geschickt. Ich verstehe nicht, dass sich keine Behörde um sie kümmert."

„Kümmern schon", bemerkte Isabell. „Unser Sender hat mal einen Bericht über sie gedreht. Die Mädchen werden eben von den Behörden verwaltet. Und es ist wie immer bei den Behörden: wenn sie etwas verwalten, glauben sie, das Problem wäre gelöst."

Sie erreichten das Auto von Jessica. Isabell ging langsam weiter und rief: „Bis in vier Wochen." Jessica hielt einen Moment inne.

„Wenn du möchtest, könnten wir uns am nächsten Sonntag bei mir in Zehlendorf treffen. Paul fährt an diesem Tag zu einem Kunden, um ihm die gesamte Zinnfigurensamm-

11

lung abzukaufen und kommt erst am Montag wieder. Du kannst also auch bei mir übernachten." Isabell überlegte.

„Würde gehen, ich habe an dem Tag nichts vor. Also bis nächsten Sonntag. Wir hören vorher noch voneinander." Sie verabschiedeten sich.

Paul Voigt bog mit seinem Mercedes bei Hessisch Oldendorf in Richtung Bückeburg nach Steinbergen ab, seinem Ziel. Die morgendliche Glätte hatte bei Bad Eilsen zu einem Verkehrsunfall mit Stau auf der Autobahn geführt, so dass er sie eine Abfahrt vorher verließ. Es folgte ein Anstieg, da die Bundesstraße nun das Wesergebirge überquerte und nach kurzer Zeit kam Steinbergen in Sicht, das sich am bergigen Hang entlang zog. Unübersehbar, wie eine Wächterin, ragte die große neugotische Kirche aus roten Ziegeln am Ortseingang in die graue Winterluft. Der Ort selbst strahlte einen etwas verblichenen Charme aus. Beiderseits der Straße wurden Geschäfte, eine Autowerkstatt und locker verstreut villenartige Gebäude sichtbar, manche nicht bewohnt. Sie stammten offensichtlich aus den zwanziger und dreißiger Jahren des letzten Jahrhunderts. Es schien sich um ehemalige Pensionen und Hotels zu handeln.

Den Gasthof, in dem er sich einquartieren wollte, fand er auf der linken Seite. Er steuerte ihn an und ließ sich vom Wirt den Zimmerschlüssel aushändigen; das wenige Gepäck, das er mitgenommen hatte, trug er eine Treppe hinauf in sein Zimmer. Eiskalte Luft schlug ihm entgegen. Als erstes drehte Paul die Heizkörper voll auf; sie gaben ein knisterndes Geräusch von sich. Dann schaute er sich das Zimmer an. Es war ein Doppelzimmer von normaler Größe. Die Einrichtung, Bett, Schrank, Tisch und zwei Stühle aus einfachen dunklen Möbeln, schien in die Jahre gekommen zu sein und wirkte etwas abgegriffen. Paul hob die Bettdecken an, sie waren schwer von Feuchtigkeit. Gegenüber vom Bett stand auf einem Hocker ein kleiner Fernseher, an der Wand hing das Foto einer Alpenlandschaft, ein billiger Druck. Sonst befand sich außer einem Papierkorb nichts im Zimmer. Das Bad war klein, aber in Ordnung. Paul beschloss, zufrieden zu sein und verließ den Gasthof.

Anlass der Reise war es, einem Kunden, den er nur telefonisch kannte, die Zinnfiguren abzukaufen, die dieser im Laufe seines Lebens gesammelt hatte. Paul besaß einen kleinen Laden für antike Zinnfiguren und Orden in der Charlottenburger Bleibtreustraße. Ursprünglich hatte er vorgehabt, wie sein Vater in die Wirtschaft zu gehen und deswegen Betriebswirtschaft studiert, sehr aufwendig sogar, mit Aufenthalten in London und New York. Doch vor einigen Jahren war sein Onkel gestorben und hatte ihm sein gesamtes Vermögen hinterlassen, welches aus dem Haus in der Bleibtreustraße, in dem sich der Laden befand, der Villa in Zehlendorf und einer beträchtlichen Summe von Bargeld und Wertpapieren bestand. Der Onkel war nicht verheiratet und hinterließ keine Nachkommen; es gab auch keine weitere Verwandtschaft, die als Erben in Frage gekommen wären. Bei der Durchsicht der Bücher fiel ihm auf, dass der Laden einen Gewinn abwarf, den er aus einer Angestelltentätigkeit in der Wirtschaft nur in Ausnahmefällen würde erzielen können, und so übernahm er das Geschäft.

Das Geheimnis des Ladens lag in seiner Spezialisierung. Er lebte weniger von der Laufkundschaft als vielmehr von Handelsgeschäften in alle Welt und war bei Sammlern weit über die Landesgrenzen bekannt, da es weltweit nur wenige gab, die professionell mit alten Zinnfiguren und Orden handelten. Zinnfiguren gab es schon als Spielzeug in der Römerzeit, zwar nur wenige, die in den Museen gehütet wurden, doch dann wieder seit dem Spätmittelalter in ganz Europa, ebenso wie Orden. Darunter befanden sich Exemplare aus den Königs- und Fürstenhäusern von enormem Sammlerwert. Es gehörte zu der Grundvoraussetzung dieses Geschäftes, dass man sich in dem Metier perfekt auskennen musste; dazu hatte ihm der Onkel verholfen, der wusste, dass Paul ihn einmal beerben würde. Vieles hatte ihm auch

14

Richard Wendler beigebracht, Roberts langjähriger Angestellter, den Paul übernommen hatte und der ihn vertrat, auch bei längeren Reisen, denn er konnte Paul in voller Weise ersetzen. Das war noch ein weiterer Vorteil und Grund, den Handel des Onkels zu übernehmen und weiterzuführen.

Der Kunde aus Steinbergen, ein ehemaliger evangelischer Pastor, hatte ihn vor einer Woche angerufen und ihm seine Sammlung angeboten; er wolle sie wegen seines hohen Alters abgeben und weil er befürchte, dass seine Kinder sie einmal in Unkenntnis ihres Wertes zu einem viel zu niedrigen Preis verkaufen würden. Nach der Beschreibung des Kunden vermutete Paul, dass sich darunter Stücke von einigem Wert befinden könnten. Auf diese Weise hatte es ihn in den wenig bekannten Ort Steinbergen verschlagen.

Der Kunde wohnte in einem Einfamilienhaus am nördlichen Ortsrand, kurz vor dem Pass über das Wesergebirge. Er klingelte an der Tür. Der Pastor öffnete und begrüßte ihn.

„Herzlich willkommen! Sie sind fast zu spät gekommen, in einer Viertelstunde gibt es Mittagessen. Sie sollen mit uns essen und bevor wir uns meine Zinnfiguren anschauen, machen wir noch einen kurzen Spaziergang, auf dem ich Ihnen einiges erklären möchte, was mit den Zinnfiguren zusammenhängt." Er schaute auf den Himmel. „Es sieht so aus, als wenn wir Glück haben könnten und die Sonne durchkommt."

„Vielen Dank für die Einladung. Wenn ich ehrlich bin, muss ich gestehen, es ist mir sehr recht, denn langsam werde ich hungrig. Die Fahrt von Berlin durch den Winter hat viel länger gedauert, als ich erwartet habe." Sie traten ein.

Paul begrüßte die Frau des Pastors und kurze Zeit später saßen sie am Mittagstisch. Nach dem Essen zogen sie sich warm an und verließen das Haus.

Die Hoffnung des Pastors hatte sich erfüllt, die dichte Bewölkung war gewichen und Sonnenstrahlen blitzten hervor. Sie nahmen einen Weg am Wald entlang nach Norden; der Pastor bemerkte, es sei nur eine kurze Steigung, die sie zu überwinden hätten. Es war seit einer Woche etwas wärmer geworden und so glänzten die von Eis ummantelten Zweige der Buchen und Büsche in der Sonne, manchmal fiel auch ein Tropfen herunter. Zur Rechten lag das Gras der Wiesen noch geknickt am Boden, doch der Raureif löste sich langsam auf. Sie erreichten den Pass.

Weit lag die Landschaft um Bückeburg vor ihnen. Am Bergrand zog sich das Band der Autobahn entlang. Im Hintergrund erhoben sich die Bückeberge. Der Pastor machte Halt.

„Sehen Sie die beiden Bauwerke vor uns? Das rechte Bauwerk heißt Jahrtausendblick und wurde im Jahr 2000 gebaut. Es ist eine Art Rampe, ein Aussichtspunkt. Es soll eine Schnittstelle zwischen Vergangenheit und Zukunft verkörpern. Man hat es anlässlich der Weltausstellung in Hannover errichtet. Der Name passt gut, denn die Arensburg auf der linken Seite ist uralt, sie stammt aus dem frühen vierzehnten Jahrhundert. Auch der Ort Steinbergen ist eine Schnittstelle. Denn hier stoßen zwei kleine alte Länder zusammen: südlich die Grafschaft Schaumburg und nördlich die Grafschaft Schaumburg-Lippe, das spätere Fürstentum. Sie entstammten einer Teilung der ursprünglichen Grafschaft Schaumburg im sechzehnten Jahrhundert."

„Und wie kam die zustande?"

„Weil das Geschlecht der Grafen von Schaumburg ausgestorben war. Durch Erbschaft fiel der südliche Teil an den Landgraf zu Hessen-Kassel und der nördliche Teil an die Grafen zur Lippe. Was jetzt vor uns liegt, ist das ehemalige Fürstentum Schaumburg-Lippe mit der Residenzstadt

16

Bückeburg. Steinbergen gehörte übrigens dazu, der einzige kleine Zipfel auf der südlichen Seite des Wesergebirges."

„Und wo liegt die Schaumburg?"

„Ganz in der Nähe von Steinbergen. Doch man kann sie von hier aus nicht sehen. Lassen Sie uns noch ein wenig weiter gehen, wir wollen uns die Arensburg etwas näher anschauen." Wenige Minuten später blieb der Pastor wieder stehen.

„Sehen Sie die Teiche vor der Burg?" Paul nickte.

„Das sind die Hexenteiche mit ihrer finsteren Vergangenheit. Hier wurde mit angeblichen Hexen die Wasserprobe vorgenommen. Man fesselte sie und warf sie hinein. Gingen sie unter, konnten sie freikommen, schwammen sie oben, wurde ihnen der Hexenprozess gemacht."

„Hexenprozess? Ich denke, hier in der Gegend ist man protestantisch?" Der Pastor drehte sich zu Paul und lächelte.

„Es ist weitverbreitete Meinung, dass es nur bei den Katholiken Hexenverfolgungen gab. Dabei kamen sie bei den Protestanten genauso häufig vor. Selbst Luther glaubte an Hexen; während er den Reliquienaberglauben ablehnte, legte er den Hexenaberglauben nicht ab. Er war eben ein Kind seiner Zeit. Hier in der Gegend gab es in Rinteln einmal eine Universität mit juristischer Fakultät, die sich unrühmlich dadurch bekannt machte, dass sie Hexenprozesse unterstützte. Es war ausgerechnet ein Katholik, der Jesuitenprofessor Friedrich Spee, der im siebzehnten Jahrhundert ein Buch gegen den Hexenaberglauben geschrieben hat. Dass es in Rinteln gedruckt wurde und erschienen ist, wird seine volle Absicht gewesen sein. Doch es hat seine Gründe, warum ich Ihnen dies alles zeige. Ich habe die Pastorenstelle in Steinbergen lange ausgeübt und mich viel mit der Heimatgeschichte des Ortes beschäftigt. Zu diesem Thema habe ich viele meiner Zinnfiguren gesammelt, die Sie gleich sehen

17

werden. Die Figuren sind für mich wie ein Fenster in die Vergangenheit."

Sie gingen zurück, nur wenig miteinander sprechend. Paul merkte, dass der Pastor seinen eigenen Gedanken nachging.

Im Haus des Pastors angekommen. machte sich dieser daran, verschiedene Kartons zu holen, um dem Gast seine Zinnfiguren zu präsentieren. Zum Schluss breitete er ein Tuch aus, das er selbst bemalt hatte. Auf dem Tuch war eine blaue Fläche zu sehen, das Steinhuder Meer und eine Insel, die Festung Wilhelmstein.

„Die Festung Wilhelmstein ist ein Kuriosum, Herr Voigt. Graf Wilhelm zu Schaumburg Lippe hatte sie im Jahr 1767 errichtet, weil er Angst um sein kleines Land mit nur 17 000 Einwohnern hatte. Die Angst war berechtigt, war doch die Grafschaft von mächtigen Nachbarn, den Hannoveraner Welfen, Preußen und den hessischen Landgrafen umgeben. Aus diesem Grund hatte er das Land mit einem hervorragend ausgebildeten Militär, fast an die tausend Soldaten, ausgestattet. Dessen berühmtester Fachmann war der General Gerhard von Scharnhorst, der später in preußische Dienste trat. Wilhelmstein sollte ein Rückzugsort sein, ein Refugium wie die Atombunker bei uns aus den siebziger und achtziger Jahren, deren Bau gefördert wurde. Die Kanonenkugeln der Gegner konnten die Festung auch deswegen nicht erreichen, weil es kaum möglich war, die Geschütze am sumpfigen Ufer des Sees aufzubauen. Und diesen Zweck hat sie wirklich einmal erreicht, als der Landgraf von Hessen-Kassel zwanzig Jahre später mit seinen Soldaten das kleine Land nach einem Erbschaftstreit überfiel."

„Und wie ging das Ganze aus?"

„Die Hessen konnten tatsächlich die Festung nicht einnehmen. Doch letztlich mussten sie weichen, weil die Han-

18

noveraner und Preußen den Schaumburgern zur Hilfe kamen. Doch die Politik des Zwerges aus dem Weserbergland zahlte sich aus. Schaumburg–Lippe wurde später zum Fürstentum erhoben und blieb bis 1946 Freistaat im Deutschen Reich. Die Mitglieder seines Adelsgeschlechtes zählen bis heute zum europäischen Hochadel. Doch jetzt lassen Sie uns zu den Zinnfiguren kommen."

Der Pastor packte zwei Kartons aus und stellte die Figuren auf das Tuch. Es handelte sich um Soldaten aus dem achtzehnten Jahrhundert. Ein Teil ihrer Uniformen war mit den Farben Dunkelblau und Weiß bemalt, den Farben der Uniform von Schaumburg Lippe. Er stellte sie auf die Fläche des Tuches, das die Festung Wilhelmstein darstellte. Ein paar der Figuren trugen schwarze Uniformen, er stellte sie dazu und bemerkte:

„Die gehören zu den „Schwarzen Teufeln von Bückeburg", wie sie von den Feinden wegen ihrer Kampfkraft und Tapferkeit genannt wurden, dem sogenannten Karabinierkorps."

Den Rest der Figuren verteilte er um die blaue Fläche, die das Steinhuder Meer darstellen sollte. Hier handelte es sich um die Soldaten von Hessen-Kassel; sie trugen ähnliche Uniformen wie die Schaumburger, nur dass die Uniformen auch Gelb und manchmal rote Applikationen zeigten.

„Und woher haben Sie die Sammlung?"

„Ich habe sie einem Sammler aus Bückeburg abgekauft. Ich nehme aber an, dass sie ursprünglich aus fürstlichem Besitz stammt. Und jetzt habe ich noch etwas Besonderes für Sie."

Er holte einen weiteren Karton herbei. Es handelte sich um Szenen aus der Hexenverfolgung: bunt bemalte Hexen, Richter in roten Roben, einen Priester im schwarzen Talar mit Kreuz, einen großen Henker mit Richtschwert, zwei seiner Gehilfen mit Folterinstrumenten und schließlich die größte Figur, eine Hexe auf einem Scheiterhaufen. Dazu stellte er Figuren, die Schaulustige darstellen sollten: Bauern, Handwerker und Marktfrauen in historischen Gewändern.

„Aus welcher Zeit könnten die Figuren stammen, Herr Voigt?"

„Ich nehme an, aus der Mitte des neunzehnten Jahrhunderts, aus der Zeit des Biedermeier und der Romantik. Nachdem die Gebrüder Grimm ihre Märchensammlung herausgegeben hatten, wurden auch viele Märchenfiguren in Zinn gegossen. Aber derartige Figuren habe ich noch nie gesehen."

Der Pastor packte noch eine weitere Reihe von Kartons aus. Sie enthielten außer soldatischen Motivfiguren Darstellungen von Menschen verschiedener Stände, prächtig bemalte Figuren der Fürsten- und Königshäuser wie perückentragende Damen und Kavaliere, Bürger in ihren Feiertagsanzügen, spielende Kinder, bäuerliche Gestalten wie Mägde, Knechte, Bauersfrauen und schließlich Haus- und Wildtiere.

„Die Figuren habe ich oft hervorgeholt und aufgestellt, wenn mir danach war", bemerkte der Pastor. „Die ältesten stammen aus dem sechzehnten Jahrhundert. Sie sind wie ein Spiegelbild ihrer Zeit. Ich konnte lange nachsinnen und in die Vergangenheit blicken, wenn ich sie betrachtete."

Es war eine umfangreiche und anspruchsvolle Sammlung. Nach dem Tee machte Paul ein Angebot von siebentausend Euro. Der Pastor war angenehm überrascht.

„So viel? Ich hatte höchstens mit fünftausend Euro gerechnet!"

Das Geschäft kam zustande. Paul packte die Kartons in das Auto, verabschiedete sich von dem Pastorenehepaar

20

und fuhr zum Gasthof. Mittlerweile überzog Dunkelheit den Ort und brachte kriechende Kälte mit sich.

Die Gaststube war nur mäßig besucht und daher spärlich beleuchtet. In einer Ecke saßen skatspielende Biertrinker, wohl Einwohner, und an zwei weiteren Tischen je zwei Männer in Anzügen, die aßen und dabei lebhaft diskutierten. Paul hielt sie für Vertreter. Es roch nach kaltem Rauch und säuerlichem Bier. Die Serviererin kam, eine verblühte Blondine, jedoch sehr freundlich. Er hatte keinen großen Hunger und bestellte zwei Spiegeleier und einen Salat, dazu eine Flasche Rotwein. Nach dem Essen verschwand er auf sein Zimmer und nahm die angefangene Flasche mit.

Feuchte Wärme schlug ihm entgegen. Die Heizung hatte wohl einen Teil der Feuchtigkeit aus den Betten getrieben und in die Raumluft befördert. Paul öffnete das Fenster einen Spalt, zog sich aus, stellte den Fernseher an und kroch unter eine der Bettdecken. Die Flasche mit dem Rotwein und ein Zahnputzglas hatte er auf den Nachttisch gestellt. Er zog seine Bettdecke noch höher und schaute sich die Nachrichten an. Danach gab es einen Krimi, er interessierte ihn nicht. Stattdessen füllte Paul sein Glas und trank es in einem Zug halb aus. Langsam wurde es unter der Bettdecke warm. Er schaltete den Fernseher aus, legte sich auf die Seite, machte die Augen zu und stützte seinen Kopf in die Hand. Dunkelheit und Wärme beflügelten seine Gedanken. Er dachte an Jessica. Seine Freundin und Geliebte kannte er seit ihrer Geburt, das empfand er als gleichermaßen rührend und verstörend.

Pauls Vater Manfred Voigt stammte aus Baden-Württemberg und war Ende der fünfziger Jahre nach Berlin gezogen. Mit Partnern gründete er eine Fabrik für elektrische und feinmechanische Bauteile, die meistens an Firmen

21

der Unterhaltungselektronik oder des Maschinenbaues geliefert wurden. Es war eine Nische, weil die ursprünglich in Berlin heimische Großindustrie wegen der Abschnürung des Hinterlandes immer mehr schrumpfte. Zudem bekamen derartige Firmen Subventionen vom Bund, sonst wären sie nicht lebensfähig gewesen. Sein Vater war Geschäftsführer der Firma, die sich als außerordentlich erfolgreich erwies. Daran hatte Jessicas Vater Gerhard Andert als Industriekaufmann großen Anteil, weil er ihr die Kunden vermittelte. Beide, Voigt und Andert, kamen schnell zu Wohlstand und erwarben Villen in Berlin Wannsee, Andert sogar in der ersten Reihe am Stölpchensee.

1974 kam Paul zur Welt, als einziges Kind der Familie Voigt. Mit den beiden Söhnen der Familie Andert wuchs er zusammen auf. Die Familien waren befreundet und trafen sich oft privat; Paul brauchte nur vom Elternhaus eine Straße weiterzugehen, um die Söhne der Familie Andert zu treffen. Ihren Vater Gerhard Andert redete er meist mit „Onkel Gerhard" an.

Jessica wurde im Mai 1984 geboren. Paul erinnerte sich noch gut daran, wie sie in ihrem Babybett lag, lächelnd und mit roten Bäckchen. Sie war ein kräftiges, gesundes Kind und als sie heranwuchs, sah sie Paul ebenso als großen Bruder an wie ihre eigenen Brüder. Als einziges Mädchen beider Familien wurde sie maßlos verwöhnt, auch von Pauls Eltern. Als Jessica acht Jahre alt war, zog Paul aus und begann zu studieren, zunächst in Westdeutschland, dann im Ausland. Nach dem Studium verlängerte er seinen Aufenthalt in London und kam schließlich zurück nach Berlin. Kurz zuvor war seine Mutter verstorben und sein Vater hatte Schwierigkeiten damit, die Firma zu halten. Weil die Subventionen seit der Wiedervereinigung weggefallen waren, wurden ihre Erzeugnisse zu teuer und so hatten die

22

Eigner, zu denen auch er gehörte, die Firma an einen chinesischen Konzern verkauft. Den Chinesen ging es nur um die Patente, die Firma selbst lösten sie langsam auf. Manfred Voigt verlor seine Anstellung als Geschäftsführer. Er verkaufte anschließend das Haus der Familie in Wannsee und erwarb mit dem Verkaufserlös und seinem Gewinn aus dem Firmenverkauf eine Villa am Bodensee, in der er seinen Lebensabend beschließen wollte. In diese Zeit fiel auch Pauls Entschluss, das Geschäft seines Onkels zu übernehmen, in das er etwas später eintrat.

Jessica war inzwischen zu einem bildhübschen jungen Mädchen herangewachsen, mit langen, dunkelbraunen Haaren und ansehnlichen Rundungen, die ein Rest von Teenagerspeck noch betonte. Auch Paul hatte sich verändert, seine ehemalige Jungenhaftigkeit war kerniger Männlichkeit gewichen. Jessica hatte ihn lange nicht gesehen. Als sie ihn zur Begrüßung umarmte und seinen Körper und sein Gesicht spürte, verweilte sie ein wenig. Er nahm es nicht sofort wahr, doch als er sich später einmal daran erinnerte, ahnte er, dass sie sich damals auf der Stelle in ihn verliebt haben musste. In dieser Zeit war er häufig bei den Anderts zu Gast, denn nach dem Verkauf seines Elternhauses bewohnte er nur ein einzelnes Zimmer in der Matterhornstraße im Haus seines Onkels, der meist nicht zuhause war und so gut wie keinen Haushalt führte. Es wurde immer offensichtlicher, dass Jessica ihn begehrte; sie blieb ständig in seiner Nähe und sandte Signale aus, bewusste und unbewusste. So ließ sie die Tür zum Umkleideraum am Pool der Anderts scheinbar nachlässig auf, während sie sich vor und nach dem gemeinsamen Baden umzog. Wenn sie allein im Haus ihrer Eltern zusammen waren und er sie aus den Augenwinkeln beobachtete, fing er manchmal einen sehnsüchtigen Blick auf.

Die Anderts feierten viel und gerne, auch aus Geschäftsgründen. Paul war fast immer eingeladen und erschien mit wechselnden Begleiterinnen. Jessica glühte jedes Mal vor Eifersucht.

Natürlich kamen ihre Signale an. Normalerweise hätten sie ihre Wirkung gezeigt, denn auch er fand sie attraktiv. Doch sie war zum einen die Tochter seines väterlichen Bekannten und zum anderen noch nicht einmal volljährig. Paul stellte sich die Komplikationen vor, die auf ihn zugekommen wären, für den Fall, sie wären miteinander ins Bett gegangen. Gerhard Andert hätte sein Verhalten vielleicht als Vertrauensbruch gewertet und ihm möglicherweise sogar das Haus verboten. Außerdem hatte er keine Lust dazu gehabt, ihr erster Liebhaber zu sein, das kam ihm irgendwie zu kitschig vor, wie eine Art Sissy-Romantik. Somit blieb sein Verhältnis zu Jessica vorerst platonisch, zu ihrem wütenden Bedauern, wie es ihm schien.

Vor etwa drei Jahren kam dann die Wende. Jessica war inzwischen von zuhause ausgezogen und wohnte mit ihrer Freundin Isabell zusammen, mit der sie gemeinsam studierte. Sie hatte ihn eingeladen, zu einer ihrer Geburtstagsfeiern, die sie im Haus ihrer Eltern am Stölpchensee organisiert hatte. Paul kannte solche Feiern und mochte sie nicht, denn sie waren laut und alkoholisiert; die Gäste bestanden meist aus Jessicas Freundinnen und Freunden aus ihrer Teenagerzeit und deren Anhang. Pauls Begleiterin Susanne hatte die Feier vorzeitig verlassen, weil sie am nächsten Tag einen Termin hatte, Paul blieb bis zum Schluss. Als alle Gäste gegangen waren, rückte Jessica an ihn heran und klagte ihm ihr Leid. Ihr derzeitiger Freund Jens verstehe sie nicht, schaue anderen Frauen hinterher und sei auch heute Abend schon früh gegangen, wer weiß, wohin. Natürlich hatte sie für diesen Abend ein besonders kurzes Kleid mit sündigem Ausschnitt ausgesucht, dessen Saum nach oben rutschte, während sie neben ihm saß. Sie hatte wohl damals wirklich geplant, ihn mit einer der ältesten Maschen liebeshungriger Frauen zu verführen, ganz gut eigentlich, denn so wusste er, wo er dran war.

Nachdem damals bei ihr ein paar Krokodilstränen geflossen waren, stand er auf, rief eine Taxe und ließ sich nach Hause fahren. Beim Abschied verabredete er sich mit Jessica zu einem gemeinsamen Besuch der neuen Revue vom Friedrichstadtpalast, denn aus Erfahrung wusste er, dass eine perfekte Inszenierung sich positiv darauf auswirkt, den Liebesgenuss zu steigern.

Es entwickelte sich alles so, wie er es sich gedacht hatte. Nach Theater- und Restaurantbesuch zögerte Jessica keinen Moment, Pauls Auto zu verlassen, als er vor seiner Haustür die obligatorische Frage nach dem letzten Drink stellte. Zum Rotwein kam es dann nicht, weil sich Jessica kurz nach dem Betreten von Pauls Wohnung auf die Zehenspitzen stellte und seinen Mund suchte.

Hinterher, im Bett, waren Paul Dinge zuhauf durch den Kopf gegangen. Jessicas Körper zu spüren, war eine neue Aufregung gewesen, berauschend und sinnlich, obwohl er ihren Körper schon lange kannte, seine ganze Entwicklung, während sie aufwuchs und sich entwickelte. Jessica war unter ihm blitzschnell zum Höhepunkt gekommen, wie er es vorher in dieser Form selten erlebt hatte. Sie hatte sich wahrscheinlich niemals von ihrer Teenagerschwärmerei für ihn gelöst, sodass der Verkehr mit ihm zum Ventil wurde, aus dem es nach allen Seiten strömte.

Eine Zeitlang lebten sie gleichermaßen in einem Glückszustand. Jessica sowieso und Paul, weil er das gute Gefühl hatte, im Anschluss an seine vielen Studienjahre nach Hause gekommen zu sein. Und alles, was Jessica hatte, stimmte: ihr

Körper, ihr Temperament, ihre Herkunft. Das fand wahrscheinlich auch ihr Vater. Als sie zusammenzogen, war er hochglücklich, denn er meinte, in Paul einen Schwiegersohn gefunden zu haben, wie er sich ihn besser nicht hätte vorstellen können. Doch so sollte es nicht bleiben.

Eines fehlte Paul. Jessica hatte nichts Geheimnisvolles mehr für ihn, wie soll das auch gehen? Wenn man einen Menschen seit seiner Geburt kennt, kann man das auch nicht erwarten. Und zu seinen früheren Zeiten war das immer spannend gewesen, das ganze Spiel. Man interessiert sich füreinander, wirft sich Blicke zu und achtet auf Signale. Wenn sich zwei Signale treffen, schlägt man zu. Man trifft sich, durchläuft die gängigen Rituale und landet im Bett. Am Morgen wacht man auf und ist ganz gespannt darauf, welcher Mensch in dem Frauenkörper steckt, mit dem man gerade zusammen gewesen ist. Passt er nicht, trennt man sich. Passt er, bleibt man für eine Weile zusammen. Alles das würde mit Jessica nicht funktionieren. Eben die Banalität des Bekannten.

Paul, in seinem Bett in Steinbergen, drehte sich um und schlief ein.

Er schlief schlecht in dem klammen Bett. Um sechs Uhr morgens wachte er auf und zählte die Viertelstunden bis zum Frühstück. Als es an der Zeit war, stand er auf, packte zusammen und verließ später das Hotel. Die Straßen und die Autobahnen nach Berlin waren noch frei. Am Kaiserdamm erreichte er die Innenstadt, bog in Charlottenburg ab und machte einen häufig vorgenommenen Abstecher.

Charlottenburg war ihm immer etwas pariserhaft vorgekommen, mit der geschlossenen Bebauung aus der Gründerzeit und den Straßenlinden, die dem Stadtteil eine spezielle, großbürgerliche Romantik verliehen. Weil er Paris

26

liebte, durchkreuzte er den Stadtteil gern, in dem sich auch sein Laden befand.

Bei seinen Streifzügen war er an einem Herbstabend auf eine Besonderheit gestoßen.

Es war in der Nähe des Sophie-Charlotte-Platzes, einer ruhigen, sanften Wohngegend. Zu beiden Seiten einer Straße mit geschlossener Bebauung standen ansehnliche, selbstbewusst wirkende Häuser aus der Wende zum zwanzigsten Jahrhundert. Meist waren sie mit Balkonen ausgestattet; manche hatten Balustraden und Verzierungen aus Stuck über den Fenstern und Türen. Hier schienen sich die Zerstörungen des Krieges in Grenzen gehalten zu haben und die aufwendige Renovierung der Fassaden mancher Häuser erregte Aufsehen und wies darauf hin, dass man hier wohl Mietwohnungen zu Eigentumswohnungen umgewandelt hatte.

Eine Lücke in der Bebauung fiel ihm auf. Sie war begrünt und wurde zum größten Teil von einem Kinderspielplatz ausgefüllt. Zu einer Seite grenzte der Spielplatz an einen Drahtzaun mit Tor und führte auf eine gepflasterte Fläche, einen Parkplatz für Kinderwagen und Fahrräder. Doch was ihn fesselte, war die angrenzende Hauswand, die sich anschloss. Im Gegensatz zu dem opulenten Aussehen der restaurierten Fassade des Hauses an der Straßenfront hatte sie ihr Kriegsaussehen behalten, es war eine nackte schäbige Wand aus roten Ziegeln mit teils ausgewaschenen Mörtelfugen.

Inmitten dieser Ziegelfassade schaute ein einsames Fenster hervor, nur ein kleines, doch selbstbewusst in diesem Ziegelgewirr wirkend. Es war zum Spielplatz hin gerichtet. Auf einmal ging hinter dem Fenster das Licht an und ihm war, als sehe es in seine Augen.

Im gleichen Moment überfiel ihn das Bewusstsein der Geschichte dieser Örtlichkeit. Es musste so gewesen sein, dass inmitten einer von Zerstörung glimpflich verschonten Berliner Straße ein einzelnes Haus einen solchen Volltreffer erhalten hatte, dass man seinen Aufbau in der Nachkriegszeit zunächst hintenanstellte. Als es sich später ergab, dass im dicht bewohnten Charlottenburg Spielplätze fehlten, hatte das Bezirksamt das Grundstück wahrscheinlich aufgekauft und zum Spielplatz umgestaltet. Nur die Wand mit dem Fenster wies auf die Vergangenheit hin.

Noch etwas geschah damals: Er sah eine Frau flüchtig als Schatten hinter dem Fenster. Sie hielt inne und verschwand gleich wieder. Ein eigenartiges Gefühl hatte ihn plötzlich ergriffen, eine Mischung aus Sehnsucht und Neugier. Seit diesem Vorfall fuhr er den Kinderspielplatz in Charlottenburg nach Feierabend regelmäßig an.

Meistens fand er einen Parkplatz auf der Gegenseite, beobachtete das Fenster und gab sich seinen Gedanken hin. Im Sommer war der Spielplatz abends manchmal noch belebt und er schaute sich das Treiben der Kinder an, hoffend, dass Mütter oder die Nachbarn des Grundstücks nicht auf falsche Gedanken kämen.

Es beunruhigte und rührte ihn zugleich. Er rief sich in seine Fantasie, wie die Bewohner des untergegangenen Hauses hier gelebt haben könnten, sich vertrugen oder stritten, vor sich hindämmerten oder explodierten und welchen Neigungen und Lastern sie nachgingen, miteinander schliefen, dabei Kinder in die Welt setzten und schließlich aus dem Haus getragen wurden, wenn ihre Körper nicht mehr zum selbständigen Wohnen geeignet waren. Nun waren sie wahrscheinlich alle tot. Und dann die Keimzelle hier: Kinder, gerade in die Welt gesetzt, jubelnd, schimpfend, lachend, weinend, streitend. Es wiederholt sich alles.

Doch an diesem frühen Wintermorgen war alles still, der Spielplatz lag verwaist in der gerade aufgehenden Morgensonne. Unerwartet ging das Licht hinter dem Fenster an und ein Schatten huschte hin und her. Nach einiger Zeit wurde das Fenster wieder dunkel. Die Haustür öffnete sich und eine Frau trat heraus.

Sie blieb stehen und lächelte ihm zu. Sie war groß, hatte dunkelblondes, mit hellen Strähnen durchsetztes Haar und war in einen halblangen Wintermantel mit Kapuze gekleidet. Unter dem Mantel trug sie eine lässig geschnittene schwarze Hose und schwarze halbhohe Schuhe. Insgesamt machte sie einen sehr gepflegten Eindruck. Was an ihr auffiel, war die Hautfarbe, ein eher bronzenes Hellbraun. Paul schätzte sie als ungefähr gleichaltrig ein, sie mochte auch zwei bis drei Jahre älter sein als er. Nach einer Weile drehte sie sich abrupt um und verließ das Haus in Richtung Bismarckstraße. Paul verweilte noch ein wenig, dann startete er das Auto und fuhr zu seinem Laden. Er packte die Kartons mit den Zinnfiguren aus, stellte einen Teil davon ins Schaufenster und trug sie nach Art und Alter in sein Bestandsbuch ein, wobei ihm Richard Wendler half.

Das Wetter hatte sich jetzt gebessert und als er abends zurück nach Zehlendorf fuhr, musste er höllisch auf die Straße achten, denn das Eis schmolz und überall tropfte es. Zuhause empfing ihn Jessica sehnsüchtig, hatte für ihn gekocht und während er aß, erzählte sie ihm plappernd, wie sie das Wochenende mit Isabell verbracht hatte. Später, als er mit ihr schlief, ging ihm immer noch die Frau aus Charlottenburg durch den Kopf. Jessica merkte es.

„Sag mal, tust du das nur aus Pflichtbewusstsein mit mir? Macht es dir überhaupt noch Spaß?"

„Doch."

Das Frühjahr stürzte herein, nach diesem bitteren Winter. Sehr früh im April sprangen die Blätter aus den Knospen wie Sektkorken aus der Flasche und ein warmer Windhauch wehte durch die Stadt und vertrieb Kälte und Depression.

Als Paul an einem Sonntagmorgen mit Jessica im Bett lag, stupste sie ihn an, um ihn zu erinnern.

„Am nächsten Sonnabend haben wir was vor, Paul. Papa feiert das Frühjahrsfest."

Sie sagte es so bestimmt, als wolle sie einen Nagel einschlagen.

Ach ja, das traditionelle jährliche Frühjahrsfest der Anderts. Gerhard Andert lud aus mehreren Gründen ein. Hauptgrund waren – natürlich – die Geschäfte und zweiter Grund der Ausgleich für die vielen Einladungen im Winter, die das Ehepaar Andert wahrgenommen hatte. Außerdem traf sich zu diesem Anlass immer die Familie zum ersten Mal nach Weihnachten und da sie, wenigstens an der Oberfläche, bislang intakt geblieben war, konnten die Anderts sie mit Genugtuung präsentieren. Paul und früher seine Eltern waren stets bei dem Ereignis dabei. Jessica freute sich jedes Mal darauf.

„Was soll ich anziehen, Paul?" Er lachte.

„Du hast den ganzen Schrank voller Klamotten, Jessica. Ich kenne dich, du freust dich darauf, was Neues zu kaufen, wie immer. Mein Rat, warte bis ein paar Tage vor dem Fest und lies den Wetterbericht. Dann kannst du dich passend zum Wetter aufmachen." Jessica schlang die Arme um seinen Hals.

„Weißt du, warum ich dich liebe, mein Schatz? Du kennst mich genau und klug bist du auch!"

Das Wetter zeigte sich den Anderts voller Milde und Solidarität an diesem Tag. Selbst der Wind hielt seinen Mund

31

und blies nur wenig, sodass sich der Wasserspiegel der Havelseen nur leicht kräuselte. Paul erinnerte sich an Jahre, an denen der Stölpchensee auf den Garten der Anderts überzuschwappen drohte.

Sie fuhren mit dem Taxi, denn aus Erfahrung wussten sie, dass die Straße vor Jessicas Elternhaus an den Festen der Anderts in beiden Richtungen meist mit langen Karossen zugeparkt war. So war es auch nachmittags bei ihrer Ankunft am Haus.

Seine Eingangsseite wirkte niedrig und bescheiden, denn es stand auf einem Hanggrundstück, dessen rückwärtige Seite zum See hinabfiel – ein Understatement, das Gerhard Andert bewusst geplant hatte, als er das Haus in den fünfziger Jahren bauen ließ. Dafür wirkte es innen umso üppiger; großzügig geschnittene Räume verteilten sich über drei Etagen, oft miteinander verbunden. Mittelpunkt war das saalartige Wohnzimmer, dessen tiefe Glasfenster den vollen Blick auf den See ermöglichten.

Jessica sprang aus dem Taxi und wirbelte auf die offenstehende Haustür zu. Dort stand Gerhard Andert, um die Leute zu begrüßen und war gerade dabei, der Ehefrau eines Gastes, einer ältlichen Blondine, Komplimente zu machen. Jessica scherte sich nicht darum, ging dazwischen und fiel ihrem Vater um den Hals. Andert lachte.

„Da sehen Sie es, Frau Sommerling, erzogen habe ich meine Tochter schlecht. Dafür hat sie Temperament ohne Grenzen." Frau Sommerling lächelte.

„Und ist außerdem sehr hübsch. Herr Andert. Alles haben Sie gut gemacht."

Und gut angezogen ist sie auch, dachte Paul, der dazu kam. Jessica trug ein leichtes, wehendes Frühlingskleid. Sie hatte es einen Tag zuvor in der Galerie Lafayette gekauft. Es war aus einem dünnen Baumwollstoff geschnitten, mit einem floralen Muster, und wirkte sehr Französisch, auch wegen der hochhackigen Sandalen, die sie dazu trug. Sie wollte darin aussehen wie eine Blüte im hellen Grün des Frühlings, es gelang ihr.

Jessica hielt sich nicht lange bei ihrem Vater auf, sondern rannte ins Wohnzimmer, um ihre Mutter und ihre Brüder zu begrüßen; ihr Familienritual bestand darin, dass sie sich mit Umarmungen und Küssen eindeckten, während sie durcheinanderredeten. Paul hielt Abstand und schaute sich um.

Um die dreißig Personen standen im Wohnzimmer, bildeten Grüppchen und hielten Sektgläser in der Hand und wenn sein Blick in den Garten wanderte, kam noch einmal eine ähnliche Anzahl von Gästen dazu, schätzte er. Viele kannte er. Die Frauen hatten sich mit Designerkleidung aufgebrezelt und trugen Handtaschen von Vuitton oder Gucci; die Männer erschienen häufig in weißen Dinner Jacketts. Die Hausherrin, Inge Andert, hatte sich vergleichsweise dezent zurechtgemacht. Gerhard Andert spottete manchmal:

„Inge, du bist sowieso die Schönste, sieh zu, dass du die anderen Ladies nicht überstrahlst, wäre schlecht fürs Geschäft."

Paul trat zur Familie und wurde lachend begrüßt. Nachdem er Inge Andert umarmt hatte, trat Gerhard Andert hinzu und ließ seinen Blick zwischen ihm und Jessica hin und her wandern.

„Na, ihr beiden, wann wollt ihr denn nun heiraten?" Er schaute sie schmunzelnd an. Es sollte spaßig klingen, doch aus seinen Augenwinkeln blitzte so etwas wie Ernst auf.

„Frag Paul", sagte Jessica und bemühte sich, ironisch zu wirken, „mich hat er jedenfalls noch nicht gefragt." Paul tat so, als ob er sich nicht angesprochen fühlte und wechselte das Thema.

„Kommt mein Vater noch, Onkel Gerhard?"

„Leider nein. Ich vermisse Manfred sehr, doch er hat mich gestern angerufen und gesagt, am Bodensee ständen die Obstbäume in voller Blüte, es sei die schönste Zeit im Jahr und er sei zu faul, um die lange Fahrt nach Berlin zu unternehmen. Ich verstehe ihn, in unser beider Alter hat das Lustprinzip Vorrang."

Inzwischen war ein Musikertrio gekommen und beschäftigte sich damit, neben dem Ausgang zum See die Instrumente aufzubauen. Paul verließ die Gruppe und ging in den Garten.

Anderts Garten hatte eine respektable Größe und neigte sich in voller Breite zum Wasser hin. Die größte Fläche nahm der Rasen ein; kurzgeschnitten wie ein Golfrasen schimmerte er frisch und grün, und zeigte durch seine Farbe an, dass der Gärtner ihm gestern den ersten oder zweiten Schnitt nach dem Winter hatte zukommen lassen. Zu beiden Seiten des Grundstückes standen Sträucher und halbhohe Ziergehölze, dunkles Immergrün wechselte ab mit frisch knospendem Lindgrün, nur die mit grellgelben Blüten überschütteten Forsythien stachen hervor. An der rechten Seite ragte der Bootsschuppen ins Wasser, neben ihm senkte sich eine riesige Trauerweide vornüber und tauchte ihre Zweige fast in den See. Vor dem Bootsschuppen hatte man eine Kaffeetafel aufgebaut. Als Paul näher hinschaute, durchfuhr es ihn, freudig und verblüfft zugleich.

Vor dem Schuppen standen ein Mann und eine Frau. Der Mann hatte eine dunkle Haut und ein europäisches Gesicht. Er war in einen dunkelblauen, leicht glänzenden Anzug gekleidet, vermutlich aus einem Seidenstoff geschneidert.

Die Frau kannte er. Es war die Unbekannte aus Charlottenburg, die hinter dem einsamen Fenster in der Ziegelwand

34

wohnte. Die Frau trug ein klassisches kleines Schwarzes mit dazu passenden Schuhen, hatte aber im Gegensatz zu Jessica Strümpfe an, die ihren dadurch makellos wirkenden Beinen Eleganz verliehen. Sie hatte auch Schmuck angelegt: eine zierliche, doch auffallend schöne Halskette mit in Gold eingearbeiteten Perlen, die sich mit Rubinen abwechselten und ein ähnlich gestaltetes Armband. Er betrachtete ihre Figur. Die Frau war größer als Jessica und auch etwas schlanker. Er konnte nicht lange hinschauen, denn blitzschnell fing sie seinen Blick auf und lächelte ihm zu. Sie hatte ihn auch erkannt, keine Frage. Paul wurde sofort unsicher, was ihm selten passierte, und ging ins Haus zurück. Er traf auf seinen Schwiegervater, der sich für einen Moment von seinen Gästen gelöst hatte, um ein Glas Mineralwasser zu trinken.

„Onkel Gerhard, wer ist der Mann unten im Garten mit dem dunkelblauen Seidenanzug? Er scheint Inder oder Pakistani zu sein." Andert nickte.

„Er ist Inder. Er heißt Mahesh Ansari und ich habe ihm oft Geschäfte vermittelt. Ansari vertritt ein großes Unternehmen in Indien, das Grundstoffe für Medikamente herstellt. Ich bin das Bindeglied zwischen ihm und der deutschen Pharmaindustrie."

„Und die Frau an seiner Seite?" Andert schaute ihn prüfend an.

„Sie ist hübsch und elegant, nicht? Denk lieber an Jessica. Ich musste mich in meinem Leben auch oft zwingen, an Inge zu denken", Andert lächelte ihn verschmitzt an und schlug ihm sanft auf die Schulter. „Im Ernst, sie arbeitet im Auswärtigen Amt, ich habe sie auch erst einmal getroffen. Ansari spricht vorzüglich Englisch, aber wenn es um komplizierte Dinge geht, müssen wir beide passen. Dann hilft sie uns, indem sie übersetzt. Außerdem weiß sie genau über die

Bedingungen und Paragrafen Bescheid, mit denen der deutsche Staat Auslandsgeschäfte gesegnet oder versperrt hat, sogar besser als ich."

„Und wie heißt sie?"

„Keine Ahnung, mein Junge. Frag sie selbst." Andert verließ ihn und widmete sich wieder seinen wichtigen Besuchern.

Paul suchte Jessica. Sie stand inmitten einer jüngeren Schar von Gästen, lachte, redete pausenlos und schien sich wohlzufühlen wie ein Fisch im Wasser. Sie kannte viele der Anwesenden, mehr noch als Paul. Die Sektgläser leerten sich immer schneller, der Service kam kaum nach.

Paul trat zu ihr, sie legte den Arm um seinen Hals und den Nachmittag über blieben sie zusammen bei ihren Bekannten. Inzwischen drang dezente Musik zu ihnen, denn die Musiker hatten begonnen, zu spielen.

Als später die Angestellten des Caterers anfingen, im Wohnzimmer die Tische mit dem Büffet aufzudecken, zog es Paul wieder nach draußen. Das Licht des Nachmittags hatte sich romantisiert, indem es seine Bläue verflüssigte und ins Elfenbeinerne wandelte, eine abendhafte Süße zeigend. Langsam glitt ein Ausflugsboot vorbei, es kam von Potsdam, wohl das letzte an diesem Tag. Der Garten war fast leer geworden. Doch dann stutzte Paul.

Die Unbekannte aus der Wohnung mit dem einsamen Fenster saß allein auf einer Gartenbank neben dem Bootshaus und schien das abendliche Bild ebenso zu genießen wie Paul. Als er sich hinter ihrem Rücken näherte, hatte sie ihn längst bemerkt.

„Sie können sich ruhig zu mir setzen. Ich nehme an, wir sollten uns kennenlernen?"

Paul kam es vor, als sei in seinem Kopf etwas geplatzt und habe einen Funkenhaufen von Empfindungen freigelegt,

36

meistens unangenehme wie Ertapptsein und das Gefühl, ihr unterlegen zu sein. Er tat, was sie vorschlug und stellte sich vor.

„Mein Name ist Paul Voigt. Ich bin ein Freund des Hauses."

„Und mit der Tochter des Hauses liiert, liege ich richtig? Ich heiße Leela Roy, arbeite im Auswärtigen Amt und begleite heute Mr. Ansari." Sie schaute ihn aus großen, dunklen Augen an, mit einem etwas spöttischen Zug um den Mund. Paul musterte sie. Mit ihrer bräunlichen Hautfarbe wirkte sie exotisch, ihr blondes Haar stand dazu im Kontrast. Feine Fältchen um Mund und Augen verrieten, dass sie die dreißig überschritten haben musste. Sie hatte eine Spur Make Up aufgetragen und sich ihre Augenbrauen sorgfältig gezupft und getönt und verriet damit, dass sie an regelmäßigen Kontakt zu Männern gewohnt und interessiert war.

Pauls erster Eindruck von ihr hatte gestimmt. Er beschloss, zu kontern.

„Jessica Andert ist meine Freundin. Und Sie, sind Sie auch mit Mr. Ansari liiert?" Sie lachte.

„Mr. Ansari ist glücklich verheiratet. Ich bin auch keine Escortdame, sondern ich helfe ihm bei seinen Geschäftsgesprächen, in erster Linie als Übersetzerin."

„Und wo haben Sie indisch gelernt?"

„Indisch gibt es nicht. In Indien spricht man über hundert verschiedene Sprachen, die sich zum Teil noch nicht einmal ähnlich sind. Die am meisten gesprochene Sprache ist Hindi, meine Muttersprache. Mein Vater war Inder, ich bin in Neu-Delhi aufgewachsen. Weil meine Mutter aus Deutschland kam, spreche ich auch Deutsch. Auch Englisch wurde viel bei uns zuhause gesprochen."

„Woher kommt Ihr Name?"

„Er ist indisch. Leela schreibt sich mit zwei „e" und wird auch so ausgesprochen, nicht wie „Lila". Diesen Namen gibt es in Indien auch, den habe ich zum Glück nicht, weil mir lila überhaupt nicht steht. „Roy" ist übrigens ein häufiger indischer Nachname", lächelte sie ihn an.

Nachher erzählte sie ihm von ihrer Tätigkeit im Auswärtigen Amt. Einmal schaute sie zum Haus hin und sah Ansari vor der Tür zum Wohnzimmer hin und her gehen. Sie stand auf.

„Ich muss jetzt gehen und Mr. Ansari bei seiner Essensauswahl helfen. Er hat als Hindu eine Menge Speisevorschriften zu befolgen, beispielsweise isst er kein Rindfleisch." Als sie schon die Mitte des Rasens erreicht hatte, rief Paul ihr zu:

„Haben Sie auch Speisevorschriften?"

„Nein", rief sie über die Schulter zurück, „mich können Sie sogar mit einem Eisbein betören." Dann lachte sie schallend und ging ins Haus.

Er kehrte zu Jessica und ihren Brüdern zurück. Sie hatten eine Flasche mit Single Malt aufgemacht und verteilten den Whisky in Gläser, deren Inhalt sie mit Tropfen von eiskaltem Wasser besprengten.

„Das Beste vom Besten von der Insel Skye", sagte Klaus, Jessicas ältester Bruder. „Lasst uns warten, bis das Establishment das Büffet dezimiert hat, dann schlagen wir zu. Ich hab keine Lust, in der Schlange zu stehen."

Jessica zog eine Schnute. „Ich mag keinen ky!" Klaus hob sie hoch und drehte sie um sich.

„Bist ja auch noch zu klein dafür." Jessica gnickerte.

Langsam wurde es dunkel. Die Musiker hatten ihre Instrumente nach draußen geschafft. Die Terrasse wurde zur Tanzfläche umfunktioniert, wie es bei gutem Wetter vorgesehen war. Alle Gartenstrahler und das Terrassenlicht leuchteten und schufen eine Fröhlichkeit, die zum Tanzen einlud. Eine Stunde später war das Büffet dezimiert, die Musiker steigerten ihre Lautstärke und lockten die Gäste nach draußen. Jessica fasste Paul an die Hand und zog ihn auf die Terrasse, während sie ihm zurief, er solle nicht so faul sein und endlich einmal mit ihr tanzen. Sie verbreitete sofort Ausgelassenheit und die Tanzfläche füllte sich. Sie ist eine Bereicherung für Gerhard Andert als Gastgeber, denn sie erzeugt die Stimmung, die ein Fest braucht, kam es Paul in den Sinn.

Später tanzte er auch mit Leela Roy. Zum Unterschied zu Jessica suchte sie beim Tanzen mehr den Körperkontakt. Ihr Körper fühlte sich angenehm und seltsam bekannt an. Als die Musik nach einer Weile Pause machte, war es ihm recht, weil er Jessicas misstrauische Blicke bemerkte.

Nach Mitternacht gingen die ersten Gäste, doch das Fest dauerte bis zum frühen Morgen. Um drei Uhr nachts ließen Jessica und Paul sich abholen. Jessica war glücklich und todmüde, im Schlafzimmer zog sie nur Schuhe und Kleid aus und warf sich sofort ins Bett.

Eine Weile fuhr Paul auf dem Heimweg nicht mehr an dem Spielplatz mit der Ziegelwand vorbei. Wozu auch, das Geheimnis der Frau hinter dem Fenster war gelüftet. Es ging ihm aber so, wie es jedem geht, der ein Geheimnis gelüftet hat: sogleich tut sich das nächste Geheimnis auf. Es ist so, als habe man eine verschlossene Tür geöffnet, stehe im Raum dahinter und fände wieder eine verschlossene Tür vor.

Sein nächstes Geheimnis war Leela selbst. Äußerlich hatte sie Gestalt angenommen und er kannte ihren Beruf, doch das war fast alles. Woher sie kam, wer sie war und wohin sie wollte, blieb weiter geheimnisvoll. Es war nicht so einfach, dieses Rätsel zu lösen, jedenfalls nicht, indem man sich mit dem Auto irgendwohin stellte und wartete. Er zerbrach sich den Kopf und kam zu keiner Lösung. Auf eine unerklärliche Weise fühlte er sich zu Leela hingezogen und musste das Geheimnis um sie lösen; warum, wusste er selbst nicht, vielleicht war es nur Neugier?

Der Zufall kam ihm zur Hilfe.

Nach einer regnerischen Sommerwoche hatte sich Jessica mit ihrer Freundin Isabell Wolter für ein Wochenende in einem Wellnesshotel in Bad Saarow verabredet. An einem Freitag fuhren sie los. Paul wusste nicht, wie er den Abend verbringen könne, doch dann fiel ihm ein, dass ihm ein Kunde Karten für eine Vernissage geschenkt hatte, weil er verhindert war. Die Galerie befand sich in Berlin Mitte, in der Linienstraße. Er fuhr mit der U-Bahn und stieg am Oranienburger Tor aus.

Die Linienstraße ist eine lange Straße. Auf beiden Seiten stehen ansehnliche Häuser, meistens aus der Gründerzeit. Viele Gebäude waren aufwendig renoviert, manche warteten noch darauf, ein Teil war denkmalgeschützt. Es ist eine teure Gegend. Ursprünglich gab es hier viele kleine Läden für den täglichen Bedarf. In ihnen hatten jetzt Modegeschäfte, Cafés und Ateliers aufgemacht, alle mit kurzer Halbwertzeit. So wusste man nie, wann beispielsweise ein Atelier einem Restaurant gewichen war oder umgekehrt.

Paul hatte Glück, die Galerie befand sich im oberen Teil der Linienstraße und existierte noch. Ihr Standort war schon von weitem durch eine Traube von Menschen zu erkennen, die vor der Tür rauchten und miteinander schwatzten. Er trat ein.

Es war sehr voll. Menschen unterschiedlichsten Alters und in unterschiedlichster Kleidung drängten sich. Stylische Designerkleidung wechselte ab mit betont schlicht gehaltenem Outfit; die Wärme sorgte dafür, dass sich einige Frauen derart knapp bekleidet hatten, dass es nur noch ein kurzer Weg bis zur Nacktheit war. Manche Männer trugen trotz der Hitze Kopfbedeckungen. Noch vor einigen Jahren konnte man unter ihnen sicher Glatzköpfigkeit vermuten, heute trug Mann seine Glatze selbstbewusst und der Hut diente mehr der Selbstdarstellung, so war es schon im Mittelalter,

41

ein merkwürdiger Anachronismus, fand Paul. Man spürte, dass sich viele Kopfzerbrechen darüber gemacht hatten, was sie zu diesem Ereignis anziehen sollten, denn mit der Kleidung musste unbedingt eine Aussage getätigt werden, wie man sich sah oder gesehen werden wollte. Das war überhaupt das Wichtigste, die wenigsten kamen wegen der Bilder.

Auch Paul hatte sich Gedanken gemacht und sich schließlich für eine schwarze Hose und ein schwarzes Hemd entschieden, weil es ihm am neutralsten vorkam. Auf eine Kopfbedeckung verzichtete er; sein mit Silberfäden durchsetztes dunkelbraunes Haar schien ihm eindrucksvoll genug. Er warf einen kurzen Blick auf die Gemälde an den Wänden. Sie waren riesengroß und sahen sich alle ähnlich, auf den meisten befand sich ein Farbenwirbel. So etwas hatte er schon öfter gesehen, sozusagen die häufigste Kategorie bei Ausstellungen. Am zweithäufigsten kamen Gemälde mit dicken Farbstrichen vor, welche die Bilder vollständig oder nur bis kurz vor dem Rand auffüllten. Ach so, dann gab es noch Künstler, die liebten hässliche Frauen und malten sie mit Hängebrüsten und gespreizten Beinen.

Aus einem Nebenraum drangen Stimmen. Hier hatte man das Büffet aufgebaut. Und hier traf er Leela, auch schwarz gekleidet, in einen leichten, seidigen Hosenanzug.

Mit einer genussvollen Zielstrebigkeit griff sie zu ihrem Glas, trank langsam, stellte es ab und nahm ein Stück gefüllte Aubergine aus einer Schale, um es in mädchenhafter Behutsamkeit in den Mund zu stecken. Alles geschah bedachtvoll, in einer ruhigen Fröhlichkeit. Ihre großen, schönen Augen hatte sie vorher schweifen lassen, als wenn sie sich vergewissern wolle, dass sie sich harmonisch in den Kreis einfüge, der ihr Zufriedenheit und Selbstbewusstsein verschaffte. Natürlich hatte sie ihn gesehen, bevor er sie

42

gesehen hatte, wie immer. Sie drehte sich zu ihm und sagte langsam: „Na?"

Da kam er wieder, der Schrecken. Mit diesen zwei Buchstaben schaffte sie es, ihn aus der Fassung zu bringen, ihn zu einem kleinen Jungen zu machen, ihn zu degradieren, sein Gehirn gläsern zu machen, als wenn sie ihn durchleuchtet habe. Er brauchte eine Weile, um sein Gleichgewicht wieder zu finden.

„Schön, Sie hier zu sehen", sagte er, das Einfachste, was ihm einfiel, zugleich das Dümmste. Sie tat, als habe sie es überhört.

„Der Künstler ist Grieche", sagte sie, „deshalb gibt es griechische Vorspeisen."

Paul schaute hin. Auf einem langen Tisch standen Platten mit Häppchen, außer den gefüllten Auberginen lagen Spieße mit Garnelen, Schüsseln mit gefüllten Oliven und Tsatsiki, Hackfleischbällchen in Tomatensauce, marinierte Peperoni, allerlei Knoblauchlastiges, Brot und vieles mehr. Den Getränketisch mit Sekt, Mineralwasser und einer Batterie von Flaschen mit Ouzo hatte man in eine Ecke geschoben. Plötzlich drang eine laute Stimme zu ihnen. Leela fasste ihn an die Hand.

„Kommen Sie, man trägt jetzt etwas vor. Später kommen wir zurück und schlagen noch einmal zu."

In der Mitte des Atelierraumes hielt der Galerist eine Rede. Vor ihm saß auf einem Hocker der Künstler. Er war schon alt, hatte graue Haare und graue Koteletten, die sich fast bis zum Kinn hin zogen. Er trug eine einfache Leinenhose und ein gestreiftes T-Shirt, das sich über seinen dicken Bauch spannte.

Der Galerist, in förmlicher Kleidung mit Anzug und Krawatte, trug den Werdegang des Künstlers vor. Geboren auf einer griechischen Insel hatte der Künstler bis zu seinem dreißigsten Lebensjahr kunsthandwerkliches Geschirr gefertigt, das er an Touristen verkaufte. Dann zog es ihn aufs Festland. Er verließ seine Insel und reiste kreuz und quer durch Europa, um schließlich in Düsseldorf zu landen. Hier erkannte man sein Talent und brachte ihn dazu, Malerei zu studieren, ein Studium, das er mit Bravour abschloss.

Der Galerist pries die Arbeiten, zählte die Preise auf, die er im In- und Ausland errungen hatte und schloss mit der Bemerkung, der Künstler lebe jetzt wieder auf seiner Insel und schaffe dort weitere Werke, von denen ein Teil in dieser Ausstellung zugegen sei.

Blitzlichter zuckten, das Publikum applaudierte und Leela zog Paul zu zwei Stühlen. Sie setzten sich.

„Es gibt nur wenige Stühle, die sind gerade frei geworden. Nach einer Rede muss man schnell sein." Kurz darauf stand sie wieder auf.

„Ich schaffe jetzt zwei Teller mit Mezes herbei. Möchten Sie etwas Bestimmtes?" Paul verneinte. Sie bat ihn, ihren Platz freizuhalten. Etwas später kam sie mit den Tellern wieder, auf denen sich die griechischen Vorspeisen türmten. Sie stellten die Teller auf ihre Knie und aßen. Die salzigen Speisen machten durstig. Paul bot Leela an, Getränke zu holen.

„Ja, aber dann Ouzo. Zu Mezes passt nur Ouzo."

„Vorsichtig, Leela. Ich bringe lieber noch Mineralwasser mit. Darf ich Leela zu Ihnen sagen?"

„Dann sage ich Paul zu Ihnen."

Er kam mit einer Flasche Ouzo, einer Flasche Mineralwasser und Gläsern zurück und schenkte ein, zuerst den Ouzo. Seine eiskalte Frische tat gut und das Anisaroma rundete die griechischen Häppchen ab. Als ein paar Leute gegangen waren, wurde es stiller und er konnte sich mit Leela unterhalten.

44

„Was hat es mit dem Fenster in ihrer Wohnung auf sich, Leela?"

„Dann vermuten Sie mal!"

„Nun, auf der Fläche des Spielplatzes wird einmal ein Haus gestanden haben und die Ziegelwand war die Trennwand. Nur, wie das Fenster hineingekommen ist, weiß ich nicht."

„Alles richtig, wäre auch seltsam, wenn Sie nicht darauf gekommen wären, nach den vielen Malen, an denen Sie mit ihrem Mercedes an der Straße gestanden haben. Das andere kann ich ergänzen.

Nach der Zerstörung Berlins war Wohnraum knapp und so hat man in den großen Wohnungen die Zimmer geteilt. In meiner Wohnung auch, aus einem Zimmer hat man zwei Zimmer gemacht. Bloß, das hintere Zimmer – mein Schlafzimmer übrigens – hatte jetzt kein Tageslicht. Also hat man einfach die Mauer geöffnet und ein Fenster eingefügt. Wäre das Nachbargrundstück bebaut worden, hätte man das Fenster wieder schließen müssen. Hat man aber nicht, sondern einen Spielplatz eingerichtet, und so blieb das Fenster. Dann wurde das Haus renoviert, aus den Wohnungen wurden Eigentumswohnungen. Ich habe damals meine Wohnung auch deswegen gekauft, weil mir gerade der Raum mit dem Fenster gefallen hat, er bekommt volles Sonnenlicht. Was dann kam, ist eine Behördenposse. Natürlich wollten auch die anderen Wohnungsbesitzer einen Wanddurchbruch zum Süden haben. Das hat das Bauamt nicht genehmigt. Mein Fenster konnten sie aber nicht zumauern, das hat Bestandsschutz. Dann versuchten die anderen Eigentümer, zu erpressen. Sie schrieben dem Amt, sie seien bereit, die Ziegelwand sauber zu renovieren, wenn es ihnen Fenster genehmige. Das Amt lehnte ab. Die Besitzer schmollten. Und jetzt bleibt die Wand so, wie sie ist."

„Ist auch viel besser so", warf Paul ein. „Die gegenüberliegende Wand ist sauber verputzt und in die Mitte hat man ein Reklameposter von Coca Cola geknallt."

„Kann mir nicht passieren. Mein Fenster wäre im Weg." Leela füllte die Gläser wieder mit Ouzo und prostete Paul zu.

Am Eingang zur Galerie machte sich Bewegung bemerkbar. Zwei Frauen traten ein. Sie trugen bunte Glitzerkleider, waren stark geschminkt und hatten sich die Köpfe kahl rasiert. Bei der einen Frau schien es sich um einen verkleideten Mann zu handeln. Die Galeriebesucher begrüßten sie mit großem Hallo. Paul starrte auf das Geschehen.

„Die beiden zerschlagen die Polarität zwischen Mann und Frau und lassen alles in einem Geschlechternebel aufgehen", sagte er. Leela nahm einen Schluck Ouzo.

„Das wollen sie wahrscheinlich auch. Finde ich ganz logisch. Mann und Frau sind Variationen des gleichen Wesens mit nur geringen Unterschieden."

„Und das sagen ausgerechnet Sie, Leela? Sie betonen doch Ihre Weiblichkeit, gefällt mir ja auch!"

„Sie haben recht, Paul. Gegenwärtig bin ich sehr gerne Frau!" Sie hob ihre Augenbrauen und strahlte ihn an. Paul schüttelte den Kopf. Leela wurde immer rätselhafter.

Ihre Teller leerten sich. Die Flaschen auch. Kam vorher nach jedem Ouzo ein Glas Mineralwasser, so kam es jetzt erst nach jedem zweiten Ouzo. Nach einer halben Stunde standen sie auf. Die Flasche war fast leer. Leela hielt sich beim Aufstehen an Pauls Schulter fest.

„Oh! Ich glaube, ich bin angeschickert, Paul."

„Das glaube ich auch, Leela. Dagegen gibt es nur ein Rezept."

„Und das wäre?"

„Wir müssen an die frische Luft."

„Na gut. Dann gehen wir jetzt nach Hause."

„Wie bitte? Wissen Sie, wie weit es von hier nach Charlottenburg ist?" Leela schaute auf die Uhr.

„Es ist erst halb elf. Das können wir gut schaffen." „Etwa so?" Paul schaute auf ihre Füße. Sie trug High Heels. „Sie meinen die Stöckelschuhe? Das können wir ändern. Ich bin gut ausgerüstet." Sie ging zur Garderobe, holte eine schwarze Stofftasche von einem der Haken und entnahm ihr ein Paar Ballerinas. Dann zog sie die Schuhe aus und die Ballerinas an. Die Schuhe steckte sie in die Tasche und hängte sie sich über den Arm.

„Wir können gehen, Paul. Ich bin abmarschbereit." Paul zögerte.

„Was ist? Haben Sie irgendwo noch ihr Auto stehen?", fragte Leela.

„Nein, ich bin mit der U-Bahn gekommen. Bevor wir gehen, möchte ich wissen, welchen Weg Sie nehmen wollen. Durch den Tiergarten gehe ich um diese Zeit auf keinen Fall."

„Ach was, wir gehen die Friedrichstraße hinunter, schlagen uns zum Potsdamer Platz durch und laufen ein Stück am Landwehrkanal entlang. Über den Lützowplatz kommen wir zur Tauentzienstraße und zum Kurfürstendamm. Von da aus ist es nicht mehr weit nach Hause. Wir machen einen Spaziergang durch das nächtliche Berlin. Es wird sehr romantisch werden!" Leela fasste Paul an die Schulter und schob ihn energisch auf die Straße.

Die Linienstraße lebte. Fenster waren erleuchtet, viele offen, und Musik drang auf die Straße. Menschen gingen an ihnen vorbei, die meisten jung. Eine kleine überfüllte Eckkneipe spuckte diejenigen aus, die sich vergeblich um einen Platz bemüht hatten. Es hallte wider von den Wänden, Stimmen in allen Sprachen schnatterten freudig durcheinander. Wenn Leela jetzt noch ihre High Heels an hätte, würde es klackern, dachte Paul.

Am Oranienburger Tor bogen sie ab. Der Menschenstrom verdünnte sich etwas, hielt aber an. Der Friedrichstadtpalast lag wie ein übergroßes Ausflugsschiff am Weg, glitzernd und glühend, strahlend und funkelnd. Die Vorstellung musste gerade zu Ende gegangen sein, wie Ameisen warf er seine Besucher aus dem Bauch. Kurz vor der Weidendammbrücke hielt Leela inne.

„Du kannst mich jetzt einladen!" Sie bemühte sich, gleichmütig auszusehen, doch ihr Gesicht zog ironische Falten. Paul wusste, um was es ging.

„Gerne, meine Dame!" Er nahm ihren Arm und lenkte sie zum Royal Grill. Sie machte sich los. Der Royal Grill war eine der teuersten Möglichkeiten in Berlin, sein Geld für Essen auszugeben. Besondere Kochkunst brachte er nicht, doch das Fleisch und die Schalentiere waren von ausgesuchter Qualität. Die Schauspieler aus den USA, die sich manchmal zu den Filmfestspielen einfanden, liebten ihn, denn er überforderte ihre Zungen nicht mit ungewohnten deutschen Genüssen. Doch das war es nicht, was Paul elektrisierte.

Leela hatte ihn geduzt, zum ersten Mal. Er nahm sich vor, cool darauf zu reagieren. Er würde sie zurückduzen, klar, aber es sollte aussehen wie eine beiläufige Selbstverständlichkeit. Leela lachte.

„Ich wollte wieder mal wissen, ob ich dich verlegen machen kann, Paul. Hat diesmal nicht geklappt. Lass uns weitergehen."

Auf der anderen Straßenseite machte sich das Berliner Ensemble, die Heimstatt Brechts, daran, die Tempel des Kapitalismus zu verspotten und drehte heftig den Kreis mit seinem Emblem auf dem Haupt des Theaters am Schiffbau-

48

erdamm. Innen schob gerade Mutter Courage nicht nur ihren Marketenderwagen, sondern wahrscheinlich auch Kohldampf, dramaturgisch verordnet.

Hinter der Brücke erreichten sie den Bahnhof Friedrichstraße, diesen Kulminationspunkt der Großstadt, wo alle Verkehrsstränge zusammenliefen. Unter der Erde die U-Bahn, über der Erde die S-Bahn, auf der Erde in beiden Richtungen der Friedrichstraße der Autoverkehr, zusätzlich Busse und Straßenbahn und schließlich auf dem Wasser die Spreeschiffe. Alles kreuzte sich, verstrickte und verquickte sich; unablässig strömten Menschen aus der Halle des Bahnhofes, schwärmten in alle Richtungen aus, eine scheinbare Unordnung, doch letztlich eine Ordnung, die Ordnung der Metropole Berlin.

Vor dem Tränenpalast, in dem sich zu DDR-Zeiten diejenigen sammelten, die aus der DDR ausreisen durften, blieb Paul stehen.

„Hier stand einmal eine Imbissbude, die Kartoffelpuffer verkaufte, Leela, ich hab sie noch gekannt, vielleicht die Trostmahlzeit der Zurückgebliebenen?" Sie gingen weiter. Je weiter sie kamen, desto mehr nahm der Strom der Passanten zu, Touristen mischten sich, man erkannte sie daran, dass sie häufig stehenblieben.

Der Boulevard, den sie nun querten, war sommerlich geschmückt. Die Äste der Bäume hatte man überschüttet mit Lichterketten, sie bildeten einen eigenen Sternenhimmel, der die Wirklichkeit überstrahlte. Ein Gesumme von Stimmen kam von den Außentischen der vielen Restaurants. Die Berliner und die Touristen genossen die Sommernacht, aßen und tranken, die Wein- und Sektgläser klirrten fröhlich.

Weiter ging es, Leela hakte sich bei Paul ein. Ab und zu blieb sie stehen und warf einen Blick auf die Auslagen der Edelläden.

„Kaufst du hier auch, Leela?"

„Auch heißt wohl, dass deine Freundin hier kauft, hätte ich mir fast gedacht?"

„Natürlich tut sie das."

„Klar, ich kaufe auch hier. Das meiste ist Arbeitskleidung. Ich brauche vernünftige Hosenanzüge. Für Feste, die im Auswärtigen Amt oft vorkommen, auch Cocktailkleider."

Um zum Landwehrkanal zu kommen, bogen sie in die Mohrenstraße ab. Nicht political correct, dachte Paul, spätestens in zehn Jahren würde man die alten Straßenschilder abgerissen und durch neue ersetzt haben und nahm sich gleichzeitig im Spaß vor, in sein noch zu schaffendes Testament einen Passus aufzunehmen, der die Benutzung seines Namens im öffentlichen Raum verbot, obwohl ein solcher Fall ihm sehr unwahrscheinlich vorkam.

Der Menschenstrom verlief sich. Die Gegend langweilte, man hatte hastig und phantasielos aufgebaut, was im Krieg zerstört worden war. Nach kurzer Zeit erreichten sie das Gebiet um den Potsdamer Platz.

Er war eine amerikanische Insel inmitten von Berlin. Rotziegelige Straßenschluchten umfassten den Strom der Passanten, Häuser reckten sich in die Höhe, verschämt blickte das Weinhaus Huth sie an, geknechtet zwischen seinen arroganten Nachbarn stehend. Nur die Höhe der Gebäude stimmte nicht. Berlin war eben nicht New York.

„Das war einmal alles eine Trümmerwüste zwischen den Sektoren. Das Haus Huth ragte damals als einzelnes Relikt hervor, als trauriges Denkmal, denn hier befand sich der Verkehrsmittelpunkt des alten Berlin, auch der Vergnügungsmittelpunkt mit seinen vielen Cafés, Restaurants und Theatern", sagte Paul.

Doch man schien auch heute die Gegend zu schätzen. Ein Menschengewirr ergoss sich auf die Straßen und Plätze, vorwiegend ausländische Touristen, darunter viele Asiaten. Nur Urbanität, wie Berlin sie an vielen Stellen bietet, sucht man hier vergebens, alles wirkte steril und roch nach Kommerz.

Über den Mendelssohn-Bartholdy-Park erreichten Leela und Paul den Landwehrkanal, es wurde stiller, sie konnten ihre Schritte wieder hören.

Der Kanal, weder stinkend noch unangenehm riechend, begleitete nun ihren Weg. Es war vielmehr seine dumpfige, lähmende Frische, die trotz der Sommerlichkeit eine Stimmung erzeugte, die sie gelassen machte. Es hatte dagegen fast einen aufpeitschenden Moment, wenn die U-Bahnen am Mendelsson-Bartholdy-Park, längst ihrem Schacht entkommen und zur Hochbahn mutiert, lärmend neben ihnen rollten. Sie erzeugten einen metallischen Geschmack und schufen eine friedliche Gewissheit, hier in der Mitte dieser unkalkulierbaren Großstadt Teil einer Familie zu sein, um sie zu beschützen, wie eine Heimat. Es war so, als wärme ihr Anblick im Winter und kühle im Sommer.

Das milde Licht der Straßenlaternen verschaffte zudem Sicherheit und Wohlbefinden. Trotz der wenigen Passanten, denen sie begegneten, kamen sie sich auf diesem nächtlichen Streifzug sicher vor und empfanden ihn als einen Spaziergang, wie in einem Park, an Wasser und Bäumen entlang. Eine schrille, laute Frauenstimme auf der anderen Seite des Kanals ließ sie innehalten. Wortfetzen drangen herüber.

„Du hast ma betrojen, du Schwein!" Ein Pärchen, schäbig gekleidet und offensichtlich angetrunken, stand sich gegenüber, der Mann in einem dreckigen T-Shirt, das seinen Bauch nicht verdeckte, die Frau mit strähnigen, fettigen Haaren. Sie hörten, wie Hand auf Haut klatschte. Leela fasste Paul an der Schulter und zog ihn weiter.

„Die beiden gehören wahrscheinlich zu einer Spezies, die im Umgang miteinander nur zwei Kategorien kennt: miteinander vögeln oder sich zanken. Sowas gibt es öfter."

Paul war überrascht. Einen solchen Ausdruck hätte er gegenüber Leela nie benutzt. Doch aus ihrem Mund klang er leichtfüßig, eher fröhlich, kein bisschen schmutzig, was er aber seiner Natur nach auch gar nicht war.

Weiter ging es über den Lützowplatz. Auf seiner Mitte blieb Leela stehen und reckte ihre Arme nach oben.

„Weißt du, welchen besonderen Tag wir heute haben, Paul?"

„Freitag. Ausgerechnet den Dreizehnten."

„Nicht nur. Heute ist der Höhepunkt der Perseiden. So viele Sternschnuppen wie heute kann man an keinem anderen Tag sehen. In Indien haben wir das immer sehr genossen und sind die ganze Nacht aufgeblieben. Wir sollten einen Moment hier stehenbleiben und auf den Himmel schauen. Vielleicht können wir uns dann etwas wünschen." Paul lachte trocken.

„Klappt hier in Berlin nicht. Wir haben keine Dunkelheit durch die Lichtverschmutzung der vielen künstlichen Lichter. Achte mal darauf, wenn du von der westlichen Autobahn während einer Sommernacht in Berlin einfährst: über der Stadt kannst du die Lichtglocke ganz deutlich sehen."

Nachdem sie die Urania passiert hatten, tauchten sie in das alte Westberlin ein. Wieder wurde es voll, ein Mischmasch aus Berlinern und Touristen bevölkerte die Gehsteige und die äußeren Sitzplätze der Restaurants. Ein murmelndes Stimmengewirr wurde zur Begleitmusik; unterbrochen von den Gitarrenklängen und schrägen Stimmen der Straßenmusikanten.

Sie passierten die Kreuzung Kurfürstendamm/Joachimsthaler Straße, den ehemaligen Mittelpunkt des Westens, als Berlin noch geteilt war, vielfotografiert und besucht von Generationen Westdeutscher, darunter viele Schulklassen. Den als Berliner Bär verkleideten Menschen gab es noch; brummend drückte er Touristen an sich, die sich mit ihm fotografieren ließen, jetzt meist Japaner und Russen. Auch das alte, legendäre Café Kranzler gab es nach wie vor; äußerlich gleich geblieben, hatte sich in ihm allerdings ein Bekleidungsgeschäft der unteren Preisklasse angesiedelt, in ein paar Räumen ganz oben servierte man noch Kaffee und Kuchen, sozusagen in seiner Mütze.

Als sie weitergingen, in die Nähe der Bleibtreustraße kamen, wurde Leela etwas müde. Paul schlug ihr vor, in einen kleinen Club am Savignyplatz zu gehen, den er kannte, weil er nicht weit vom Laden entfernt lag.

„Ein oder zwei Drinks können wir noch vertragen, Leela. Der Ouzo müsste jetzt verflogen sein." Leela war einverstanden.

Sie traten ein und setzten sich zunächst an die Bar. Leela bestellte einen Manhattan, Paul trank Gin pur mit Zitrone und Eis. Sie sprachen jetzt nur wenig miteinander, bis Leela plötzlich munter wurde und ihn auf die Tanzfläche zog. Genauso, wie es Jessica immer machte, fiel es Paul ein.

Er tanzte nicht gern und nur selten, wenn er musste. Jessica war dabei stets der Wirbelwind, packte ihn und drehte ihn, ließ ihn in Fahrt kommen und freute sich darüber, er mochte es schließlich dann auch. Anders Leela.

Bei ihr stand die Körperlichkeit im Vordergrund, die sie offensichtlich genoss. Und es war nicht nur eine Körperlichkeit, die der Berührung entsprang, sondern sie teilte sich in allen ihren Bewegungen mit.

Sie blieben noch lange. Um drei Uhr in der Nacht verließen sie den Club und Leela bat Paul, ein Taxi zu rufen. Paul machte ihr einen Vorschlag.

„Du kannst bei mir in der Bleibtreustraße übernachten."

„In der Bleibtreustraße? Ich denke, du wohnst in Zehlendorf?"

„Tue ich sonst auch, doch ich habe noch eine Zweitwohnung über meinem Laden, in die mich manchmal zurückziehe, wenn ich allein sein möchte. Mein Onkel hat sie häufig benutzt. Er hatte offensichtlich Scheu davor, seine Homosexualität offensichtlich zu machen. Wenn er mal eine Zeitlang einen festen Partner hatte, zog er immer in die Bleibtreustraße. Die Villa in der Matterhornstraße stand dann leer; er würde wohl und wollte nicht in dieser bürgerlichen Wohngegend auffallen, so dachte er immer."

Paul schloss den Laden auf, sie gingen hindurch. In einem hinteren Raum hatte Pauls Onkel eine Wendeltreppe zum oberen Geschoss einbauen lassen, so musste er nicht das Treppenhaus benutzen, um in die Wohnung zu gelangen. Oben angekommen richtete Paul für Leela in dem Fremdenzimmer das Lager ein; er selbst zog sich sofort in seinem Schlafzimmer aus und fiel müde auf sein Bett.

Als er erwachte, stieg ihm Kaffeeduft in die Nase. Leela klapperte in der Küche mit Tassen. Sie kam mit zwei Tassen in sein Zimmer und war nur mit einem schwarzen Slip und BH bekleidet.

„Tut mir leid, ich habe im Bad keinen Bademantel gefunden. Kann ich zu dir kommen?"

Paul nickte, sie legte sich neben ihn auf die Bettdecke. Paul nahm seine Tasse entgegen, Leela hatte den Kaffee für ihn mit Milch und Zucker bereitet, sie selbst trank ihn schwarz.

„Woher weißt du denn, wie ich meinen Kaffee trinke, Leela?"

Sie schaute ihm ins Gesicht, mitleidig lächelnd.

54

„Ich habe dich bei der Party der Anderts beobachtet. Zum Schluss tranken wir alle noch einen Kaffee, weißt du es noch?"

„Du scheinst mich ja oft zu beobachten, Leela!" Sie zog spöttisch ihre Stirn in Falten.

„Und das sagt mir jemand, der mehr als ein halbes Jahr mit seinem Auto vor meiner Tür steht und mich beobachtet?"

Plötzlich drehte sie sich dicht zu ihm.

„Wolltest du gestern mit mir schlafen, Paul?" Schon wieder geriet er aus der Fassung.

„Ich weiß es nicht." Sie lächelte ihn an und tätschelte seine Wange.

„Wäre auch nichts draus geworden. Gestern nicht und heute nicht, ein andermal gern."

Paul kramte in seinem Kopf. Noch nie hatte ihn eine Frau so vorgeführt. Es machte ihn maßlos wütend und maßlos scharf zugleich.

Kurz darauf zogen sie sich an. Leela bat Paul, sie möglichst schnell nach Hause zu fahren, sie fühle sich unwohl in ihrer abgestandenen Kleidung und müsse so schnell wie möglich unter die Dusche. Während der Fahrt in ihre Wohnung machte Paul einen Vorschlag.

„Das Wochenende ist erst angebrochen, das Wetter passt, Leela, und ich habe bis zum Sonntagabend nichts vor. Wir könnten zusammen in die Mark fahren und uns einen schönen See zum Baden aussuchen, abends gut essen, übernachten und am nächsten Tag zurück fahren. Was hältst du davon?"

„Der Vorschlag ist verlockend, Paul. Wir sollten dann aber einen See ansteuern, der nicht so nah bei Berlin liegt, die sind meistens überfüllt." Paul stimmte zu.

„Ich habe an die Rheinsberger Seenkette gedacht. Wenn du einverstanden bist, fahre ich jetzt nach Hause, buche eine Unterkunft und hole dich in einer Stunde wieder ab. Packen geht doch schnell. Oder möchtest du mit deinem Auto fahren?"

„Mit meinem Auto?" Leela schaute ihn belustigt an. „Ich habe keins, das brauche ich hier in Berlin nicht. Drei U-Bahn-Stationen liegen in meiner Nähe und ich habe durchgehende Verbindung zum Hausvogteiplatz, der nur ein paar Schritte von meiner Arbeitsstelle entfernt liegt. Wenn ich mal ein Auto brauche, miete ich mir eins. Ich fürchte, wir müssen dein Auto in Anspruch nehmen."

Leela stand schon vor der Tür, in Jeans und einem karierten Hemd und mit einer kleinen Reisetasche, die sie sich übergehängt hatte. Paul musterte sie mit großen Augen, als sie einstieg.

„Mein Räuberzivil im Sommer. Nicht passend?" Paul schüttelte lachend den Kopf.

„Nur ungewohnt. Ich habe dich meistens nur elegant gesehen. So wie jetzt gefällst du mir fast besser."

Nach dem nördlichen Autobahnring öffnete langsam die Mark ihre Seele. Seitlich standen Maispflanzen im Wechsel mit goldreifen Feldern, denn der Weizen war noch nicht abgeerntet. Immer mehr setzte sich auch Kiefernwald durch. Die Straßendörfer, durch die sie jetzt fuhren, wirkten schüchtern und bescheiden; niedrige einstöckige Häuser säumten breiträumig die Straße und zeigten zögerliche Schilder, mit denen sie ihre Landprodukte anboten wie Honig, Pilze, Kartoffeln und Gemüse. Auch der Atem der DDR war noch zu spüren, wohl ein sehr langer Atem; man sah es an manchen Hausfassaden, an deren Grau und Bröckeligkeit, ein Stadium zwischen Hoffnung und Verfall.

„Die Eigentümer dieser Grundstücke warten wahrscheinlich darauf, bis der Moloch Berlin sich weiter ausbreitet und die Preise in die Höhe treibt. So muss es auch schon vor dem Krieg gewesen sein", bemerkte Paul.

In der Gegend vor Rheinsberg wurde es einsamer und grüner. Lindenalleen ließen ihre Baumkronen zur Straße hin nicken und der Wald nahm zu, die Felder ab.

„Muss dich enttäuschen, Leela", sagte Paul. „In Rheinsberg habe ich kein Quartier mehr bekommen, wir müssen noch tiefer in die Provinz hinein, in ein eigentümliches Dorf, ganz klein und abgelegen, doch angeblich soll es mal eine Art Sommerfrische gewesen sein. Es heißt „Flecken Zechlin" und liegt ein paar Kilometer von Rheinsberg entfernt am „Schwarzen See". Der See ist aber sauber, eben nur tiefgründig, und deswegen nennt man ihn wohl so. Wir haben zwei Zimmer in einem einfachen Gasthof, hoffentlich willst du jetzt nicht gleich zurückfahren?"

„Passt alles. Hast du dich auch erkundigt, ob noch ein Doppelzimmer frei gewesen wäre?" Leela schaute ihn so tiefgründig an, als wolle sie den See nachahmen.

„Natürlich nicht. Wolltest du mir damit etwas sagen?"

„Natürlich nicht. Wolltest du gerade etwas vermuten?"

Sie schwiegen eine Weile.

Hinter Rheinsberg ging es über kleine Straßen weiter. Nachdem sie Felder und Wald verlassen hatten, tauchten Ort und See vor ihren Augen auf. Sie fuhren an das Seeufer und stiegen aus. Alles war sehr eindrucksvoll.

Wie ein Amphitheater umkränzte der Ort eine kreisrunde Wasserfläche, die sie geheimnisvoll anblickte, nebenbei ein paar Enten duldend, die am Ufer umher schwammen.

Es war alles ruhig. Die wenigen Stimmen, die sie aus dem Ort vernahmen, schienen die Einsamkeit durchbrechen zu wollen und standen im Wettbewerb mit dem Plätschern des Wassers und dem Rauschen des Windes. Paul schaute auf den Himmel und zeigte Leela ein paar tiefgraue Wolken, die über den Himmel krochen.

„Schnell Quartier beziehen und dann ab ins Wasser. Könnte sein, dass wir es bald von oben bekommen."

Der Gasthof lag mitten im Ort und wirkte einfach und bescheiden. Sie bezogen zwei kleine Zimmer, ausgestattet mit pausbäckigen Federbetten. Als sie den Wirt fragten, ob es denn Bademöglichkeit gäbe, verwies er sie auf eine Badestelle am Großen Zechliner See.

„Hier am Schwarzen See können Sie auch überall baden, leider haben wir keinen Komfort, keinen Sandstrand und keine Umkleidemöglichkeit. Das alles gibt es an unserem Nachbarsee, zu dem ein Kanal führt. Sie kommen leicht dahin, es sind nur ein paar Minuten zu Fuß."

Sie trafen sich wenig später. Leela hatte ein dünnes Sommerkleid über ihren dunkelblauen Badeanzug gestreift, Paul trug die Badetasche mit der trockenen Kleidung, zwei Liegedecken, zwei Flaschen Mineralwasser und ein paar Handtüchern, die er aus den Zimmern mitgenommen hatte.

Der Weg zu der Badestelle führte durch Wald, märkischen Kieferwald, der ihnen angenehmen Halbschatten bescherte, denn die weit auseinanderstehenden Äste und Nadeln ließen die Sonne dämmrig durchscheinen und erlaubten Grünwuchs auf dem Boden. Der norddeutsche Fichtenwald wie im Harz war Paul immer dunkel und tot vorgekommen, unter seinem Schatten trauten sich nicht einmal Pilze aus der dicht mit Nadeln bedeckten Erde. Sie erschraken, als plötzlich ein Graureiher neben ihnen hochflog.

Der Wald öffnete sich zur sandigen Badefläche mit Steg. Sie waren fast allein; ein junges Pärchen stieg gerade vor ihnen aus dem Wasser und machte sich auf den Heimweg.

Leela lief auf das Wasser zu, schlüpfte aus ihrem Kleid und sprang vom Steg aus in den See. Paul tat es ihr gemächlicher nach und benutzte eine rostige Leiter, die neben dem Steg befestigt war. Sie schwammen genüsslich hinaus, denn die Wassertemperatur des sommerlich aufgeheizten Sees ließ zunächst kein Kältegefühl aufkommen.

Sie planschten und schwammen um die Wette. Eine angenehme halbe Stunde hielten sie es aus. Als sie tropfnass aus dem Wasser stiegen, liefen sie sich auf dem dünnen Gras unter den Kiefern zunächst ein paar Minuten trocken. Leela ging ein paar Schritte zur Seite, streifte ihren Badeanzug ab und rieb sich mit einem Handtuch trocken. Paul sah sie von hinten, erblickte einen appetitlichen Po und wusste im gleichen Moment, dass sie ihn beobachtete, während er sie beobachtete. Er selbst zog sich auf der Liegedecke um. Als Leela zurück kam, in Shorts und T-Shirt, legten sie sich auf ihre Decken und schauten in den Himmel. Die dunkelgrauen Wolken hatten sich verzogen, doch die flusigen, grau-weißen Streifen der anderen Wolken zogen schnell über sie hinweg, leichter Wind zog auf.

„Wird wohl eine Wetterveränderung geben", sagte Paul. „Morgen könnten wir noch einmal Glück haben, wir sollten es ausnutzen."

Auf dem Rückweg machten sie noch einmal am Schwarzen See halt, direkt an der Anlegestelle der Ausflugsschiffe. Es wurde dunkler. Sie spürten, wie die Temperaturen des Tages ihre Gnädigkeit verloren und Leela frösteln ließen. Gleichzeitig verschwanden Aromen; der sanfte Geruch der verblühenden Blumen, vermischt mit dem herben Geruch der Blätter, wich der apfeligen Ausströmung des wachsenden Augustobstes, erzeugte Herbstlichkeit und regte zum Nachsinnen an. Leela schien dies besonders zu spüren. Sie verweilte, im ursprünglichen Sinne des Wortes. Eine Zeitlang schwiegen sie.

Im Gasthof angekommen, setzten sie sich zu Tisch. Sie hatten zum Abendessen nichts Besonderes erwartet, doch es kam anders.

„Ich habe heute gesammelt", sagte der Wirt. „Die ersten Steinpilze in diesem Jahr. Wenn Sie wollen, können Sie zwei Portionen haben." Paul war begeistert.

„Dann hätte ich gern zwei ganz normale, panierte Schweineschnitzel mit Bratkartoffeln zu den Pilzen. Bitte schütten Sie keine Sauce über die Kartoffeln oder die Pilze." Er suchte eine Flasche Rotwein aus.

„Ouzo gibt's heute nicht, Leela. Dafür ein Festmahl, wenn der Wirt nichts verkehrt macht."

Es wurde wirklich ein Festmahl. Beide wussten, dass es fast unmöglich war, in der Großstadt Berlin ein solches Essen zu genießen, denn die ersten frisch gesammelte Steinpilze im Frühsommer zu bekommen, hätte die meisten Restaurants überfordert; zudem wäre die Versuchung der Köche groß gewesen, den unvergleichlichen Geschmack dieser edlen märkischen Zutat mit Gewürzen und Küchenkapriolen zu verfälschen.

Danach nahmen sie noch eine Flasche Rotwein mit und setzten sich an den See. Hinter ihnen stand ein schlichtes, verlassenes Gebäude, dunkle Fenster blickten aus einer langen Fassade, alte Mauern und Fundamente wurden sichtbar.

„Hier war einmal ein Kloster der Zisterzienser, uralt, aus dem Mittelalter", erzählte Paul. „Ich habe es auf meinem Zimmer in einer Ortsbroschüre gelesen. Kloster blieb es nur kurze Zeit, dann wurde es zur Burg, sogar zu einer ziemlich bedeutenden. Es hat viel mitgemacht, Zerstörung, Wiederaufbau und Verfall, alles was Geschichte ausmacht. Zum Schluss wurde es Amtshaus und dann Schule."

Als sie zu ihrem Gasthof gingen, hakte sich Leela bei Paul ein. Als sie sich trennten und zu ihren Zimmern gingen, war beiden so, als sei etwas verkehrt.

Am nächsten Tag suchten sie nach dem Frühstück wieder die gleiche Stelle am Schwarzen See auf. Sie gingen von dem Anlegersteg aus ins Wasser und schwammen sich müde. Zum Umziehen kehrten sie zurück ins Gasthaus. Das Wetter hatte gehalten und erlaubte ihnen, ihre Decken im Gras auszubreiten, manchmal kam sogar die Sonne durch.

Leela schaute versonnen auf das alte Gebäude am See und nach einer Weile wanderte ihr Blick zum Wasser.

„Dies hier erinnert mich an verschiedene Plätze, an denen ich schon einmal gewesen bin, Paul. Das erste Mal ist sehr lange her, das zweite Mal war es ein Platz in Indien."

„Wann war das?"

„Es war nach dem Tod meiner Eltern. Sie sind bei einem Autounfall ums Leben gekommen. Wir lebten damals wieder in Deutschland. Ich war restlos am Boden. In Deutschland hielt mich nichts mehr. In Indien hatte ich über meinen Vater Verwandte, sodass es wenigstens noch ein paar Anlaufstellen gab. Das war jedoch nicht das Entscheidende für mich. Indien ist ein sehr spirituelles Land, es wimmelt darin von Religionen, Heilsbringern, Gurus, Philosophen und Scharlatanen. Ich wollte wie viele andere auch in Indien Selbsterkenntnis finden und wenn mir das gelänge, fände ich vielleicht einen Weg, um aus meinem Tief herauszukommen, so dachte ich."

„Und ist es dir gelungen?"

„Im großen und ganzen ja. Ich habe zwar keine Religion gefunden, in der ich mich heimisch fühle, doch ich glaube

61

seitdem an die Unsterblichkeit und die Wiedergeburt meiner Seele nach dem Tod in einem neuen Körper. Dieser Gedanke hat etwas enorm Tröstliches für mich."

„Wie geht das, an die Wiedergeburt zu glauben?" Leela wendete ihren Kopf zu Paul hin und lächelte ihn an.

„Es ist gar nicht so schwer, Paul. Wenn man sich die Religionen der ganzen Welt anschaut, stellt man fest, dass fast alle an die Wiedergeburt der Seele glauben, auch das Christentum und der Islam. Nur sind alle diese Religionen mit festen Regelwerken für das Verhalten verknüpft und für mich persönlich brauche ich so etwas nicht. Die Hindu sind da viel toleranter. Ihre Religion erlaubt ihnen eine Vielzahl von Verhaltensmustern, ist auch häufig fröhlich und offen. Was ich von ihnen nicht übernehmen würde, ist das Kastenwesen. Ich bin damals acht lange Jahre in Indien gewesen und habe nebenbei noch Bengali gelernt, eine Sprache, die in Indien häufig gesprochen wird. Das ist mir sehr zugute gekommen, als ich wieder nach Deutschland zurückkehrte. Ich hatte keine Probleme, eine Stelle im Auswärtigen Amt zu bekommen."

Ein Tuten unterbrach ihr Gespräch. Ein kleines Ausflugsschiff näherte sich, legte an und entließ ein paar Passagiere mit Fahrrädern. Nach einer halben Stunde startete es wieder und brachte die restlichen Passagiere zurück nach Rheinsberg.

Auch Leela und Paul machten sich auf den Weg.

Als sie den Berliner Ring verließen und auf die Autobahn in Richtung Charlottenburg fuhren, wurde es voll, eine halbe Stunde standen sie im Stau. Am Abend erreichten sie Leelas Wohnung; Paul schaffte es, an der gleichen Stelle zu parken, wo er schon so oft mit dem Auto gestanden hatte. Sie stiegen aus, Leela nahm ihr Gepäck und sagte zu Paul:

62

„Wenn du möchtest, kannst du dir ja jetzt auch einmal mein Fenster von innen ansehen, das Fenster, welches du so lange beobachtet hast." Paul kam mit.

Als Leela ihre Wohnung aufgeschlossen hatte und sie eintraten, war er überrascht. Er hätte erwartet, dass sich ihre ereignisreiche Vergangenheit in Indien auch in der Wohnungseinrichtung niedergeschlagen hätte; nichts in dieser Richtung war zu sehen, weder bunte Stoffe noch Bilder oder Teppiche. Leela hatte alles sehr minimalistisch eingerichtet, in den Farben weiß und schwarz. Das Wohnzimmer bot sehr viel Raum und beschränkte sich auf eine Sitzgruppe mit schwarzen Ledermöbeln, ein Sideboard und einen großen Schrank mit Buchregalen, der eine Seite unauffällig nutzte. Auf einer anderen Seite befand sich ein großer Flachbildschirm, gegenüber füllte ein steinernes Relief einen Teil der Wand. Es schien alt zu sein, war aus zwei gebrochenen Teilen zusammengefügt und zeigte zwei Reifen oder Räder mit jeweils drei Speichen. Außer dem Wohnzimmer gab es noch eine Küche und ein Bad und ein kleines Zimmer mit zwei Betten, das offensichtlich als Besuchszimmer gedacht war.

Um in Leelas Schlafzimmer zu kommen, musste man durch das Wohnzimmer gehen. Es wurde jetzt dämmrig; durch das Fenster zum Spielplatz, jenem Fenster, welches Paul so oft beobachtet hatte, drang der rötliche Schein der Abendsonne wärmend in den Raum. Leela hatte ihn geteilt, seitlich befand sich ein begehbarer, schmaler Ankleideraum. Das große Bett hatte sie so gestellt, dass man von ihm aus auf das Fenster blicken konnte. Über dem Kopfende des Bettes war ein Regal befestigt, auf dem unter anderem Bücher standen. Sie stellten sich vor das Fenster und blickten auf das Plakat mit der Coca Cola-Werbung auf der gegenüber liegenden Hauswand.

„Ein schöner Anblick ist das aber nicht, Leela. Weißt du, was Werbung bedeutet?"

„Was meinst du damit?"

„Werbung ist die Hure der Information." Leela lachte.

„Ist mir egal. Ich schlafe gern hell, ich mag das Dunkel nicht." „Ich auch nicht."

Irgendetwas passierte. Paul stand hinter Leela und umfasste ihre Schultern. Leela schaute weiterhin aus dem Fenster. Sie blieben eine Weile still. Leela durchbrach schließlich das Schweigen.

„Ich weiß ganz genau, was du mir jetzt sagen willst, Paul." „Dann rate mal."

„Vorgestern war das alte Gestern und gestern war das alte Heute. Wir haben ein neues Heute."

„Stimmt."

Sie drehte sich um und legte ihre Arme um seinen Hals.

„Dann lass es uns auch genießen. Es gibt nichts Kostbareres als die Gegenwart." Paul neigte sich zu ihr hin und suchte ihren Mund.

Hinterher dösten sie in Leelas Bett, bis es dämmrig wurde. Leela stand auf.

„Ich mach uns einen Tee, Paul. Kekse habe ich auch noch. Alkohol haben wir an diesem Wochenende genug getrunken."

Als Leela den Tee servierte, sah sie, dass Paul immer wieder seinen Blick auf das Steinrelief an der Wand richtete. Nach dem Tee bot sie ihm an, das Relief zu erklären. Paul wartete aufmerksam darauf.

„Das Relief stammt von der Wand eines sehr alten, verfallenen Hindutempels in Indien. Ich habe es selbst gefunden, die beiden Teile geborgen und unter großen Mühen nach Deutschland geschafft. Es stellt eine einfache Version

64

des Lebensrades dar. Das Lebensrad ist ein Symbol für die Ewigkeit, es taucht in mehreren östlichen Religionen auf, hauptsächlich im Hinduismus und Buddhismus. Die untere Speiche steht für die Gegenwart, den kleinen Teil der Ewigkeit, wo sich unserer Körper und Seelen decken. Wenn das Rad sich vorwärts dreht, läuft es in die Zukunft, unsere Seelen jedoch bewegen sich im umgekehrten Uhrzeigersinn nach oben und suchen sich nach unserem Tod dann ein neues Zuhause, in Körpern, in denen sie wiedergeboren werden. Diese Phase wird durch die zweite Speiche symbolisiert. Bei der dritten Speiche beginnt die Vergangenheit. Aus Vergehen wird dann wieder Werden, bis die erste Speiche abermals erreicht ist, die zur neuen Gegenwart wird. Dieser Vorgang wiederholt sich endlos. Er ist die Ewigkeit. Hast du eine Vorstellung von der Ewigkeit?"

„Darüber habe ich mir noch nie Gedanken gemacht."

„Es gibt ein altes deutsches Märchen. Ich versuche, es sinngemäß wiederzugeben. Ein Hirtenbube bekommt von einem König die Frage gestellt, wie viele Sekunden die Ewigkeit habe. Er antwortet, irgendwo auf der Welt gibt es einen Diamantberg. Er ist groß, eine Stunde in die Höhe, eine Stunde in die Breite und eine Stunde in die Tiefe, wenn man ihn begeht. Alle hundert Jahre kommt ein Vöglein, wetzt seinen Schnabel daran und fliegt wieder weg. Wenn der Berg abgetragen ist, ist die erste Sekunde der Ewigkeit vorbei."

„Und warum führt die Zukunft wieder in die Vergangenheit?"

„Weil alles, was besteht, irgendwann vergeht. Auch unser Sonnensystem wird vergehen. Doch die Materie ist ebenso unsterblich wie unsere Seelen. Sie löst sich zwar in Atome auf, ballt sich aber langsam wieder zusammen und formt neue Sonnen und Planeten. Selbst wenn aus Materie

Energie wird, wie es auf der Sonnenoberfläche geschieht, ist dieser Vorgang nicht unumkehrbar. Aus Energie kann wieder Materie werden und umgekehrt. All das lässt sich physikalisch und astronomisch beweisen. Die Vorfahren der Hindu und Buddhisten wussten das zwar noch nicht, doch sie kannten das Geschehen im Prinzip. Jetzt ist es vielleicht auch für dich begreifbar, warum die Gegenwart für mich so kostbar ist: die Zukunft können wir zwar noch bis zu einem gewissen Grade planen, doch um wieder zur Gegenwart zu kommen, müssen wir das ganze Rad durchlaufen. Es ist der längste Weg."

„Das Lebensrad als Symbol kenne ich auch", sagte Paul, „ich glaube, aus Abbildungen, die zum tibetanischen Buddhismus gehören. Ich kann mich erinnern, dass es in sehr viel mehr Segmente geteilt war als dein Relief."

„Du hast recht. Die Segmente haben alle eine religiöse Bedeutung und stellen Symbole dafür dar, was ein Mensch meiden soll und was er tun soll, um dem Kreislauf der Wiedergeburten zu entgehen. Aus der Sicht der Buddhisten ist dieser Kreislauf mühselig und jammervoll; Ziel ist das Aufgehen im Nirwana, einer Daseinsform, die Befreiung bedeutet. Außerdem gehen die meisten Religionen davon aus, dass alles, was der Mensch in der Gegenwart selbstbestimmt tut, sich auf die Zukunft seiner Seele auswirken wird, eine Art der Moralisierung des Tuns mit Belohnung oder Bestrafung, je nachdem. Aber was heißt schon selbstbestimmt? Es ist Glaubenssache. Ich glaube nicht daran. Für mich ist gerade die Möglichkeit, wiedergeboren zu werden, schon eine Art Befreiung. Natürlich weiß ich nicht, wo und in welcher Form dies passieren wird, ich kann auch unglücklicher als jetzt wiedergeboren werden. Doch davor habe ich keine Angst. Bei meinem Gedanken an die Ewigkeit neutralisiert sich das alles. Wichtiger für mich ist es, dass ich den Tod nicht mehr als ausweglos empfinde, dieses Bewusstsein hat mir seit meiner Zeit in Indien immer sehr geholfen."

Paul fuhr zurück, in die Wohnung in der Bleibtreustraße, das Haus in der Matterhornstraße meidend, denn er wollte Jessica an diesem Abend nicht mehr begegnen.

Als er mit Leela geschlafen hatte, war er aus seiner bisherigen Bahn geworfen worden. Noch nie hatte er ein so archaisches, intensives Erlebnis mit einer Frau erlebt, ein so aus tiefer Erfahrung gewonnenes Beisammensein, ein gegenseitiges Geben und Nehmen, ein Pendeln und Wippen, als wenn es kein Morgen gäbe. Das erste Mal in seinem Leben fühlte er sich einer Frau in dieser Hinsicht unterlegen – und es machte ihm Freude, unglaubliche sogar. Jessicas Ungestüm fiel ihm ein, etwas, was er bis jetzt immer mochte, ein Gefühl, was plötzlich dahin war, wie der sich auflösende Nebel in der Herbstsonne.

Er war lange im Bett gewesen mit Leela, und manchmal hatten sie miteinander geflüstert. Als er sie einmal fragte, ob sie sich mit ihm wohlfühle, hatte sie zu ihm gesagt:

„Du hast keine Ahnung, ich fühle wie du, ich weiß mehr Bescheid über dich, als du denkst.".

Er würde süchtig auf Leela werden, er war es schon, er wusste es. Ein schlechtes Gewissen blieb. Er musste etwas tun. Er würde mit Jessica reden müssen.

Jessica Andert saß mit ihrer Freundin Isabell im Café Einstein, sie frühstückten. Jessica wirkte heruntergekommen und leidend, sie schwieg und rührte unlustig mit dem Löffel in ihrer Kaffeetasse herum. Nach einer Weile unterbrach sie ihr Schweigen.

„Das ganze Drama mit Paul fing an, als wir von Bad Saarow zurückkamen, Isabell. Er war am Sonntagabend nicht in der Matterhornstraße, dabei habe ich mir anfangs nichts gedacht, sowas kam öfter vor. Er zieht sich eben gern mal in seine Wohnung in der Bleibtreustraße zurück. Am Montagabend kam er dann, sprach nicht viel und ich merkte, dass er alles Mögliche im Kopf hatte, nur nicht mich. Es ist dann zwischen uns in den nächsten Tagen körperlich nichts gelaufen, ging auch gerade nicht bei mir. Am Freitagabend rückte er mit der Sprache heraus, am Abend, bevor wir uns das vorige Mal zum Frühstück getroffen hatten." Isabell unterbrach.

„Ich habe damals sofort gemerkt, dass etwas mit dir nicht in Ordnung war, Jessica. Du warst ganz still und in dich gekehrt. Ich wollte dich darauf nur nicht ansprechen, weil ich damit vielleicht Öl auf irgendetwas gegossen hätte, was in dir brannte." Jessica nickte geistesabwesend.

„Wie auch immer, er sagte, er brauche eine Auszeit und wolle vorübergehend in der Bleibtreustraße wohnen. Als ich ihn fragte, wie lange diese Auszeit dauern solle, zuckte er mit den Schultern und sagte, er wisse es nicht. Und was ist mit mir?, fragte ich ihn. Du kannst natürlich hier in der Matterhornstraße weiter wohnen, solange du willst, antwortete er.

Ich war wie vor den Kopf geschlagen und fragte ihn, steckt eine andere Frau dahinter? Er schaute mir gerade in das Gesicht und sagte, ja. Möchtest du noch mehr wissen? Ganz freundlich gab er das von sich und blieb dabei total

68

ruhig. Ich wurde wütend und warf ihm an den Kopf, du brauchst mir nichts zu sagen, ich krieg es sowieso heraus. Dann fing Paul an, seine Sachen zu packen. Mit zwei Koffern zog er ab. Zum Abschied, wie großzügig, bekam ich einen flüchtigen Kuss auf die Wange."

„Ist er jetzt endgültig ausgezogen?"

„Er kam noch ein paarmal und holte weitere Sachen ab. Doch das meiste von ihm liegt noch in seinen Schränken. Er machte alles genauso wie früher sein Onkel, mit dem Unterschied, dass er nicht schwul ist."

„Und weißt du jetzt, was das für eine Frau ist, die ihn dir abgeluchst hat?"

„Ja, Isabell. Einer meiner Brüder hat die beiden in einem Restaurant am Savignyplatz gesehen. Sie ist Halbinderin, hat einen indischen Namen und arbeitet beim Auswärtigen Amt. Ich kenne sie auch. Sie war auf dem Frühlingsfest meines Vaters; also habe ich letztlich dafür gesorgt, dass sie sich kennengelernt haben, ich Gans. Schon damals habe ich geahnt, dass er auf sie stand."

„Und wie sieht sie aus?"

„Leider spitzenmäßig, eher der elegante Typ. Einen guten Geschmack hat er ja. Sie ist viel älter als ich, wahrscheinlich ist sie ungefähr im gleichen Alter wie Paul."

„Was willst du jetzt machen, Jessica?"

„Erst einmal bleibe ich in der Matterhornstraße. Vielleicht kommt er ja schnell wieder zurück. Mein Vater ist auch ein paarmal zur Seite gesprungen; trotz allem sind meine Eltern bis heute zusammen."

„Bist du dir dafür nicht zu schade? Zieh aus, schieß ihn in den Wind und such dir was Neues!"

„Das kann ich nicht", schluchzte Jessica, „er hat es nicht verdient, aber ich liebe den Kerl nun mal."

„Jetzt fang bloß nicht an zu heulen, das fehlte noch!"

69

„Ach was, im Moment ist mir, als könnte ich ihn verprügeln." Jessica knallte die Kaffeetasse so laut auf die Untertasse, dass die Gäste am Nachbartisch sich umdrehten. Isabell lachte.

„So gefällst du mir viel besser, Jessica. Lieber missmutig als depressiv. Weißt du was? Ich ziehe ein paar Tage zu dir und wir besprechen alles ausführlich und in Ruhe. Wenn es sich ergibt, können wir uns auch mal die Kante geben!"

„So machen wir das, Isabell!"

BERLIN, IM JANUAR 2011

Paul Voigt saß an einem Tisch im Restaurant der Deutschen Oper in der Bismarckstraße und wartete auf Leela Roy.

Sie hatten sich für die Oper „Carmen" verabredet. Vorher würden sie im Restaurant essen; ein Menü war vorbestellt und später wollten sie sich zu Fuß nach Leelas Wohnung aufmachen. Paul hatte vor, bei Leela zu übernachten, und so war er mit der U-Bahn gekommen.

Es war ein Vierteljahr vergangen, seit er aus der Villa in der Matterhornstraße ausgezogen war. Noch keinen Tag hatte er es bereut und genoss sein temporäres Alleinsein, obwohl er manchmal ein schmerzhaftes Gefühl empfand, wenn er an Jessica zurückdachte. Er wusste, dass sie unglücklich war. Doch er empfand kein Schuldbewusstsein; hatte er ihr doch vom Anfang ihrer gemeinsamen Beziehung an gesagt, dass er seine Unabhängigkeit über alles schätze und sich auf keinen Fall in Besitz nehmen lasse. Dass Jessica es zwar akzeptiert, aber nie verstanden hatte, konnte er auch nicht ändern, redete er sich ein. Ein Anflug von schlechtem Gewissen blieb.

In dieser Beziehung war Leela ihm ähnlich. Auch sie legte größten Wert auf ihre Unabhängigkeit und der Gedanke, zusammen zu ziehen, war zwischen ihnen noch nie aufgetaucht. In ihrer leicht esoterischen Manier hatte sie ihm einmal gesagt, die Schönheit einer Seele im Verbund mit dem Körper könne sich nur dann entfalten, wenn man einige Anteile von ihr uneinsehbar erhalte und pflege. Eine versklavte Seele, sei es durch eine allzu fordernde Beziehung oder ein falsches Ideal wie eine langweilige Kleinfamilie lasse sie verkommen und töte ihre Attraktivität, sowohl nach innen wie nach außen hin.

71

Paul dachte wieder an Jessica. Über sie hatte er mit Leela noch nie gesprochen. Irgendwann hatte Leela ihm nebenbei zu erkennen gegeben, sie habe keine Besitzansprüche an ihn und Gefühle wie Eifersucht kenne sie nicht. Doch als sie ihn bei der Feier der Anderts kennengelernt hatte, wusste sie genau von seiner damaligen festen Bindung an Jessica; er konnte sich daran erinnern, dass er ihr gegenüber Jessica als seine Freundin bezeichnet hatte. Dass er nicht mehr mit ihr zusammen war, konnte sie allerding daraus schließen, dass er jetzt ständig in der Bleibtreustraße wohnte. Zum Thema wurde seine Beziehung zu Jessica zwischen ihnen jedoch nie.

Paul und Leela gingen in der Woche meist ihre eigenen Wege. Leelas Arbeitstag war lang und Paul arbeitete zusammen mit Richard Wendler über den Tag in seinem Laden. Ab und zu trafen sie sich abends auch in der Woche, besonders dann, wenn Leela zwischendurch einmal einen freien Tag hatte. Doch das Wochenende verlebten sie fast immer gemeinsam. Manchmal übernachtete Leela bei Paul in der Bleibtreustraße, manchmal kam Paul zu Leela, so wie es auch heute geplant war. Sie unternahmen viel zusammen. Sie genossen das kulturelle Leben Berlins, gingen in Ausstellungen oder ins Theater oder nahmen an Festen und Eröffnungsfeiern teil. Leela trug oft dazu bei, weil ihr die Arbeit im Auswärtigen Amt eine Menge Kontakte verschaffte. Bei gutem Wetter entschlossen sie sich oft spontan, in die Mark Brandenburg zu fahren; hier übernachteten sie in Landhotels und genossen das Wochenende mit Spaziergängen und gutem Essen. Einen besonderen Reiz übte auf Leela die Gegend um Rheinsberg aus, eine Gegend, von der eine besondere Poesie ausging, wie beide empfanden. Hier fühlte sich Leela besonders vom Schwarzen See und dem Flecken Zechlin angezogen, dem Ort, an dem sie zum ersten Mal gemeinsam übernachtet hatten. Es musste noch etwas ande-

72

res, Besonderes, sein, was sie an diesem Ort wahrnahm, spürte Paul. Sie schliefen dann wieder in dem gleichen einfachen Gasthof und setzten sich abends an das Seeufer. Ort und See zeigten sich im Winter von einer eigentümlichen Klarheit und Stille; das Laub der Bäume war ausdrucksvollen, schwarzen Astkronen über den Stämmen gewichen, passend zum Namen des Sees und Leela nahm nachdenklich wahr, wie ein zurückgebliebenes Blatt auf die Wasserfläche fiel und Kreise erzeugte oder ein vereinzelter Ruf oder eine klappende Tür die Stille durchbrachen.

Leela konnte auch überschäumend und fröhlich sein, besaß eine feine Gabe für Ironie und verspottete ihn manchmal gern, wenn auch spaßhaft und in liebevoller Weise, beispielsweise dann, wenn er sie in seinen Armen hielt und ihr sagte, dass er selber nicht wisse, wie es mit seinen Gefühlen für sie bestellt sei. Was Paul bei Leela besonders anzog, war eine Aura des Geheimnisvollen, die sie stets umgab.

Zu Weihnachten fuhr Paul immer zu seinem Vater an den Bodensee, so auch im vergangenen Jahr. Er hatte ursprünglich vorgehabt, Leela mitzunehmen, doch sie wollte nicht mitkommen. Leela hatte zwar keine direkten Verwandten mehr in Deutschland, doch sie sei es gewohnt, mit ihren Berufskolleginnen und Berufskollegen zu feiern, sagte sie ihm. Viele Mitarbeiter des Auswärtigen Amtes kamen aus dem Ausland und hatten ebenfalls keine Angehörigen in Deutschland, sodass die gemeinsame Weihnachtsfeier mit ihnen für sie obligatorisch sei.

Einmal hatte er sich zwischen Weihnachten und Neujahr mit Jessica in der Matterhornstraße getroffen. Sie tranken zusammen Tee und es war ganz harmonisch gewesen, jedenfalls zunächst. Langsam drehte sich die Stimmung, als Jessica begann, sich darüber leise zu beklagen, dass Paul über die Feiertage keinen Kontakt zu ihrer Familie gehabt habe und damit an Pauls latent schlechtes Gewissen rührte. Paul reagierte ungehalten und erzeugte damit den Missmut von Jessica, die lauter wurde und alles gipfelte darin, dass sie ihm die Frage an den Kopf warf, was denn an Leela dran sei, dass er sie ihretwegen verlassen habe?

Paul verließ wütend die Matterhornstraße.

Leela kam ins Restaurant, warf ihren Mantel über einen Stuhl und ging zu Paul an den Tisch. Sie hatte ihren seidenen schwarzen Hosenanzug an und trug dazu den Schmuck mit den Perlen und Rubinen, den sie bereits auf dem Frühlingsfest der Anderts angelegt hatte, als beide sich kennenlernten. Sie beugte sich über ihn und gab ihm einen Kuss, mitten auf den Mund.

„Ich konnte nicht früher los, hast du mich vermisst?"

„Sonst nicht, heute schon, jede Sekunde. Ich habe Hunger."

Paul bestellte Weißwein und sie genossen das bestellte Menü. Mittlerweile war es bereits dunkel geworden. Vor der Oper wurde es lebhaft, Taxen hielten und Menschen strömten zum Eingang. Leela und Paul reihten sich ein und gingen das Treppenhaus hinauf, um ihre Plätze im ersten Rang einzunehmen. Das Treppenhaus der Deutschen Oper erinnerte in seiner Kargheit an den Sozialen Wohnungsbau, es hätte auch das Treppenhaus eines Finanzamtes sein können. Dafür entschädigten Bühnenbild und Kostüme, ihre Buntheit und Vielfältigkeit gaben der Musik und den Stimmen den richtigen Rahmen. In der Pause nahmen sie im Foyer einen Drink, Paul einen Sekt und Leela eine Himbeerbowle. Paul bemerkte:

„Außen sieht die Oper ja nicht schlecht aus, doch innen muss sich der Architekt vertan haben. Das Foyer beispielsweise hat den Charme einer Bahnhofshalle." Leela lachte.

„Du bist ein Banause, Paul. Ein Musikliebhaber konzentriert sich auf die Aufführung, wie das Theater aussieht, ist ihm egal."

Auf dem Heimweg hakte sich Leela bei Paul ein. Sie durchquerten die Wohnstraßen Charlottenburgs. Die kristalline, frische Winterluft ließ sie aufatmen.

Es war dunkel, Neumond, doch die vielen Laternen gaben ihnen Orientierung und Sicherheit. Manchmal blinkten einzelne Fenster aus den Häuserreihen hervor, doch das meiste blieb finster. Das Licht der Laternen kroch an den Gründerzeitfassaden hoch und die vielen Erker und Vorsprünge gaben ihnen manchmal ein gespenstisches Aussehen in dieser schattenhaften Dunkelheit. Nur wenige Menschen waren noch unterwegs.

„Dieser Winter ist das glatte Gegenteil vom letzten Winter", bemerkte Paul. „Es könnte sich auch um ein sehr frühes Frühjahr handeln." Leela stimmte ihm zu.

„Die Gehwege waren damals so mit Eis bedeckt und es war so kalt, dass ich nur mit Stollenschuhen und warmer Unterwäsche aus dem Haus gehen konnte. Im Amt musste ich mich dann komplett umziehen."

Sie erreichten Leelas Wohnung. Der Spielplatz lag verlassen da, einsam standen die Spielgeräte herum. Leelas Schlafzimmerfenster trat mit seinem weißen Rahmen aus der Ziegelwand hervor, wie eine Maske im geisterhaften Winterlicht und schien den Spielplatz zu beobachten und zu bewachen.

Leela schloss auf. Sie stiegen die Treppe hoch. Als sie die Wohnung betraten, empfing sie wärmendes Wohlbefinden. Sie setzten sich im Wohnzimmer nieder, schauten auf das Relief mit den Rädern und schafften noch eine Flasche Rotwein, während sie sich über die Aufführung unterhielten.

Nach einer Weile wurden sie schläfrig. Sie zogen sich aus, gingen ins Bad und wuschen sich. Paul trocknete sich und anschließend Leela ab. Als sie im Bett lagen, rückte Leela zu ihm hin. Paul umfasste sie und schnupperte an ihren Brüsten, die nach der Sandelholzseife rochen, die Leela immer benutzte. Sie fingen an, Zärtlichkeiten auszutauschen.

Nach einer Weile wich ihre Müdigkeit angenehmer Anspannung, und so entspannten sie sich gegenseitig. Danach lagen sie auf dem Rücken und kosteten es aus, wie sich neue Schläfrigkeit einstellte, glückvoll und sanft.

„Gute Nacht, Leela", sagte Paul.

„Gute Nacht, Paul", sagte Leela.

Der Morgen dämmerte. Paul lag in tiefem Schlaf, Leela wachte zuerst auf. Sie bewegte sich vorsichtig mit einer drehenden Bewegung aus der Bettwäsche, um Paul nicht zu wecken und in der Küche den Kaffee aufzusetzen. Während der Kaffeeautomat gluckerte, schlüpfte sie wieder zu ihm ins Bett. Paul, wach geworden, als er den Geruch des Kaffees wahrnahm, drehte sich zu Leela. Dann nahm er ihren Kopf zwischen die Hände und gab ihr einen zärtlichen Kuss auf den Mund. Er rollte sich an das Fußende des Bettes und knetete ihre Zehen. Seine Lippen krochen an ihrem rechten Bein hoch, sie half ihm, indem sie es ihm entgegen streckte. Nach kurzer Zeit erreichte er die Kreuzung beider Beine. Vor ihm lag ein duftendes, sorgfältig gepflegtes Rasenstück. Ihm fiel Jessica ein. Meist hatte sie ihm einen wilden Busch entgegengestreckt oder sie hatte alles wegrasiert, wie es von Zeit zu Zeit geschah.

„Was gefällt dir besser, Paul, Busch oder nackig?"

„Alles so, wie es ist, Leela." Er kraulte sie. Leela genoss, doch nach kurzer Zeit machte sie sich los. „Wir müssen aufstehen. Paul, sonst liegen wir noch heute Mittag im Bett!"

76

Eine halbe Stunde später saßen sie am Frühstückstisch. Leela sagte, sie würde gerne um die Mittagszeit spazieren gehen, das Wetter sei zwar trübe, aber mild, und Regen sei nicht angesagt. Paul nahm einen Schluck Kaffee und überlegte.

„Wir könnten mit der S-Bahn zum Schlachtensee fahren und einmal um ihn herum gehen. Anschließend machen wir Teestunde im Restaurant am See mit Kuchen oder essen eine andere Kleinigkeit."

„Gute Idee, Paul. Ich würde lieber zum Schwarzen See fahren, doch der ist weit weg und wir müssten noch das Auto holen. Für einen Sonntag wäre das wohl zu aufwendig."

„Was ist das, was dich immer wieder zum Schwarzen See zieht?"

„Ganz einfach. Ich bin schon einmal da gewesen. Das ist aber eine sehr lange Zeit her, da warst du noch gar nicht auf der Welt!" Paul schaute sie verständnislos an.

„Wie so oft sprichst du wieder einmal in Rätseln, Leela. Wie kommst du auf etwas so Abwegiges?"

„Wenn du möchtest, kann ich dir das bei Gelegenheit demonstrieren. Ich weiß nicht, ob das gut für dich ist. Wahrscheinlich wird es dich erschrecken."

„Egal. Ich möchte wissen, wovon du redest." Paul wirkte entschlossen.

Der Schlachtensee lag lang und dunkel in einer Landschaft mit Buchen und Kiefern, unter denen sich ein fahlgrüner Teppich von winterlichem Gras erstreckte. Die Sonne blitzte manchmal unter dem Nebel hervor, brachte die Wasserfläche zum Glitzern und jagte letzte Schwaden über den See. Sie gingen an ein paar alten Villen vorbei, deren Gärten sich bis zum Ufer erstreckten; ein einsames Teehaus lugte über eine Mauer Doch sonst war es nicht einsam. Viele Berliner hatten wie sie den Sonntag genutzt, um spazieren zu gehen und den frischen Duft der Waldluft zu verspüren.

Nach etwas über einer Stunde hatten sie den See umrundet. Vor dem Restaurant „Zur alten Fischerhütte" schwamm eine Schar von Wildenten unruhig durcheinander und schnappte nach den Brocken, die ihnen die Spaziergänger zuwarfen.

Mit Mühe bekamen sie im Inneren des Lokals noch Plätze. Nach dem Tee machten sie sich zum S-Bahnhof Schlachtensee auf. Über S-Bahnen und U-Bahnen ging es nach Hause, Leela in ihre Wohnung in Charlottenburg Nord und Paul in seine Wohnung in der Bleibtreustraße. Jeder dachte an den anderen, jeder war allein und jeder war doch zufrieden.

In der nächsten Zeit sahen sie sich wenig. Paul hatte viel außerhalb Berlins zu tun, um Kunden zu besuchen und Leela musste eine Delegation indischer Wirtschaftsvertreter während einer Reise durch Deutschland begleiten. Als sie zurückkam, lud sie Paul zu einem indischen Essen ein.

Paul hatte Leela sehr vermisst. Die Souveränität, die sie im Umgang mit ihm an den Tag legte, empfand er als überaus reizvoll, es wirkte für ihn wie eine liebevolle Aufforderung, sich zu öffnen, und dieses tat er bei ihr gern; sonst hatte er Schwierigkeiten damit, vielleicht die anerzogene Schüchternheit eines Einzelkindes. Durch ihr körperliches Beisammensein kamen sie in einen intimen Zustand, in dem sich alles relativierte und ein gegenseitiges tiefes Vertrauen entstand, das ihn in beglückender Weise selbstsicher machte.

Leela ihrerseits hatte sich nur langsam, Stück für Stück, geöffnet, es blieb ein Rest Geheimnis in ihr, wie ein dünner Schleier vor ihrer Seele, doch er spürte, dass er ihn früher oder später durchdringen würde.

Als er ihre Wohnung betrat, genoss er sofort die weiche Umarmung, in der sie ein wenig verweilten. Sie hatte bereits den Tisch gedeckt; außer dem Geschirr und den Bestecken standen mehrere Schälchen mit Saucen, Chutneys und Nüssen auf dem Tisch. In einem Korb hatte sie warmes Fladenbrot gestapelt. Aus der Küche drang ein anregender Duft nach orientalischen Gewürzen zu ihm. Leela holte Wein, sie stießen miteinander an. Dann stand Leela auf und brachte mehrere Schalen und Teller mit den indischen Speisen herbei; alles schien sehr heiß zu sein, weil sie Topflappen benutzte. Sie setzte sich zu Paul und sie aßen.

„Ist nicht so scharf, wie ich es mir vorgestellt habe. Leela!"

„Dass indisches Essen immer scharf sein muss, ist ein Vorurteil. In dieser Beziehung gilt in Indien das Gleiche wie in Europa: im Norden ist das Essen eher mild und würzig und zum Süden hin wird es immer schärfer. Sonst gibt es gewaltige Unterschiede. Die Inder essen sehr wenig Fleisch, dafür mehr Gemüse, besonders Hülsenfrüchte wie Bohnen oder Linsen. Du siehst es hier, bis auf ein paar im Ofen gebackene Hähnchenteile steht kein Fleisch auf dem Tisch. Als Beilage gibt es immer Brot, im Süden auch viel Reis."

„Das Fladenbrot ist köstlich. Wie hast du das hinbekommen?" Leela lächelte.

„Das ist in der Tat etwas schwierig, weil es normalerweise auf heißen Steinen oder im Ofen gebacken wird. Wenn man ein bisschen herumprobiert, kann man es auch in der Pfanne machen. Ich habe dafür eine schwere Eisenpfanne, die ich nur für Fladenbrot nehme."

Sie gingen spät ins Bett, hatten vorher lange miteinander gesprochen und eine Menge Rotwein getrunken. Es stellte sich schließlich tiefe Müdigkeit ein, die Müdigkeit, die entsteht, wenn man viele Gedanken erschafft und sich wie Bälle gegenseitig zuwirft. Es ist wohl eine Müdigkeit des Produzierens, ähnlich wie sie nach der Produktion materieller Dinge einen Handwerker oder einen Bauern stets nach einem Arbeitstag überkommt.

So beabsichtigten sie, sich ihre Gedanken frei zu schlafen. Nachdem sie im Bett etwas miteinander gezärtelt hatten, versanken sie nach kurzer Zeit in einer tiefen, entspannten Nachtruhe.

Paul schreckte aus dem Schlaf auf, mitten in der Nacht. Ihn befiel gleichzeitig Entsetzen und Neugier. Ein Fluchtreflex trieb ihn an, diesen Ort schleunigst hinter sich zu lassen, in den es ihn verschlagen hatte. Im ersten Moment dachte er, er befände sich in einem normalen Traum, doch dafür schien die Umgebung viel zu real zu sein, in der er erwacht war. Sozusagen ein Traum in 3 D.

Der erste Blick fiel auf seine Hände. Sie waren klein und bronzefarben, hatten Hornhautschwielen und waren gerade damit beschäftigt, zwei Felle eines ihm unbekannten Tieres miteinander zu vernähen. Seine Augen wanderten zur Seite, zu einem Knäuel von trockenen Tiersehnen und beobachteten, wie die Hände sie zerteilten, eine lange Sehne herauszogen und geschickt in eine grobe Holznadel einfädelten, um ihr Werk fortzusetzen. Als er versuchte, seine Augen selbstbestimmt wandern zu lassen, war er wie festgenagelt. Sein Körper versagte ihm jeden Befehl.

Nach kurzer Zeit wanderten die Augen nach oben. Es war wohl so, dass man ihn in einen ihm unbekannten Körper versetzt hatte, dessen Befehlen er ausgeliefert war, vielleicht auch dessen Gefühlen. Seine Augen streiften panoramaartig eine weite, offene Landschaft, eine Art Steppe. Einzelne Büsche durchsetzten ein Meer von trockenem Gras. Manchmal ragten Bäume heraus, die gelbe und grüne kugelige Früchte trugen. Die Augen schienen zu fokussieren und entdeckten in der Ferne eine Gruppe von Menschen mit Gegenständen und Gerätschaften, die sie mit sich trugen.

Im gleichen Moment durchströmte ihn eine Gefühlswelle und machte ihn warm. Er ließ die Augen wieder sinken. Er fing jetzt an zu sprechen, in einer Sprache, von der er kein Wort verstand. Die Augen wanderten jetzt nach links und hielten fest an einer Gruppe von braunhäutigen Frauen, direkt neben ihm. Die Frauen lachten ihm zu. Sie waren mit kurzen Röcken aus Fell bekleidet. Manche hielten einen Säugling im Arm, vielfach umspielten Kinder ihre Füße, klammerten sich an ihre Beine, machten sich ab und zu los und verließen ihre Mütter. Sie liefen über einen feinkieseligen, schwarzbraunen Boden und warfen sich anderen Kindern entgegen, um mit ihnen zu balgen und zu kämpfen. Ein paar warnende Rufe hielten sie fest und ließen sie Halt machen.

Vor seinen Augen eröffnete sich eine kreisrunde, glühende Fläche, ein breitflächiges Feuer, genährt von groben Kohlen und Schichten von platzendem Holz, das seine Funken in die Umgebung sandte. Einen Teil des Feuers bedeckten Steine, manche rund, manche groß und flach; sie sahen staubig und trocken aus, doch man spürte die Hitze ihrer Oberfläche. Sein Körper genoss die Schauer der Hitze dieses Feuers, denn er war nackt bis auf den Fellrock, den er wie die anderen Frauen trug. Ein kurzer Blick verriet es ihm, den ihm die Augen kurzfristig freigegeben hatten. Sie fokussierten jetzt ein nacktes Kind, das auf ihn zu krabbelte. Das Kind richtete sich an ihm auf und griff nach seinen Brüsten. Im gleichen Moment durchschauerte es ihn wieder, Glücksgefühl kam auf und bewirkte ruhiges Verweilen. Die Augen blickten nach unten. Das Kind nahm den Nippel einer seiner Brüste in den Mund und saugte. Die Brust war klein und braun. Er fing an, zu begreifen. Irgendetwas hatte ihn in einen Traum versetzt, der eine Realität erzeugte, wie er sie noch nie gekannt hatte.

Im Moment wusste er noch nicht viel über seinen Zustand. Doch eines hatte er mitbekommen.

Er steckte bei allem, was er bis jetzt vermuten konnte, im Körper einer Frau.

Die Menschen aus der Ferne kamen näher. Es handelte sich um Männer mit brauner Haut und krausen rötlichen Haaren. Sie waren ebenfalls mit kurzen Fellröcken bekleidet. Manche trugen Waffen, Speere und Bögen, andere Tierkörper, offensichtlich erlegtes Wild. Er sah Vögel mit bunten Federn, rattenähnliche Tiere mit hellbraunem Fell und eidechsenartige Reptile. Ein großes Reptil, das einem Krokodil ähnlich sah, wurde von zwei Männern getragen. Zwei andere Männer trugen eine Art Antilope. Die Antilope hatte auf dem Rücken ein zebraähnliches Muster von schwarzen und weißen Streifen, das bis in die dunkelbraune Bauchregion lief. Er stand auf und hörte sich laut rufen. Wieder war das angenehme Wärmegefühl da. Er (oder sie) ging mit dem Kind in den Armen einem einzelnen Mann entgegen. Der Mann lächelte ihn an und streckte ihm ein erlegtes Tier entgegen, das aussah wie ein Hase, allerdings mit kurzen Ohren. Sie unterhielten sich schnell und laut. Der Mann gab ihm den Hasen, den er mit einer Hand nahm, mit der anderen Hand hielt er das Kind an seinem Körper fest. Der Mann streichelte den Kopf des Kindes. Er drehte sich um und ging mit dem Mann ins Lager zurück. Jetzt konnte er zum ersten Mal wahrnehmen, an welchem Ort er sich befand.

Das Lager mit dem Feuer lag offensichtlich in einer offenen Höhle, einem riesigen Halbrund. Innen hielten sich zusammen mit den gerade gekommenen Männern ungefähr fünfzig Menschen auf, darunter viele Kinder.

Im Lager hielt man wohl eine gewisse Ordnung. An den Wänden der Höhle befanden sich die Schlaflager, einfache Bettstatten aus Laub und Gras auf dem Boden; als Decken dienten zusammengenähte Felle. Eine Ecke war wohl Materiallager. Er konnte Tonschalen, Tonkrüge und Flechtkörbe einfachster Machart erkennen. Eine Menge von Gegenständen war aus Holz gefertigt, ihr Zweck war auf den ersten

Blick nicht ersichtlich. Schließlich gab es noch Gegenstände aus Stein und Horn, wahrscheinlich Klingen für Messer, Äxte und Waffen. Das Feuer – er vermutete, dass es immer brannte – befand sich in der Nähe der Höhlenöffnung, jedoch noch im überdachten Bereich.

Er beobachte sich, wie er das Kind dem Mann übergab, eine Klinge, die aus einem messerscharfen Feuerstein bestand, herbeiholte und den Hasen abzog. Als er damit nach kurzer Zeit fertig war, zerteilte er den Hasen und legte die Teile in eine Tonschale. Dazu kamen Früchte oder Gemüse, manche Stücke waren rund, manche sahen aus wie Wurzeln. Er ging mit der Tonschale zum Feuer und, nahm alles heraus und legte es auf einen heißen Stein, wozu er eine Gabel aus Holz benutzte. Es zischte und dampfte. Er blieb jetzt in der Nähe und wendete die Essenteile mehrfach. Zum Schluss wärmte er auch die Tonschale auf dem Stein, legte zum Schluss das Fleisch und die Pflanzenteile wieder hinein und goss etwas Wasser aus einem Tongefäß dazu.

Zwei Kinder liefen herbei, er konnte nicht erkennen, ob es sich um Jungen oder Mädchen handelte, weil sie ebenfalls Fellröcke trugen. Mit dem Mann, den Kindern und dem Säugling – er nahm an, dass es sich um seine Familie handelte – setzte er sich auf den Boden, die Tonschale mit dem Essen stand in ihrer Mitte. Sie griffen mit den Händen hinein und aßen.

Mittlerweile war die Sonne dabei, am Horizont zu versinken. Es wurde schlagartig dunkel, sodass er vermutete, dass er sich in einer südlichen Gegend befinden musste. Die Gespräche verebbten jetzt langsam. Dafür wurden in der Ferne Tierstimmen laut, manche klagend und heulend, manche rau und krächzend. Die Menschen in der Höhle, darunter auch er mit seiner Familie, gingen jetzt zu ihren Schlafstätten. Die Kinder schliefen sofort ein.

Während er ebenfalls dabei war, einzuschlafen, spürte er, wie der Mann ihn umfasste. Sein Glied drang in ihn ein und sofort war das wärmende, angenehme Glücksgefühl wieder da.

Unvorhergesehen durchlebte Paul einen weiblichen Orgasmus. Er war seinem eigenen Orgasmus durchaus ähnlich, fand er; vielleicht nicht so abrupt, eher langsam sich steigernd und langsam wieder abebbend. Schließlich schlief auch er ein.

Wieder wachte er auf.

Diesmal in der Charlottenburger Wohnung. Leela war wohl schon länger wach und lächelte ihn an.

„Hat es dir gefallen, Paul?" „Was war das, Leela?"

„Du bist in meinen Traum eingestiegen. Ich finde, es war ein schöner Traum. Kannst du dich an die gestreifte Antilope und an den Hasen mit den kurzen Ohren erinnern?"

„So, als wenn es real gewesen wäre."

„Es war real, wenn auch nicht in der Gegenwart. Dann wirst du wohl erlebt haben, wie sich ein weiblicher Orgasmus anfühlt. Ich bin in meinen Träumen fast immer Frau. Manchmal, wenn auch selten, bin ich Mann, und so kenne ich ebenfalls den männlichen Orgasmus."

„Jetzt verstehe ich die rätselhaften Bemerkungen, die du manchmal machst. Abgesehen davon habe ich nicht viel verstanden. Wie kann ein Traum nur so real erscheinen? Und wie kann man in den Traum eines anderen einsteigen?"

Leela blieb eine Weile still, um sich zu sammeln. Dann antwortete sie.

„Um das zu begreifen, musst du dir klarmachen, was ein Traum bedeutet.

Wir bestehen aus unserem Körper, also aus Materie, und unserer Seele, die immateriell ist. Die Verbindung von der Seele zu uns wird hergestellt über das Unterbewusstsein, das in Teilen unseres Gehirns angesiedelt ist. Die Sprache des Unterbewusstseins können wir normalerweise nicht direkt wahrnehmen. Es gibt aber dazu Möglichkeiten, beispielsweise durch Meditation oder eben im Traum.

Im Traum spricht also unsere Seele direkt zu uns. In der Seele ist alles gespeichert, was sie durchlebt hat, das sind außer der Erinnerung an Emotionen und Ereignisse der Gegenwart besonders unsere Wiedergeburten. Die Seele hat im Traum die Möglichkeit, an die Wiedergeburten zu erinnern und das tut sie auch. Hast du noch nie erlebt, dass du manchmal an einem Ort das Gefühl hast: hier bin ich schon mal gewesen?"

„Das ist mir schon oft passiert."

„Dann wirst du es irgendwann geträumt haben. Man spricht in diesem Fall von einem Déjà-vu-Erlebnis, für dieses Phänomen gibt es verschiedene Erklärungen; ich bin überzeugt davon, dass es mit den Träumen zusammenhängt. Doch die Kommunikation mit unserer Seele durch Träume ist sehr unvollkommen. Wir nehmen nur Bruchstücke davon wahr und auch an die können wir uns am nächsten Tag meistens nur schwach erinnern. Wenn wir versuchen, die Bruchstücke zusammenzusetzen, ist es, als wollten wir ein Kleid aus Fetzen schneidern. So etwas gelingt selten, fast immer kommt Unsinn dabei heraus.

Mit solchen Fragen haben sich die Inder über Jahrhunderte beschäftigt. Der Glaube an eine unsterbliche und immaterielle Seele und an deren Wiedergeburt durchzieht fast alle Religionen des Subkontinentes. Einer ihrer wichtigsten Wünsche war es, eine direkte Verbindung zwischen Seele und Körper herzustellen. Ich gehe noch weiter, ist dies

86

nicht auch immer die Absicht der christlichen Konfessionen gewesen? In ihren Überlieferungen über die Heiligen kommen zuhauf Visionen, Erscheinungen und unerklärliche Wunder vor. Und zwischen dem Paradies als einer Form der Wiedergeburt und der Wiedergeburt generell bestehen nur graduelle Unterschiede. Es gibt in Indien tatsächlich Menschen, die es geschafft haben, durch Meditieren eine direkte Verbindung mit ihrer Seele herzustellen. Dazu bedarf es allerdings jahrzehntelanger Übung. Der Vorgang gestaltet sich so, dass sie während intensiven Meditierens in einen Tagtraum kommen, der ihr Unterbewusstsein mit der Seele verbindet. Manche körperlichen Übungen, beispielsweise Yoga, sollen diesen Vorgang unterstützen. Natürlich gibt es in Indien jede Menge Scharlatane, die dies nur behaupten, aber nicht in Wirklichkeit wahrnehmen.

Auch ich habe das jahrelang in Indien versucht. Nach dem Tod meiner Eltern war es einer meiner größten Wünsche, mit ihnen spirituell in eine Verbindung zu kommen, hauptsächlich habe ich deswegen damals Deutschland verlassen. Dieses Ziel habe ich nicht erreicht. Doch es hat sich etwas anderes ergeben. Während meiner Reisen habe ich einen Inder getroffen, einen Weisen – hier würde man ihn vielleicht als Guru bezeichnen –, der mir einen Weg gezeigt hat, wie ich zu meinem Ziel kommen könnte. Und dann habe ich tatsächlich etwas entdeckt, das mir den Zugang zu meiner Seele ermöglicht hat. Es ist ein Gegenstand. Ich habe ihn in einem alten, verschütteten Tempel gefunden. Es war der Tempel, von dem die Reliefs im Wohnzimmer stammen."

Leela richtete sich auf und griff nach einem Kästchen, das auf dem Regal über ihren Köpfen stand. Sie öffnete es. Ein schalenförmiger Kristall lag darin, eingebettet in ein Büschel von roher Baumwolle. Sie holte ihn heraus und zeigte ihn

Paul. Er sah aus wie ein Rosenquarz und war pinkfarben und durchscheinend. Wenn man seine konkave Fläche betrachtete, sah man, dass in seiner Mitte eine dunkelblaue Struktur eingelagert war, welche die Form eines Rades mit drei Speichen hatte. Leela holte eine Holzschale herbei und legte den Kristall hinein. Sie gab Paul ein Holzstäbchen.

„Der Kristall ist außergewöhnlich. Versuche, ihn mit dem Stäbchen zum Vibrieren zu bringen"

Paul schlug mit dem Stäbchen auf den Rand. Der Kristall blieb ruhig liegen. Doch das Rad in seinem Inneren vibrierte.

„Der Kristall ist das Bindeglied zwischen meinem Körper und meiner Seele. Wenn ich ihn nachts in die Nähe meines Kopfes bringe, empfängt er von meiner Seele die Informationen über meine Wiedergeburten und schickt sie mir als glasklare Träume, an die ich mich vollständig erinnern kann.

„Und warum habe ich den gleichen Traum empfangen?" Leela lächelte.

„Weil du dich in der Nähe des Kristalls aufgehalten hast. Der Kristall hat sich ebenfalls mit dir verbunden. Von deiner Seele kann er nichts empfangen, denn er ist sozusagen auf meine Seele gepolt. Aber er kann die Informationen meiner Seele, also den Traum, an dich weitergeben. Sagen wir es mal anders: ich habe dich in meine Seele blicken lassen, das wolltest du doch. Das erlaube ich nur selten und nur Menschen, zu denen ich absolutes Vertrauen habe. Du kannst dich geschmeichelt fühlen." Paul hörte mit Faszination zu.

„Und was war das für ein Ort, an dem wir uns im Traum befanden, die Steppenlandschaft und die Höhle?"

„Dazu kann ich nichts sagen. Es kann auf der Erde gewesen sein oder in einer ganz anderen Welt. Es kommt sehr selten vor, dass ich den Ort mit Bestimmtheit benennen kann. Beim Schwarzen See und dem Kloster Zechlin ist das einmal der Fall gewesen. Es war zu der Zeit gewesen, als das

Kloster gerade erbaut worden war. Ich war ein vierzehnjähriges Mädchen und meine Eltern waren Bauern und besaßen einen kleinen Hof unweit des Klosters; die Mönche hatten ihnen gestattet, als Kolonisten in dieser ehemals fast menschenleeren Gegend zu siedeln. An dem Tag, den ich im Traum erlebt habe, einem ruhigen, sonnigen Herbsttag, habe ich die Mönche mit einer Kiepe voller Lebensmittel besucht. Ich brachte Schweinefleisch, Milch und Käse zu ihnen. Meine Eltern hatten gerade geschlachtet. Wenn die Mönche nicht beteten, arbeiteten sie in der Landwirtschaft, hielten aber kein Vieh. Ein Teil davon gehörte zu den Abgaben für das Kloster, den Rest habe ich gegen Gemüse und Fische getauscht. Die Fischrechte für den See gehörten den Mönchen, sie betrieben die Fischwirtschaft selbst. Sie waren wortkarg, aber freundlich, kann ich mich erinnern. Es war ein schöner Traum, auch deswegen, weil ich die Sprache verstehen konnte. So etwas kommt selten vor."

„Hast du manchmal auch schlechte Träume?"

„Natürlich, die gibt es, es sind eben die Albträume. Nur erlebe ich sie durch den Kristall viel unmittelbarer."

„Das muss doch sehr unangenehm sein!" Leela schaute Paul gelassen an.

„Alles nicht so schlimm. Ich steige dann aus und werde wach. Dazu braucht man eine gewisse Willensstärke, aber es geht. Du bist bestimmt auch schon mal während eines Albtraumes durch deinen Willen wach geworden." Paul bejahte und schaute wie geistesabwesend zu dem Kristall. Er nahm ihn in die Hände und betrachtete ihn noch einmal eingehend. Leela mahnte ihn zur Vorsicht.

„Bitte geh behutsam mit dem Kristall um. Hier im Bett kann nichts passieren, aber er ist zerbrechlich wie Glas." Nach einer Weile legte sie ihn wieder zurück in die Schachtel. Sie standen nun auf und frühstückten.

Paul brauchte ein paar Tage, um alles das zu verarbeiten, was er mit Leela gerade zusammen erlebt hatte. Er war durch den Traum eine Art Symbiose mit ihr eingegangen, das wurde ihm klar. Letztlich geht man wohl immer eine Symbiose mit einem Partner ein, wenn beide sich rückhaltlos öffnen. Und trotzdem – einen Rest Geheimnis hatte sie sich vorbehalten, ganz würde sie ihn nicht in sich hineinblicken lassen, so hatte sie es ihm oft gesagt. Über solche Dinge hatte er nicht nachgedacht, doch er ahnte, dass Leela besser über ihn Bescheid wusste als er über sie. So war es von Anfang an gewesen. Zuerst hatte es ihn gestört, weil er sich dabei dumm vorgekommen war. Mittlerweile störte es ihn nicht mehr, im Gegenteil, es verschaffte ihm eine Art zufriedene Geborgenheit, etwas, das ihm Jessica nie geben könnte. Vielleicht war es eine Art Mütterlichkeit, die sie ihm vermittelte und die er wegen des frühen Todes seiner Mutter vermisst hatte, ohne dass es ihm jemals bewusst war.

Es ging ihnen gut. Sie lebten weiterhin so, wie es sich für beide bewährt hatte. Manchmal kam der Kristall zum Einsatz, nicht sehr oft, denn Leela selbst hatte ihn vorher auch nur sporadisch benutzt. Für beide war es dann immer spannend, wie sie im Traum miteinander verschmolzen. Nach dem Aufwachen machte es ihnen großes Vergnügungen, darüber zu sprechen.

Die meisten Träume waren angenehm. Sie durchlebten verschiedene Orte und Zivilisationsstufen, in denen sich Leelas Körper einmal aufgehalten hatte.

Einmal verschlug es sie in eine mittelalterliche Kleinstadt, die in einer Gegend lag, die an das schottische Hochland erinnerte. Ihre Figur im Traum war weiblich und jung; sie wohnte mit vielen Geschwistern im Haus der Eltern, die eine Weinhandlung besaßen. Um Schottland konnte es sich also nicht handeln, denn in Schottland wächst kaum Wein. Über den Tag gab es für das Mädchen viel Arbeit. Sie genossen es, wie sie durch den Ort ging, um auf dem Markt einzukaufen und bestaunten die Formen und Farben der Häuser. Auf dem Markt erblickten sie Menschen verschiedener Hautfarben und in den Körben der Marktfrauen lagen Früchte, die sie nicht kannten. Das Mädchen kaufte rötliche Eier, Büschel von Salatpflanzen und Fleischstücke, die von einem stark behaarten Schwein stammten. Die Mutter und zwei ihrer Brüder bereiteten damit ein Essen zu, das die Familie fröhlich miteinander einnahm.

Später zog sich das Mädchen um, legte ein farbiges Gewand an ging zu einem Fest. Die Menschen saßen auf Bänken an langen Tischen, tranken Wein, Wasser und ein grünliches schaumloses Getränk. Musiker spielten auf Trommeln, Pfeifen und Saiteninstrumenten eine fremdartige Musik. Das Mädchen stand auf und tanzte mit anderen Mädchen vor den Musikern einen wilden Tanz, begleitet vom Klatschen und Lobrufen der Festgesellschaft. Leela und Paul spürten ein überschäumendes Glücksgefühl.

Ein anderes Mal wachten sie am Rande eines Dorfes in einer baufälligen Hütte auf. Sie befanden sich im Körper einer alten Frau. In der Hütte lebten noch zwei weitere alte Frauen, offensichtlich waren alle arm. Sie trugen Kleider aus schmutzigem Leinenstoff und hatten Hunger, das Hungergefühl übertrug sich auf Leela und Paul. Es regnete und Nebel kroch durch die Lichtung, in der die Hütte lag. Eine der Frauen ging mit einem Holzeimer zu einem Bach, der neben der Hütte floss und holte Wasser. Gegen Mittag löste sich der Nebel, die Sonne kam durch und warf fahle Schatten der Bäume auf den Boden. Die Frauen setzten sich auf eine Bank vor der Hütte, um sich zu wärmen. Aus dem Dorf kamen eine Gruppe von weiteren Frauen und ein Mann auf die Hütte zu. Die drei alten Frauen standen auf und holten getrocknete Kräuter und Tontöpfchen mit Salben und Pulvern aus ihrer Behausung.

Sie sprachen lange mit den Menschen, die in bessere und saubere Gewänder gekleidet waren als sie. Der Mann hatte einen verwundeten Arm, der verdreht war. Eine der alten Frauen fasste ihn an und drehte ihn mit einem Ruck, der Mann schrie. Dann strich sie auf den Arm eine Salbe auf und umwickelte ihn mit Leinen.

Die beiden anderen Frauen verteilten die Töpfchen und Kräuter. Die Besucher schienen sich mit vielen Worten zu bedanken und hinterließen Brot und andere Lebensmittel. Das Hungergefühl steigerte sich und wandelte sich in Gier. Die Frauen bissen in das Brot. Der Traum verschwand.

Paul fiel es schwer, sich wieder an das normale Träumen mit seinen nur schemenhaften Erinnerungen zu gewöhnen. Leela merkte es und bemühte sich, ihn wieder auf die Spur zu bringen.

„In deinen eigenen Träumen bist du dein Ich, und wenn sie noch so unvollkommen sind. Wenn wir zusammen träumen, steigst du in meine Seele ein und verlässt dein Ich. Das mag reizvoll sein, doch es könnte gefährlich sein, du verlierst dich vielleicht und wir sollten es auf Ausnahmen beschränken." Paul dachte nach.

„Verloren habe ich mich nicht", sagte er, „was unsere Beziehung betrifft, haben wir uns eher irgendwie verknotet?"

Leela schaute ihn fest an, einerseits liebevoll, andererseits ironisch.

„Dann pass wenigstens auf, dass du dich an die Knotenregel hältst."

„Und die wäre?"

„ Einen Knoten sollte man immer so knüpfen, dass man ihn wieder lösen kann. Und jetzt lass uns um die Gegenwart kümmern, das Kostbarste, was wir haben."

Sie schliefen jetzt oft miteinander. Leela kam meistens zu Paul in die Bleibtreustraße und übernachtete bei ihm. Einmal brachte sie den Kristall mit.

Als sie einschliefen und in den Traum einstiegen, überfiel sie ein Schwall von Depression. Bei der Figur, die sie miteinander teilten, handelte es sich um ein junges Mädchen mit langen schwarzen Haaren. Sie erlebten, wie sie aufwachte und sich zurechtmachte. Sie schaute in den Spiegel, sie war sehr hübsch. Sie sahen, wie sie sich anzog, zunächst mit einer Garnitur grellroter Unterwäsche, darüber streifte sie eine weite Leinenhose und zog sich ein ebenso weites, mit kleinen Punkten gemustertes Hemd über den Oberkörper.

Die Umgebung war trostlos und dunkel. Es schien ein übler, schmuddeliger Kellerraum zu sein, in den sie sich verirrt hatten, mit niedrigen Wänden und kleinen Fenstern.

Das Mädchen verließ die Wohnung.

Als sie zur Tür hinaus trat, war es für Leela und Paul wie ein Schock. Sie befanden sich auf einer Straße, die von Wolkenkratzern umsäumt war. Das Haus über der Kellerwohnung gehörte mit ungefähr zehn Stockwerken zu den kleinsten ihrer Umgebung. Bedrohlich wirkte es, dass ein Teil der Wolkenkratzer offensichtlich zusammengefallen war; Kolonnen von Männern, die alle blaue Overalls trugen, waren damit beschäftigt, den Schutt zu sammeln und wegzuräumen. Zwei schwarz uniformierte Personen mit umgehängten Schusswaffen – offensichtlich Bewacher – beobachteten den Vorgang. Paul hatte solche Waffen nie zuvor gesehen. Sie bestanden aus einem kurzen ovalen Korpus, in den Mulden für die Handgriffe vorgesehen waren und einem Bündel von Läufen, aus dem es periodisch in wechselnden Farben blitzte.

Fahrzeuge konnten sie nirgendwo erblicken, seltsam für eine Großstadt.

Das Mädchen verließ die Hauptstraße und ging mit schnellen Schritten durch ein Gewirr von Seitenstraßen. Die Höhe der Häuser nahm ab, trotzdem blieb ihre Höhe selten unter zehn Stockwerken. Das Mädchen machte plötzlich Halt. Es hörte Schreie. Etwa fünfzig Meter vor ihm stand eine Gruppe von Männern. Manche waren dabei, ihre Hose herunter zu ziehen. Vier Männer hielten eine halb bekleidete Frau fest und andere Männer hatten offensichtlich vor, sie auf offener Straße zu vergewaltigen. Einer der Männer erblickte sie und lief auf sie zu. Das Mädchen rannte weg; sie spürten den Herzschlag, die körperliche Anstrengung und das entspannende Gefühl des Haltmachens, nachdem sie dem Verfolger entkommen war. Neben ihr schien sich schließlich eine Art Laden zu befinden. Die Schriftzeichen über der Tür konnten Leela und Paul nicht entziffern. Das Mädchen ging hinein.

Im Inneren stand eine Art Theke mit Zapfhähnen. Eine ältere Frau schaute das Mädchen freundlich an, während sie zwei männliche Kunden bediente und eine bernsteingelbe Flüssigkeit in Gläser füllte. Hinter der Frau lehnte ein Regal an der Wand, es war angefüllt mit bunten Schachteln und Tütchen. Auch eine Art Zigaretten oder Zigarren schien es zu geben, wie man dem Geruch entnehmen konnte – selten hatten sie in ihren Träumen Gerüche verspürt. Die Frau reichte den Männern zwei Tütchen, die Männer öffneten sie und schütteten den Inhalt, ein weißes Pulver, in die Gläser. Die Frau reichte ihnen eine Plastikkarte, die Männer drückten einen Fingerring mit der ebenen Fläche darauf. Auf der

94

Karte blitzen bunte Lichter auf. Es schien sich um einen Bezahlvorgang zu handeln. Dann gingen die Männer in einen Nebenraum, in dem sich eine Anzahl von Liegen und Sesseln um einen Tisch mit Gläsern gruppierte. Manche davon waren besetzt, mit Männern und Frauen, die sich in einer Art Halbschlaf befanden. Die Männer setzten sich und tranken ihr Getränk aus. Die Frau hinter der Theke widmete sich jetzt dem Mädchen und fragte etwas. In dem Mädchen kroch ein eigenartiges Gefühl hoch, eine Mischung aus Gier und Abscheu. Sie senkte mehrfach den Blick nach oben und unten. Die Gebärde bedeutete wahrscheinlich Ablehnung. Dann ging das Mädchen ebenfalls in den Nebenraum und ruhte sich auf einer der Liegen aus.

Leela und Paul vermuteten, dass es sich bei den Getränken und Pulvern um Drogen handelte. Nach einer Viertelstunde stand das Mädchen auf und ging wieder auf die Straße. Irgendwo knallte es dumpf. Das Mädchen schaute zum Himmel und erblickte in der Ferne eine Staubwolke. Sie ging weiter. Nach etwa einer halben Stunde erreichte sie einen runden Bau, wohl eine Art Stadion.

Sie kam zu einem Eingang, bogenförmig eingelassen in die Stützmauern des Bauwerkes. Es gab eine Eintrittskontrolle; ein Mann las eine Plastikkarte ab, die das Mädchen mit einem Kettchen an ihrem Arm befestigt hatte. Wieder blitzten Lichter auf. Sie lief nun durch eine Anzahl von Gängen, die von Geschäften und anderen Örtlichkeiten gesäumt waren, offensichtlich Restaurants oder Verkaufsstände. Zu kaufen gab es viele Dinge, die Leela und Paul nicht kannten, beispielsweise blaue Fruchtstängel, die in einer gelben Tüte verkauft wurden; die Menschen aßen die Stängel und knabberten die Tüte mit auf. Auch Läden, die dem Ort ähnelten, in dem das Mädchen Zuflucht gesucht hatte, gab es öfter.

Einer der Läden besaß ein großes Schaufenster. Hinter ihm befand sich etwa ein Dutzend anderer Mädchen, die genau die gleiche grellrote Unterwäsche trugen, wie sie das Mädchen zuvor angezogen hatte. Das Mädchen blickte zu ihnen hin. Die anderen Mädchen bewegten ihre Arme; es wirkte so, als wollten sie durch diese Bewegung grüßen. Ab und zu gingen Männer hinein. Es war wohl eine Art Bordell.

Als das Mädchen einen weiten, vollbepackten Kellerraum erreicht hatte, machte es Halt. Zwei Frauen hängten ihr ein an Riemen befestigtes Gestell über die Schultern, das mit Fläschchen gefüllt war. Das Mädchen spürte die Last in unangenehmer Weise, Leela und Paul spürten alles mit. Es quittierte mit der Plastikkarte und erreichte über einen Gang eine Arena, einem Fußballfeld ähnelnd.

Ein ohrenbetäubender Lärm kam auf. Menschen aller Altersklassen, auch Frauen, schauten auf das Zentrum des Geschehens, ein eingezäuntes Spielfeld in der Mitte, in dem sich zwei muskulöse Männer gegenüber standen.

Die Männer hatten keulenartige Knüppel in den Händen, ähnlich wie Baseballschläger, belauerten sich und bewegten sich umeinander. Sie trugen einen helmartigen Kopfschutz und ihr Unterleib war durch gepanzerte Shorts geschützt. Die Shorts hatten unterschiedliche Farben. Plötzlich stürzten sie aufeinander zu und schlugen sich mit den Knüppeln. Die Geräusche der aufeinandertreffenden Knüppel wurden akustisch verstärkt, dazwischen drang die hektische Stimme eines Ansagers, in einer für Leela und Paul nicht identifizierbaren Sprache. Manchmal holte der Angreifer aus und versuchte, die Beine des Gegners zu treffen, welcher dann hochsprang und seinerseits auf den Kopf des Kontrahenten zielte. Alle Aktionen des Kampfes wurden von Geräuschen der Menge begleitet; Seufzen und Stöhnen wechselte ab mit Klatschen und Lachen.

96

Das Mädchen ging langsam durch die Gänge und versuchte, die mitgebrachten Getränke zu verkaufen. Unangenehme Gefühle machten sich breit, denn ständig wurde sie von lüsternen Männerhänden betatscht, die versuchten, in ihre Hose oder unter ihr Hemd zu greifen. Wenn sie ein Getränk verkaufte, ging das Bezahlen in gleicher Weise vor sich wie vorher in dem Drogenladen: der Käufer drückte seinen Ring auf die Karte des Mädchens und ein Summton und ein Lichtblitz zeigten an, dass der Vorgang abgeschlossen war.

Ein Geräusch, das sich wie ein Platzen und Krachen anhörte, zeigte das Ende des Kampfes an. Die Zuschauer erhoben sich und machten sich lautstark Luft, manche schimpften, manche applaudierten. Der Sieger hatte das Kniegelenk seines Kontrahenten getroffen und hob seine Arme, während der Gegner auf einer Liege fortgeschafft wurde.

Das Mädchen hielt für einen Moment inne. Plötzlich gab es ein kurzes Pfeifgeräusch, danach folgte ein scharfer Knall. Ein eisiger Schrecken befiel es und übertrug sich auf den Traum, die Wände des Stadions bebten und Staub rieselte von den Wänden.

Leela und Paul waren aufgewacht und schauten sich betroffen an.

„Ein grauenhafter Traum war das. Ich habe versucht, ihn zu unterbrechen", sagte Paul. Leela stimmte zu.

„Wir haben ihn wohl zur gleichen Zeit unterbrochen. Der Traum war wirklich grauenhaft. Die Stadt, in die wir hineingeraten waren, befand sich offensichtlich im Krieg. Deswegen fuhren auch keine Fahrzeuge auf den Straßen. Das Mädchen, in dessen Körper ich einmal gewesen bin, war ein armes Geschöpf und lebte in einer Gesellschaft mit einer verrohten Sozialstruktur. Wahrscheinlich war sie eine Gelegenheitsprostituierte, ich konnte das sogar empfinden. Weil sie darunter litt, versuchte sie, sich mit einfachen Arbeiten durchzuschlagen. Von dem Moment an, in dem mir das klar wurde, habe ich meinen Willen auf das Aufwachen konzentriert."

„Mir kam es vor, als wenn der Traum in der Zukunft gespielt hätte. Manches wies darauf hin, die rätselhaften Waffen, die fremdartigen Drogen und die eigenartigen Bezahlvorgänge."

„Es war trotzdem Vergangenheit, wahrscheinlich an einem Ort in einer anderen Welt. Dank an das Rad mit den drei Speichen. Die Zukunft ist immer auch ein Schritt in eine neue Vergangenheit. Möglicherweise befanden wir uns in einer Zivilisation, die ihren Endpunkt erreicht hatte."

Es war Frühling geworden. Paul dachte zurück an die Zeit vor einem Jahr. Er war damals noch mit Jessica zusammen gewesen und hatte Leela auf dem Frühlingsfest der Anderts kennengelernt. Es kam ihm vor, als sei seitdem eine Ewigkeit vergangen, so ereignisreich war das Zusammenleben – war es überhaupt ein Zusammenleben? – mit Leela gewesen.

Leela hatte ein paar Tage nichts von sich hören lassen. Eines Abends erschien sie im Laden mit ihrem „Schlafköfferchen", wie Paul es nannte. Sie verschwand in der Wohnung und wartete darauf, dass Paul und Richard den Laden schlossen. Als Paul nach oben ging, lag sie im Wohnzimmer auf dem Sofa und lächelte ihn an.

„Heute Abend lade ich dich ins Restaurant ein, Paul."

„Gibt es was zu feiern?"

„Nichts Besonderes, nur die übliche Gegenwartsbewältigung."

98

„Dann schlage ich den Spanier am Savignyplatz vor. Magst du gerne spanisch?"

„Leidenschaftlich. Lass uns dafür sorgen, dass ihm die Tapas ausgehen."

Während des Essens verhielt sich Leela ungewohnt still. Nach ein paar Glas Weißwein taute sie auf.

„Ich hab etwas vor, Paul. Ich weiß nicht, ob du mitmachst oder mitmachen kannst. Ich würde gern eine Woche oder etwas länger Urlaub mit dir machen. Ich habe an Italien gedacht, an die Toskana. Ich war noch nie da, doch ich weiß, dass es da schöne Städte gibt, Florenz, Pisa oder Siena. Jetzt im Juni ist es noch nicht ganz so voll, im Sommer kann man wohl nicht hinfahren, dann treten sich die Amerikaner gegenseitig auf die Füße. Mein Vorschlag ist, wir mieten uns in einem schönen kleinen Hotel ein, muss nicht unbedingt in den Städten sein, gehen wandern und machen Ausflüge. Abends lassen wir es uns gut gehen, mit Essen und leckeren Weinen. Im Amt habe ich alles abgeklärt, man hat in dieser Zeit nichts Besonderes mit mir vor. Ich wäre also variabel, was den Zeitpunkt betrifft." Paul überlegte.

„Liebend gern, Leela. Bis Ende Juni hätte ich Zeit, müsste es nur mit Richard absprechen. Dann bin ich verpflichtet und habe einen Termin in Süddeutschland. Ein prominenter Adliger möchte seine Zinnfigurensammlung aus dem Barock verkaufen, eine Ordenssammlung hat er auch. Ich habe ihn mit Mühe davon abgehalten, die Sachen in eine Auktion zu geben." Leela hob ihr Glas.

„Auf die Toskana, Paul!" „Auf dich, Leela!"

Es klappte. Paul hatte es gerade noch geschafft, eine Suite in einem Weingut bei San Gimignano zu buchen, das nebenher ein Hotel betrieb. Sie reisten mit dem Flieger und fuhren mit dem Mietauto weiter.

Auf der Hinfahrt zeigte sich die Toskana von ihrer schönsten Seite. Sanfte, von Zypressen gesäumte Hügel beeindruckten, das leuchtende Grün des Frühlings war noch nicht dem trockenem Gelb des Sommers gewichen. Die Baumblüte war zwar schon abgeschlossen, doch die Buntheit der Wiesenblumen entwickelte sich langsam, indem die Pflanzen verschämt ihre Köpfe durch den grünen Teppich streckten – bis auf den roten Klatschmohn, der sich in aggressiver Schönheit an den Feldrändern und sonnenüberströmten Hängen durchsetzte. Sie kamen an Weinbergen vorbei, die aus dem Winterschlaf längst erwacht waren, wie es die Geschäftigkeit der Winzer zeigte, die schnitten und reduzierten, um für die besten Trauben Platz zu schaffen.

Leela und Paul hatten eine romantische Unterkunft bekommen. Das Zimmer war sehr hell, teils mit antiken Möbeln ausgestattet und vor den Fenstern hingen duftige Vorhänge mit floralen Mustern. Sogar eine kleine Terrasse gehörte dazu.

Vormittags fuhren sie meist in die Städte und schauten sich die berühmten Gebäude, Plätze und Kulturgüter an. Die Nachmittage verbrachten sie mit kurzen Wanderungen in der Umgebung von San Gimignano, abends probierten sie die Restaurants des Ortes aus. An zwei Tagen regnete es etwas und Paul bemerkte, das viele Grün entstände nicht aus der Trockenheit und außerdem bräuchten die Weinreben das Wasser. Das letzte Glas Wein tranken sie meist noch auf ihrer Terrasse. Ihren Kristall hatte Leela nicht mitgenommen, Paul war es recht.

Florenz hatte Leela offensichtlich besonders beeindruckt und sie fragte Paul eines Abends, wie ihm die Stadt gefallen habe.

„Abgesehen von den vielen Touristen war es ganz nett."

„Paul, was sagst du da! Nett gibt es nicht, es ist ein blödes Wort. Entweder ist etwas umwerfend oder langweilig, falsch oder richtig, heillos oder heilsam. Dazwischen bewegen wir uns. Florenz empfand ich als umwerfend." Paul fand, sie habe recht. Sie redeten über anderes.

Der kurze Urlaub ging schnell zu Ende und Paul fuhr anschließend nach Süddeutschland. Als er nach drei Tagen zurückkam, lag ihm ein Brief mit einer handschriftlichen Nachricht von Leela vor. Paul öffnete ihn und las:

„Lieber Paul, ich musste leider ins Krankenhaus. Mir geht es im Moment nicht gut. Du kannst mich auf Station 51 im Virchow-Klinikum besuchen, dann sprechen wir miteinander. Diese Zeilen schreibe ich in Eile. Leela."

Paul war im ersten Moment wie gelähmt. Dann überfiel ihn ruckartig Sorge um Leela. Leela und ein krankenhausbedürftiges Leiden – daran hatte er noch nie gedacht. Er sprach mit Richard, verließ den Laden und machte sich auf den Weg.

Als er sich durch die parkartige Anlage des Virchow-Klinikums durchgefragt hatte, befiel ihn böse Ahnung, als er vor dem Haus mit der Station 51 stand. Klinik für Onkologie und Hämatologie stand auf dem Schild. Er traf Leela im Bett liegend an, sie sah blass aus und lächelte schüchtern zu ihm hin, ausgerechnet Leela? Noch nie hatte er den Wesenszug der Schüchternheit an ihr festgestellt. Sie erriet natürlich sofort seine Gedanken.

„Irgendwo kommen wir immer herunter, Paul, ich habe mich in der letzten Zeit wahrscheinlich zu wohl mit dir gefühlt und dadurch auch zu mächtig. Ich habe Leukämie und das weiß ich nicht erst seit heute."

„Warum hast du mir nichts davon gesagt?"

„Warum auch? Es hätte unserer Beziehung nicht gut getan. Man versucht, seinen Zustand zu halten, wenn man glücklich ist und weiß doch, dass es auf Dauer nicht klappt, das ist eben menschlich. Meine Krankheit ist eine seltene chronische Form von Leukämie und die Chance bestand, dass ich noch ein paar Jahre bis zum nächsten Schub Zeit gehabt hätte, so jedenfalls haben es mir die Ärzte gesagt.

„Seit wann weißt du davon?"

„Seit sieben Jahren, das war der Zeitpunkt, als ich von Indien zurückkam und nach Berlin gezogen bin. Es könnte sein, dass ich sie schon in Indien hatte, sie ist aber erst in Berlin entdeckt worden. Man hat sie hier in diesem Krankenhaus behandelt und mich nach Hause entlassen, als es mir wieder gut ging. Doch die Ärzte haben mich gewarnt. Die Krankheit würde wieder ausbrechen und endgültige Heilungschancen gäbe es nicht. Niemand könne wissen, wann sie wieder ausbrechen würde und irgendeiner der Schübe könnte den Tod bedeuten. Vor etwa drei Wochen habe ich Veränderungen an mir bemerkt, deshalb habe ich dich auch überredet, mit mir in die Toskana zu fahren. Wer weiß, ob ich dazu noch irgendwann Gelegenheit habe. Es gehörte zu den Dingen, die ich noch machen wollte, bevor ich verglühe wie ein wunder Stern am Horizont."

„Sei nicht so mutlos, Leela. Ich hoffe, alles wird wieder gut!" Leela nahm seine Hand und streichelte sie.

„Nichts wird gut. Vielleicht schlägt die Therapie so an, dass es noch eine Weile weitergeht. Aber die Chancen stehen schlecht. Die Ärzte haben mich vorbereitet, ich müsse davon ausgehen, dass ich diesen Schub nicht überlebe. Ich bekomme im Moment Chemotherapie mit Spritzen, sie macht mich fertig. Danach komme ich wieder nach Hause."

„Dann kriegen wir dich wieder fit wie einen Turnschuh!" Leela schüttelte den Kopf.

„Davon geh mal nicht aus. Ich habe keine Angst vor dem Tod, die Gründe kennst du. Und meine Gegenwart war alles in allem schön, auch wegen dir. In ein paar Wochen werde ich 46 Jahre alt, das ist zwar zu früh zum Sterben, doch so jung bin ich auch nicht mehr."

Paul war es so, als habe er nicht richtig gehört. Über ihr Alter und ihre Geburtstage hatten sie nie gesprochen.

„Soll das heißen, du bist neun Jahre älter als ich? Ich habe immer gedacht, ein bisschen älter als ich könntest du schon sein, doch mit einem solchen Altersunterschied hätte ich nie gerechnet!" Leela lächelte ihn an.

„Danke für das Kompliment. Altersunterschiede sind nicht besonders wichtig, wenn man sich versteht, ich meine das in jeder Hinsicht. Deine Freundin Jessica ist doch auch zehn Jahre jünger als du, und sie liebt dich bis heute heiß und innig, das entnehme ich ihren bösen Briefen, die sie ab und zu an mich geschrieben hatte. Von denen habe ich dir bis heute nichts gesagt. Wenn es mich nicht mehr gibt, solltest du zu ihr zurückkehren, das meine ich ganz ernst."

„Du hast mir sowieso nie viel über dich gesagt."

„Wollte ich auch nicht. Ich hole es nach, es ist wohl an der Zeit.

Ich bin am 20. Juli 1965 in Neu Delhi geboren worden. Mein Vater war Diplomat und arbeitete im indischen Außenministerium, meine Mutter war Lehrerin und Deutsche. Sie hatten sich vorher in Deutschland kennengelernt, als mein Vater bei der indischen Botschaft in Köln-Marienburg beschäftigt war. Zu Anfang der sechziger Jahre zogen meine Eltern nach Indien. In der Zeit bis zu meinem 19. Lebensjahr hatte meine Mutter nicht gearbeitet, für sie war es schwierig, in Indien eine Stelle zu bekommen. Hauptsächlich aus diesem Grund wollte sie wieder nach Deutschland zurück. Inzwischen war die indische Botschaft nach Bad Godesberg verlegt worden und meinem Vater wurde dort eine Stelle angeboten. Wir zogen nach Bonn und meine Mutter konnte wieder als Lehrerin arbeiten. Ich holte mein deutsches Abitur nach und studierte anschließend in Bonn Indologie und Publizistik. Das alles dauerte bis 1992. Nach meinem Examen durchlebte ich eine unruhige Zeit, es hing auch damit zusammen, dass inzwischen in Deutschland die Wende gekommen war und meine Familie wusste, dass bald ein neuer Umzug nach Berlin anstand. Ich lebte eine Weile von Gelegenheitsjobs. Ich hab natürlich damals alles mitgemacht, Suff, Drogen und das, was mir als schick und wichtig eingeredet wurde und den Deppen in meinem Kopf wachsen lassen. Alles änderte sich, als meine Eltern 1995 bei dem Autounfall auf einer Fahrt nach Berlin starben.

Ich war allein und verfiel in Depressionen, wie man es wohl nennt. Als ich unseren Haushalt in Bonn aufgelöst hatte, zog ich wieder nach Indien und blieb sieben Jahre. Es ging mir dann wieder besser und ich kehrte nach Deutschland zurück, diesmal nach Berlin, wo ich die Stelle im Auswärtigen Amt bekam. Den Rest kennst du."

Paul drückte Leelas Hand.

„Sieh erst mal zu, dass du wieder hier herauskommst. Danach ziehst du erst einmal zu mir in die Bleibtreustraße. Ich werde dann ständig in deiner Nähe sein und dich pflegen. Wir werden dich schon wieder auf die Beine bringen." Leela wollte sich erheben, um Paul zu umarmen, doch dafür war sie noch zu schwach.

Paul besuchte Leela jeden Abend. Nach vierzehn Tagen wurde sie entlassen, mit der Auflage, zunächst täglich bestimmte Medikamente einzunehmen und sich einmal in der Woche zur Kontrolluntersuchung im Krankenhaus einzufinden. Leela hatte ihm die Schlüssel für ihre Wohnung gegeben und Paul stellte nach ihrer Anweisung ein paar Koffer zusammen, die er zu ihr in die Bleibtreustraße brachte. Auch den Kristall hatte er mitgenommen. Mit Leelas Pflege klappte alles so, wie er es sich vorgenommen hatte. In der ersten Zeit lag sie nur im Bett und außerhalb seiner Ladenzeiten blieb Paul ständig an Leelas Seite, manchmal ging er auch zwischendurch nach oben. Einen Großteil des Essens ließ er von Restaurants in die Wohnung liefern. Abends und nachts lag er an Leelas Seite, sie schmiegten sich und genossen ihre Nähe.

Langsam ging es Leela besser. Sie stand jetzt manchmal tagsüber auf, setzte sich an Pauls Schreibtisch und erledigte verschiedene Dinge, über die sie mit Paul nicht sprach.

Eines Tages schlug er ihr vor, den Kristall zu benutzen. Nach kurzer Überlegung stimmte sie zu. Sie gingen zu Bett, legten den Kristall daneben und schliefen ein.

Als sie erwachten, schauten sie auf ein Fenster, hinter dem gerade die Sonne aufging. Ihre Blicke wanderten zur Seite und hielten an einer schlafenden jungen Frau fest, die neben der Person ihres Traumes lag. Die Frau war blond und hübsch und trug ein altmodisch wirkendes Spitzennachthemd mit vielen Bändern. Ein zärtliches Gefühl durchströmte Leela und Paul. Sie vermuteten, dass sie diesmal im Körper eines Mannes stecken könnten. Ihre Vermutung bestätigte sich, als die Person sich erhob und ein Nachthemd über den Kopf zog. Der Mann ging zu einem hölzernen Waschtisch, goss Wasser aus einer Kanne in eine Schale und wusch sich. Dann ging er zum Fenster, öffnete es und sah hinaus.

Er blickte zunächst in die Weite. Eine hügelige Landschaft lag vor seinen Augen, ein Flickenteppich aus Viehweiden, gelben Kornfeldern und verstreutem Wald. Der

Wald umgab auch das Haus, war jedoch durchbrochen von landwirtschaftlichen Einrichtungen, Ställen und deren Ausläufen, einem großen Gemüsegarten und einer kleinen Fläche, auf der Wein wuchs. All dieses schien zusammen zu gehören.

Man hörte den Ruf eines Hahnes und das Wiehern von Pferden. Eine weibliche Person mit einem Korb erschien, offensichtlich eine Magd. Sie trug weite Röcke, ging in den Gemüsegarten und bückte sich, um mit dem Messer etwas abzuschneiden und in den Korb zu legen. Die Augen des Mannes wanderten wieder nach oben und streiften über den Himmel, offensichtlich, um das Wetter abzuschätzen.

Es gab keinen Wind. Über einen ruhigen Himmel zogen langsam Haufenwolken mit scharf begrenzten, rundlichen Rändern. Ein Zufriedenheitsgefühl entstand, das sich übertrug. Der Mann ging zu einem Stuhl, auf dem seine Kleidung lag und zog sich an. Als er sich graue, wollene Strümpfe überstreifte, bevor er in eine Kniebundhose schlüpfte, war es Leela und Paul klar, dass sie sich in einer Zeit vor dem zwanzigsten Jahrhundert befanden, falls der Ort ihres Traumes die Erde war.

Schließlich zog er Stiefel an.

Der Mann ging eine Treppe hinunter, die in einem sanften Bogen durch ein weiträumiges Treppenhaus lief. Decke und Seitenwände bestanden aus dunklem, mit Schnitzereien verziertem Holz. Aus einem Raum im Erdgeschoss, wohl einer Küche, kam eine weitere Magd oder Köchin, die eine weiße Haube trug. Der Mann rief ihr etwas auf Französisch zu. Die Magd nickte. Leela und Paul konnten es nicht verstehen, weil sie Französisch nicht gelernt hatten.

Der Mann trat auf einen Hof. Zu beiden Seiten des Hofes waren Ställe angeordnet. Er rief wieder etwas. Aus einer der Stalltüren kam ein junger Mann, einfacher bekleidet als er

106

selbst. Er ging ebenfalls in ledernen Stiefeln und führte ein gesatteltes Pferd mit sich. Sie riefen sich unter Lachen ein paar Sätze zu. Das Pferd wieherte und bäumte sich etwas auf. Es war groß, hatte dunkelbraunes, glänzendes Fell und wirkte edel. Während der Mann seinen Hals tätschelte, wurde es sanft und ließ ihn in den Sattel steigen. Der Mann ritt los. Leela und Paul spürten die Erschütterungen, die ein Körper auf dem Rücken eines Pferdes erfährt und empfanden sie als angenehm. Der Mann schaute zurück.

Sie blickten auf ein kleines, schlossartiges Anwesen, erbaut aus grauem Sandstein, verbunden mit zwei länglichen Wirtschaftsflügeln. Der Mann ritt am Gemüsegarten vorbei, dann durch ein Stück Wald. Zwischen niedrigen Eichen und Buchen erstreckte sich Buschwerk, darunter viele immergrüne Pflanzen wie Stechpalmen und Lorbeergewächse. Es ging eine Weile aufwärts, dann lichtete sich der Wald.

Es erschien eine umzäunte Hochebene, bedeckt von sattem, grünen Rasen. Der Mann hielt an. Eine Herde weißer Rinder blickte zu ihm hin und kam langsam näher. Die Rinder waren groß und muskulös. Einige standen jetzt dicht am Zaun und sahen ihn freundlich an. Der Mann stieg vom Pferd und streichelte über ihre Köpfe. Nach einer Weile ritt er weiter und richtete seinen Blick auf einen anderen Teil der Weide. In der Ferne konnte man eine weitere Schar von Rindern erkennen. Insgesamt waren es etwa fünfzig Rinder, die hier weideten.

Es ging nun etwas abwärts, wieder durch Wald, der sich nach kurzer Zeit verlor und Weizenfeldern Platz machte. Die Ähren hatten noch nicht ihre vollgelbe Farbe angenommen. Der Mann stieg ab, pflückte eine Ähre und prüfte sie, indem er sie durch die Hand zog. Dann ritt er weiter. Hinter den Kornfeldern führte der Weg in einen Ort, der teilweise von einer Stadtmauer umgeben war. Es schien sich um eine

Kleinstadt zu handeln. Als er durch ein Tor ritt, wurde der Weg zu einer Straße mit Kopfsteinpflaster, sodass die Hufe des Pferdes ein klackerndes, schallendes Geräusch erzeugten.

Auf der Straße ging es lebhaft zu. Viele Frauen und Männer waren unterwegs. Alle Frauen hatten sich mit langen Röcken und derben Blusen bekleidet, manche hatten Hauben aufgesetzt. Viele trugen Eimer oder Körbe mit sich. Die Männer steckten in einfachen Arbeitshosen oder waren bekleidet wie er. Auch Reitern begegnete er; einige grüßten ihn. Die meisten Häuser zeigten Fassaden aus Fachwerk, oft gab es in ihnen Läden. Größere Häuser dienten manchmal als Gasthöfe.

An einer Kreuzung bog der Mann ab. Ihm kam eine Kutsche entgegen, sie wichen sich mit Mühe aus. Vor einem Haus aus Sandstein machte er Halt und befestigte das Pferd mit Lederriemen an einem Balken. Er trat hinein und befand sich in einer offenen Diele. Ein Mädchen führte ihn in einen Nebenraum, dort saß ein Mann, bekleidet mit einer ledernen Weste über einem weißen, groß geschnittenen Leinenhemd und einem schwarzen Halstuch an einem breiten Tisch, auf dem sich Papiere und Bücher neben einer Geldkassette stapelten. Der Raum war wohl eine Art Büro.

Die Männer begrüßten sich und redeten eine Weile miteinander. Vermutlich handelte es sich um ein Verkaufsgespräch, in dem es um Rinder ging, wie Leela und Paul bruchstückweise heraushören konnten. Zum Schluss unterschrieb der Verkäufer, der Mann aus ihrem Traum, zwei Papiere, der Käufer öffnete die Geldkassette und gab ihm ein paar Banknoten und Silbermünzen. Er verabschiedete sich, der Mann steckte das Geld in eine Börse, die an seinem Gürtel befestigt war und ging hinaus. Sein Pferd sah ihn an, mit einer Mischung aus Treue und Furchtsamkeit. Er klopfte ihm auf den Hals und ging ein paar Häuser weiter. Zwischen zwei Steinhäusern versteckte sich ein kleines Fachwerkhaus mit einem Laden. „Parfumerie" stand über der Tür, der Mann betrat ihn. Ein alter Mann war damit beschäftigt, verschiedene Essenzen in kleine Fläschchen abzufüllen. In Regalen war eine Vielzahl weiterer Fläschchen in verschiedenen Größen angeordnet; es stapelten sich Seifenstücke, es roch angenehm. Alle Produkte wiesen handbeschriftete Etikette aus.

Der Mann ließ sich verschiedene Fläschchen reichen. Nachdem der Ladenbesitzer sie sorgsam entkorkt hatte, roch er an ihnen. Leela und Paul rochen mit. Zwei Parfüms erweckten besonders sein Interesse; eines roch etwas süßlich und gleichzeitig pfeffrig, das andere nach einer Mischung von Veilchen und herbem Lavendel mit einem frischen Orangenton. Für dieses Parfüm entschied er sich, der Ladenbesitzer nickte und verpackte es in dünnem Papier. Der Mann bezahlte mit einer Silbermünze und verließ den Laden.

Das Pferd sah ihn erwartungsvoll an, nachdem er zurückgekehrt war. Er machte es los, bestieg es und ritt langsam wieder aus der Stadt hinaus. Auf der Straße musste er es zügeln, damit es auf dem Pflaster nicht zu schnell wurde. Sobald es das Pflaster verlassen hatte und sich auf dem Feldweg befand, fiel es in Galopp. Der Mann ließ es laufen.

Das Pferd kannte den Rückweg. Bevor sie den Hof erreichten, leitete er es auf einem Nebenweg zu einer kleinen Obstwiese. Hier standen Bäume mit Birnen und Pfirsichen, die Früchte wirkten so, als würden sie vor Wachslust platzen. Ein Zufriedenheitsgefühl stellte sich ein. Der Mann ließ das Pferd wieder laufen, sie kehrten zum Hof zurück.

Ein Stimmengewirr empfing ihn; es hatte sich inzwischen weitere Betriebsamkeit entwickelt. Mehrere Knechte und Mägde gingen ihren Beschäftigungen nach, säuberten Hof und Ställe und versorgten das Milchvieh, die Schweine und die Pferde. Ein Knecht half ihm aus dem Sattel und führte das Pferd weg.

Die Frau, die am Morgen in seinem Bett gelegen hatte, offensichtlich seine Ehefrau, kam ihm mit zwei kleinen Mädchen an der Hand entgegen und lächelte ihn an. Hinter ihr ging eine weitere junge Frau, vielleicht ein Kindermädchen. Er umarmte erst seine Frau, dann die Kinder. Aus dem Gespräch, was sie miteinander führten, meinte Leela später, die Namen „Valérie" und „Alain" herausgehört zu haben.

Die Sonne war am Himmel emporgestiegen, es wurde sommerlich warm. Sie gingen durch das Haus zu einem kleinen umfriedeten Blumen- und Kräutergarten. Auf einem Rasenstück stand ein derber Holztisch; eine Magd war gerade damit fertig geworden, ihn zu decken und füllte Suppe in Suppenteller, neben denen Holzbretter und Bestecke lagen. Auch ein Brotkorb mit frischem Brot, ein Teller Kirschen und Johannisbeeren und zwei Platten mit Käse, Butter, Wurst und Schinken waren auf dem Tisch angeordnet. Auch Getränke gab es, ein paar Flaschen mit Rotwein und Fruchtsaft und einen Krug mit Wasser. Die Magd holte noch Gläser herbei. Sie aßen und tranken.

Alle wirkten fröhlich und zufrieden. Die Mädchen neckten sich und schwatzten laut miteinander. Nach dem Essen legte der Mann den Arm um seine Frau, sie lehnten sich in ihren Stühlen zurück und blinzelten in die Sonne. Das Kindermädchen verschwand mit den beiden kleinen Töchtern.

Plötzlich stand er auf und ging zum Pferdestall. Das Sattelzeug mit der Satteltasche lag zum Auslüften auf einem Holzbock. Er nahm das Fläschchen mit dem Parfüm aus der Satteltasche und brachte es seiner Frau. Die Frau entkorkte es und roch daran. Für einen Moment verklärte sich ihr

110

Gesicht. Sie legte die Arme um den Hals des Mannes und flüsterte ihm etwas in das Ohr. Beide standen auf und gingen durch das Haus in das Schlafzimmer hinauf.

Der Rest des Traumes verschwand in einer Wolke des Wohlbefindens, einer Mischung aus Sinnlichkeit und Zufriedenheit.

Leela und Paul wachten auf. Paul legte seinen Arm um sie. Beide waren sie eine Weile still, um das Wohlgefühl, das sich auf sie übertragen hatte, nachklingen zu lassen. Dann drehte sich Paul zu Leela. Sie war wohl ebenfalls angerührt, denn ihrem Lächeln fehlte der sonst häufige spöttische Unterton.

„Der schönste Traum, den ich bislang mit dir zusammen erleben durfte, Leela. Schade, dass wir uns beide in Französisch nicht auskennen. Deine Seele hat es diesmal in den Körper eines französischen Gutsbesitzers verschlagen, der im 19. Jahrhundert gelebt haben könnte." Leela stimmte ihm zu.

„Die Kleidung der Menschen und die Art der Gebäude in dem Städtchen weisen darauf hin. Dass die Stadtmauer nicht mehr vollständig erhalten war, ist ein weiterer Hinweis. Ich war noch nicht in Frankreich und weiß nicht, in welcher Gegend unser Traum stattgefunden haben könnte."

„Ich kenne Frankreich ein bisschen. Es könnte sich bei der Landschaft um Burgund handeln. Bei dem Gespräch mit dem Viehhändler meine ich, mehrfach den Begriff „Charolais" gehört zu haben. Charolais-Rinder sind groß und weiß und werden bis heute vorwiegend in Burgund gehalten. Am liebsten würde ich den Traum fortsetzen, natürlich mit dir als meiner Ehefrau!"

„Ich weiß nicht Paul", sagte Leela versonnen, „wenn dir der Traum so gut gefallen hat, könnte es daran liegen, dass ich dich in der Rolle eines Mannes mitgenommen habe? Das kam normalerweise sehr selten vor. Es hatte aber dazu geführt, dass ich mich mittlerweile in einen Mann sehr gut hineinversetzen kann. Ich konnte den Traum also auch so wie du genießen."

„Dass du einen Mann gut verstehen kannst, habe ich immer gespürt, Leela. Es ist eine nicht sehr häufige Gabe, mir geht es manchmal so, dass ich mich selbst nicht verstehe. Es könnte sein, dass ich mich deswegen in dich verliebt habe."

Ein solches Wort hatte Paul noch nie ausgesprochen. Leela drehte sich zu ihm. Sie umarmten sich.

Ein paar Tage später feierten sie Leelas Geburtstag. Paul hatte das Wohnzimmer und das Schlafzimmer mit frischen Blumen dekoriert. Am späten Nachmittag kam Richard Wendler nach oben, den sie zum Tee eingeladen hatten. Für den Abend hatte Paul ein kleines Büffet von einem Feinkostgeschäft anliefern lassen. Er machte eine Flasche Champagner auf und stieß mit Leela an.

„Auf deinen Geburtstag, Leela. Und darauf, dass alles wieder gut wird!" Leela brachte nur ein schwaches Lächeln zustande.

„Möglich ist alles, Paul. Auf uns beide!"

Paul reichte Leela ein kleines Kästchen. Leela machte es auf. Ein Ring aus Gold lag darin. Auf den Ring saß ein kleines Rad mit drei Speichen und in den Raum zwischen den Speichen waren drei kleine Rubine eingearbeitet. Leela setzte den Ring auf. Er passte.

„Danke, er ist wunderschön! Wann bist du denn auf diese Idee gekommen?"

„Als ich dich zum ersten Mal im Krankenhaus besucht habe und du mir erzählt hast, dass du in ein paar Wochen

112

Geburtstag haben würdest. Vorher wusste ich das ja nicht. Ich habe ihn dann von einem Goldschmied anfertigen lassen. Er passt doch gut zu deiner Halskette, oder?"

„Total gut! Ich weiß gar nicht, was ich sagen soll!" Paul lächelte.

„Nichts. Bleib bei mir, das ist alles, was ich möchte."

„Ich möchte das auch Paul". Leela machte eine Pause. „Bitte sei etwas realistisch. Ich glaube, daraus wird wohl nichts. Lass uns lieber über Schönes oder Nichts nachdenken und meinen Geburtstag feiern."

„So einfach ist das nicht, Leela. Du weißt über vieles Bescheid, über das ich mir vorher nie Gedanken gemacht habe und dein Kristall hat mir Dinge eröffnet, an die ich nie geglaubt hätte. Ich würde alles daran geben, wenn ich dich weiter treffen könnte, immer wieder, egal, was mit unseren Körpern passiert!" Leela schaute ihn an, einerseits skeptisch, andererseits verzweifelt.

„Meinst du das wirklich ernst?" „Natürlich."

„Dann vertrau mir. Ich mache mir darüber Gedanken und werde dir einen Weg zeigen, der funktionieren könnte."

Zwei Wochen später ging es Leela wieder schlecht. Sie blieb jetzt meistens im Bett. Paul kam oft nach oben und sah nach ihr. Sie klagte über Schmerzen in den Gelenken. Manchmal hatte sie Todesgedanken. Sie sagte ihm, sie komme sich vor wie ein nächtlicher Mond, wenn sich ihm schwarzgraue Wolken nähern: wollen sie mich erdrücken oder mich umarmen?

Als sie Fieber bekam und sich die Lymphknoten in ihren Achselhöhlen plötzlich verdickten, fuhr Paul sie in das Krankenhaus. Nachdem sie ärztlich untersucht wurde, sagte man ihr, man müsse sie dabehalten, um eine weitere Behandlung mit Zytostatika einzuleiten.

Paul blieb bei Leela bis in den späten Abend.

Die Behandlung mit den Medikamenten nahm Leela noch mehr mit als beim ersten Mal und sie wurde zusehends schwächer. Doch sie ertrug alles mit einem geduldigen Fatalismus. Paul besuchte sie so oft wie möglich. Meistens sprachen sie nicht viel miteinander und fassten sich nur an die Hand. Oft las ihr Paul aus der Zeitung vor.

Eine Woche später am Morgen erreichte ihn ein Anruf aus dem Krankenhaus, in dem ihm mitgeteilt wurde, dass Leela Roy in der Nacht zuvor gestorben sei. Weil Richard an diesem Tag frei hatte, schloss er den Laden, ging nach oben, warf sich auf das Bett und weinte. Er konnte sich nicht mehr daran erinnern, wann er das letzte Mal geweint hatte.

In der Bettwäsche konnte er noch Leelas Duft spüren.

Eine Stunde später fuhr er in das Krankenhaus. Die Stationsschwester führte ihn in ein Einzelzimmer. Leela lag blass und tot in ihrem Bett. Paul bückte sich und gab einen Kuss auf ihre kalte Stirn, zum letzten Mal berührte er sie.

Später wies ihn die Schwester darauf hin, dass Leela eine Patientenverfügung und mehrere Vollmachten auf seinen Namen erteilt habe. Sie gab ihm einen Briefumschlag mit den Unterlagen, darunter war auch ein verschlossener Brief an seine Adresse. Paul öffnete ihn. Der Brief war gedruckt, Leela musste ihn während ihrer Anwesenheit in der Bleibtreustraße auf dem PC verfasst haben.

Lieber Paul,

wenn du diesen Brief liest, hat meine Seele ihren Körper verlassen und sich bereits einen neuen Körper gesucht. Doch ein paar

114

Dinge sind noch zu regeln. Zunächst die Beerdigung. Ich bitte dich, dafür zu sorgen, dass mein alter Körper ein normales christliches Begräbnis bekommt. Du wirst dich fragen, warum ich das möchte?

Ganz einfach, meine Mutter war evangelische Christin und mein Vater Hindu. Weil mein Vater wenig Zeit hatte, bin ich die meiste Zeit von meiner Mutter erzogen worden. Ich bin auch nie aus der Kirche ausgetreten. Außerdem empfinde ich den christlichen Glauben und meine Vorstellung von der Wiedergeburt nicht als Widerspruch – wie du weißt, ist auch die christliche Vorstellung vom Paradies für mich eine Art Wiedergeburt. Vielleicht kommt hier die Toleranz des Hinduismus zum Vorschein, den ich durch meinen Vater kennengelernt habe.

Weil ich keine Verwandten in Deutschland habe, mit denen ich in den letzten Jahrzehnten Kontakt hatte, reicht es, wenn du den Zeitpunkt und den Ort meiner Beerdigung im Amt bekannt machst, mehr als fünf Kolleginnen oder Kollegen werden wohl nicht kommen, es wird eine kleine Beerdigung werden. Lade sie in meinem Namen hinterher zum Essen ein, gute Gespräche und Kontakte sind wichtiger als das Ritual. Man muss die Gegenwart pflegen, sie ist kostbar.

Das betrifft auch dich, Paul. Verliere nicht die Gegenwart. Deine Freundin Jessica ist bestimmt eine gute Perspektive für dich, ich fühle, sie passt auch zu dir. Na ja, vielleicht nicht so wie ich, ich komme mir im Moment hochnäsig vor, wenn ich so denke, doch das letzte Jahr mit dir war für mich derart beglückend, dass ich beim Schreiben in einen Höhenflug komme, vielleicht war das ja das Paradies?

Ich komme nun zu dem, was wir zusammen besprochen haben. Wenn du wirklich möchtest, dass wir wieder einander begegnen, wird das in unseren Träumen vielleicht möglich sein. Es könnte über meinen Kristall funktionieren. Du musst ihn also verwahren. Du kannst ihn auch benutzen, dann schlüpfst du in meine Seele, so wie du es kennst. Mach es nicht zu oft, ich denke, es wird dir nicht so gut bekommen. Wenn wir gemeinsam eine Verbindung aufbauen wollen, geht es nur auf eine ganz andere Weise.

Lass erst einmal ein halbes Jahr verstreichen und entscheide dich dann, ob du das noch möchtest. Der Weg, der dazu führen könnte, dass du mich wieder treffen könntest, geht nur über Indien. Es gibt eine Person, die ihn dir zeigen kann. Er ist Arzt, heißt Dr. Ramesh Prasad und betreibt eine kleine Klinik in Aurangabad. Aurangabad liegt in Zentralindien im Bundesstaat Maharashtra, nicht allzu weit von Mumbai entfernt.

Es gibt noch andere Dinge, die ich geregelt habe und die dich betreffen. Mein Rechtsanwalt wird sich demnächst mit dir in Verbindung setzen.

Und nun: lebe wohl oder auf Wiedersehen?

Deine Leela.

Leelas Beerdigung fand drei Wochen später auf dem Luisenfriedhof in Charlottenburg statt. Es kam so, wie es Leela vorausgesagt hatte, außer Paul waren nur zwei ihrer Kolleginnen und ein Kollege anwesend, alle aus dem Auswärtigen Amt. Nach der Beerdigung gingen sie zusammen in ein Restaurant. Anschließend fuhr Paul in seine Wohnung in der Bleibtreustraße. Er schaute sich Leelas Kristall an, legte ihn in sein Kästchen und verschloss es im Safe. Er kam sich sehr einsam vor.

Zwei Tage nach Leelas Beerdigung erreichte Paul ein Anruf von ihrem Rechtsanwalt. Sie verabredeten sich zu einem Termin in seiner Kanzlei in Charlottenburg.

Der Rechtsanwalt machte es kurz.

„Es ist eine Testamentseröffnung von Frau Leela Roy, zu der ich Sie geladen habe. Wie Sie sehen, ist niemand außer Ihnen bei mir erschienen."

„Und was bedeutet das?" Der Rechtsanwalt schaute hoch.

„Sie sind der Universalerbe, Herr Voigt. Frau Roy hat Ihnen ihr gesamtes Vermögen hinterlassen. Es besteht außer einer Wohnung in Charlottenburg aus einer Barschaft und Anlagen, die auf Konten bei zwei Banken verteilt sind. Dazu kommt noch Sachvermögen, das sich ausschließlich in der Wohnung in Charlottenburg befindet." Der Anwalt rückte seine Brille zurecht und blätterte in seinen Unterlagen.

„Soweit ich beurteilen kann, hat Ihnen Frau Roy bereits Kontovollmacht zugesprochen?" Paul nickte.

„Stimmt. Ich habe davon schon Gebrauch gemacht." Der Anwalt erhob sich.

„Dann ist ja alles geklärt. Sie werden noch ein paarmal Post von mir bekommen, wegen der Umschreibung der Wohnung im Grundbuch. Auch das Finanzamt wird sich irgendwann bei Ihnen melden und eine Erklärung wegen der Erbschaftssteuer anfordern. Soweit ich kann, habe ich das schon vorbereitet. Melden Sie sich dann bitte bei mir."

Paul verabschiedete sich und ging.

Es wurde schwierig für ihn, ohne Leela zurechtzukommen. Manchmal fuhr er in ihre Wohnung, die jetzt ihm gehörte und wanderte unruhig in ihr umher. Oft öffnete er das Fenster in ihrem Schlafzimmer und hörte dem Schreien und Lachen der Kinder auf dem Spielplatz zu. Es war jetzt

Spätsommer und damit eine Zeit der Aktivität für sie. Der Gedanke daran, dass der materielle Körper vergänglich war und die ihm anhaftende Seele unsterblich, gewann an Anschaulichkeit, wenn er die spielenden Kinder betrachtete. So oder ähnlich musste auch Leela gedacht haben, wenn sie an dieser Stelle aus dem Fenster geschaut hatte.

Einmal hatte er den Kristall mitgenommen und sich in Leelas Bett schlafen gelegt. Er kam in einen bösen Traum hinein und fand sich als Kind in einem eigenartigen und schlimmen Slum wieder, der wohl in einer ganz anderen Welt lag, weil er vor rotgekleideten Reitern flüchten musste, die auf kamelartigen Tieren saßen und alles an Menschen festnahmen, denen sie begegneten, wohl um sie zu versklaven. Er sah zu, dass er schnell aus dem Traum herauskam, mittlerweile gelang es ihm ganz gut, wenn er sich auf seinen Willen konzentrierte. Wieder fehlte ihm Leela, mit der er sonst diesen Traum verarbeitet hätte.

Paul nahm sich vor, den Kristall vorerst nicht mehr zu benutzen. Doch jetzt fehlte ihm richtiger Schlaf und er grübelte stundenlang. Leela ging ihm nicht aus dem Kopf, als sei sie ihrerseits in seine Seele geschlüpft. Er versuchte, sich abzulenken und besuchte Theater, Ausstellungen und Musikveranstaltungen – genauso hätte es Leela getan. Es half nicht. Der Sommer neigte sich seinem Ende zu.

Die Herbstsonne glühte horizontal herein, durchdrang die Bäume, Blätter und Pflanzen. Es schien, als wolle sie ihm beistehen, versichern, dass sie ihn vor dem gnadenlosen Winter schützen wolle, wissend, dass sie dessen Lauf nicht aufhalten konnte. Paul bekam es mit der Angst zu tun. Wenn es so weiterginge, würde er in eine Depression hineinrutschen, er merkte es.

Leela hatte wahrscheinlich recht, als sie ihm riet, sich wieder mit Jessica in Verbindung zu setzen.

118

Er nahm sich vor, am nächsten Wochenende in die Matterhornstraße zu fahren.

BERLIN, IM OKTOBER 2011

Jessica Andert saß mit ihrer Freundin Isabell Wolter an einem Tisch im Ho Chi, einem angesagten vietnamesischen Restaurant in Berlin Mitte. Sie war gerade damit bemüht, mit den Essstäbchen ein Broccoliröschen aus der Suppe zu fischen. Ihr Gesichtsausdruck verriet, dass sie über die Maßen gut gelaunt und zufrieden war, ganz im Gegensatz zu ihrem Zustand noch vor kurzer Zeit.

„Und was hat dir die gute Laune verschafft, Jessica? Seit einem Jahr bist du doch nur so missmutig herumgelaufen wie ein Dackel, dem man das Herrchen genommen hat!"

Jessica hielt einen Moment inne. Dann hob sie ihren Kopf und blickte Isabell fest an, mit einer Mischung aus Freude und Triumph.

„Paul. Er ist wieder da."

„Die Liebe deines Lebens, was?"

„Weiß ich nicht. Jedenfalls meine momentane."

„Erzähl mir, wie es dazu gekommen ist." Jessica machte wieder eine Pause. Dann berichtete sie.

„Also, die Inderin ist gestorben, das wäre erst mal die wichtigste Nachricht."

„Woher willst du das wissen?"

„Du verkennst die Familie Andert, Isabell. Wir haben zwar unsere Nachteile, doch was in Berlin passiert, kriegen wir immer spitz, wenn es uns interessiert. Mein Vater hat als Industriekaufmann fast überall Zugang, zum Auswärtigen Amt sowieso. Leela – so heißt sie wohl – ist im August gestorben, woran, weiß ich nicht. Paul hat sich erst nicht gerührt, doch vor zwei Wochen kam er zu mir in die Matterhornstraße."

„Und du hast ihn nicht gleich in die Wüste geschickt und bist ausgezogen, nach allem, was er dir angetan hat?"

120

Nebenan wurde es laut. Eine Serviererin stritt sich mit einem Kollegen, wohl dem Koch. Alles auf Vietnamesisch. Sie unterbrachen ihr Gespräch. Isabell zuckte mit den Schultern.

„Kann kein Wort verstehen, das Vietnamesische hört sich für mich an wie Entengeschnatter. Doch nun komm zum Punkt."

„Also, plötzlich stand er auf dem Flur. Kann er ja, ohne anzuklopfen, schließlich gehört das Haus ihm. Wolltest du mit mir reden oder wieder einziehen?, fragte ich ihn. Beides, sagte er. Na ja, viel hat er dann doch nicht geredet. Ist nicht so seine Art."

„Und du hast das alles mitgemacht, Jessica?"

„Nicht ganz. Ich wollte ihn strafen und ihn erst mal für zwei Wochen auf Sparflamme setzen."

„Und wie lange hast du das geschafft?"

Jessica senkte ihren Kopf nach unten und sah ihre Freundin aus den Augenwinkeln in einem nicht ernst gemeinten Anflug von Schüchternheit an. Ihr Gesicht verzog sich, sie unterdrückte einen Ausdruck, der Anstalten machte, in ein prustendes Lachen auszubrechen.

„Zwei Tage, Isabell. Vielleicht war es doch Vernunft. Abstinenz führt zu Melancholie und macht überdies eine schlechte Haut." Isabell lachte schallend.

„Länger hätte ich das von dir auch nicht erwartet. Ich kenne dich, Jessica. Und wie ist er jetzt? Hat er sich verändert?"

„Immer noch der Gleiche mit denselben Ecken und Kanten. Man kann nicht alles haben. Hat sich auch sofort wieder vorbehalten, dass er wie früher manchmal allein sein möchte. Als er mir das sagte, hab ich Terz gemacht, die schlechte Erfahrung, du weißt. Dann wurde er richtig lieb. Kannst mich ja in der Bleibtreustraße besuchen, wenn ich da übernachte, schlug er mir vor, er habe nichts dagegen. Er hat mir sogar Schlüssel für die Wohnung gegeben. Na gut, das hörte sich doch ganz anders an."

„Mit anderen Worten, es ist jetzt fast alles wie zuvor zwischen dir und Paul?" Jessica schaute Isabell zufrieden an.

„Läuft wie gehabt. Ja, Isabell, ich bin glücklich."

Paul Voigt saß vor dem Fenster seines Wohnzimmers in der Matterhornstraße auf einem Schemel und schaute in den Garten. Die Blätter der Bäume hatten sich bereits verfärbt und begannen, herab zu fallen. Das Kreischen der Nebelkrähen war durch das Fenster zu hören, ein triumphierendes Kreischen, denn die fliegende Konkurrenz hatte sich bereits auf den Weg in den Süden gemacht und die Stadt würde ihnen bis zum nächsten Frühjahr fast allein gehören.

Der Rasen müsste jetzt noch einmal gemäht werden, dachte er und verwarf den Gedanken gleich wieder, denn wenn er noch ein paar Tage wartete, könnte er beim Mähen gleichzeitig den größten Teil des Laubs schreddern und würde zwei Gartenarbeiten auf einmal erledigen.

Er überlegte, ob er wieder glücklich sei. Glück – das war ein Gefühl, das er bislang in ganzer Fülle nur einmal in seinem Leben empfunden hatte, und zwar mit Leela. Mit Jessica war es ein anderes Gefühl gewesen und so war es auch wieder jetzt. Am ehesten konnte man es als Zufriedenheit bezeichnen, mit glücklichen Einsprengseln. Doch das war schon sehr viel, wenn man es mit der Verzweiflung verglich, die ihn nach Leelas Tod erfasst hatte. Jessica bekam nichts von seinen Gedanken mit, das war auch besser. Sie war wohl wirklich glücklich, so kam es ihm vor. Und trotzdem – er würde wahrscheinlich in den nächsten Wochen einen Tag in der Bleibtreustraße bleiben, um den Kristall aus dem Safe zu holen und Leelas Seele zu empfinden, trotz des

Risikos, in einen üblen Traum zu geraten. Hinter seinem Rücken hörte er, dass Jessica an ihn heran trat. Sie legte ihre Arme um seinen Oberkörper und er spürte, wie ihre Brüste durch den Pullover hindurch seine Schultern berührten und in ihm einen Anflug von Verlangen erzeugten. Dafür war er ihr dankbar, denn es lenkte ihn ab.

„Familie ist angesagt, Schatz", sprach sie ihn an. „Meine Mutter hat angerufen und uns am nächsten Wochenende eingeladen, zusammen mit deinem Vater."

„Schön."

„Hört sich nicht so begeistert an!"

„Es geht. Du weißt, dass es für mich nicht ganz einfach ist, wenn mein Vater mich besucht."

Pauls Vater Manfred hatte sich für übermorgen angesagt und wollte eine Woche in Berlin verbringen. Das Fremdenzimmer in der Matterhornstraße war bereits hergerichtet.

Als Manfred Voigt, der Vater von Paul, in der Matterhornstraße ankam, traf er auf Jessica, die ihn überschäumend begrüßte, ihm fast um den Hals fiel, so kam es ihm vor. Paul war noch nicht aus seinem Laden zurück. Manfred empfand Jessica so, als sei sie seine kleine Tochter und die Tatsache, dass sie mit seinem Sohn zusammen lebte, erschien ihm eher als ein Glück als ein Zufall, denn beide verknüpften sich in seiner Vorstellungswelt als eine Vollendung eines Geschehens, das die Familie Voigt und die Familie Andert über viele Jahre zusammengefügt hatte.

Er selbst hatte sich niemals wie ein richtiger Berliner gefühlt, im Gegensatz zu seinem Sohn Paul. Der Umzug aus seiner schwäbischen Heimat nach Berlin in den fünfziger Jahren hatte allein wirtschaftliche Gründe gehabt und als Paul in seiner Schulzeit den Berliner Dialekt übernahm, zu „berlinern" begann, war es ihm unangenehm aufgestoßen.

Trotzdem, der geschäftliche Erfolg war da und die Bindungen zwischen ihm und den Anderts schafften ein hohes Maß der Zufriedenheit, die enge Gemeinsamkeit war nicht zuletzt ein Verdienst ihrer Ehefrauen.

Doch alles änderte sich, als Irene starb. Er wollte nicht bleiben, und als früh absehbar war, dass die Firma nach der Wiedervereinigung keine Zukunft mehr haben konnte, ging alles sehr schnell. Er tauschte das ihm gräulich und unordentlich erscheinende Berlin gegen die helle und lichte Ordentlichkeit seiner Heimat und fühlte sich seither glücklich, soweit es ihm ohne seine von ihm immer sehr geliebte Partnerin gelang. Das erste Mal seit vielen Jahren hatte er es unternommen, die lange Strecke vom Bodensee nach Berlin mit dem Auto zu fahren, ungeachtet dessen, dass ihn sein Alter und die Prostata zu häufigen Pausen zwangen. Ohne Probleme fand er den Weg zu seinem Sohn. Die Villa in der Matterhornstraße kannte er noch aus der Zeit, als sein Schwager noch lebte.

Jessica war glücklich, dass Pauls Vater gekommen war, denn sie liebte die Harmonie, die beide Familien seit jeher verband. Sie bereitete Tee zu, brachte Kekse und Schokolade und lief fröhlich umher, wie es ihre Art war, plappernd und liebevoll. Manfred rührte es und er nahm sich vor, mit seinem Sohn darüber zu sprechen, wie er sich seine Zukunft mit Jessica vorstelle. Eine Weile später kam Paul.

Die Gelegenheit kam, als Jessica verschwand, um für den Abend und den nächsten Morgen einzukaufen.

„Wie steht es um deine Beziehung zu Jessica, Paul? Ihr seid doch nun schon jahrelang zusammen. Du wirst im kommenden Jahr achtunddreißig Jahre alt werden und langsam wird es für dich Zeit, eine Familie zu gründen, falls du das überhaupt vorhast." Paul reagierte zurückhaltend, Manfred schien es, als schotte er sich ab.

„Woher soll ich das wissen? Im Moment sind wir ganz glücklich miteinander. Solche Gedanken, wie du sie hast, sind mir noch nie in den Kopf gekommen. Im Übrigen gibt es keine Garantie dafür, dass es morgen noch so ist."

„Ganz glücklich? Was soll das heißen? Eine Garantie für Glück gibt es nirgendwo. Ich weiß, worauf du hinaus willst. Ihr wart ein Jahr getrennt, du hattest eine andere, ich weiß es von Gerhard, das ist nicht so schlimm. Und jetzt bist du zurückgekommen und Jessica hat es akzeptiert. Mein Gott, was willst du noch mehr? Ihr habt euch ausprobiert, Jessica vielleicht auch. Eine bessere Voraussetzung für ein Zusammenleben kann es nicht geben. Jessica liebt dich über alles, ist umwerfend hübsch und temperamentvoll, etwas Besseres wirst du nicht mehr finden oder wie denkst du dir das? Sie könnte mir die Enkelkinder schenken, auf die ich schon so lange gewartet habe, aber das stell man hintenan."

Paul zuckte mit den Schultern.

Es wurde ein familiäres Treffen bei den Anderts. Außer Paul und seinem Vater waren nur die beiden direkten Nachbarn zum Adventskaffee eingeladen. Als es frühzeitig dunkelte, ging Paul über den Rasen hinweg zum See. Als er auf die Bank traf, von der aus Leela ihn zum ersten Mal angesprochen hatte, ohne ihm in das Gesicht zu blicken, machte er Halt. Er streichelte die Lehne, die sie damals mit ihrem Rücken berührt hatte, ohne dass es ihm richtig bewusst war. Merkwürdig, hunderte Male hatte er auf dieser Bank gesessen, war hinauf und hinunter geklettert, unter Schimpfen und Lachen, mit Jessica und ihren Brüdern.

Jessica wurde unruhig. Sie spürte, dass irgendetwas nicht in Ordnung war. Sie ging in den Garten, hinab über den Rasen mit seinem verhaltenen Grün und sah ihn, auf der

Bank vor dem Bootshaus sitzend. Als er sie erblickte, stand er auf.

„Paul", sagte sie, eine Spur traurig, „hab mich doch mal lieb."

Irgendetwas quoll in Paul hoch und verdichtete sich. Er nahm sie in seine Arme und küsste sie, so, dass sie sein Fordern angenehm spürte, so, wie sie es gern hatte.

Manfred Voigt blieb diesmal lange. Das Weihnachtsfest feierten sie bei den Anderts, so war es vorher seit Jahrzehnten gewesen. Eine Woche nach Neujahr fuhr er wieder zum Bodensee, zu einem Zeitpunkt, als das Wetter dafür günstig war. Als er bereits im Auto saß, sprach er Jessica und Paul noch einmal an.

„Haltet euer Glück fest, Kinder. Glück zu erarbeiten, ist schon schwer genug und Glück zu erhalten, noch viel schwerer." Er schloss das Fenster seines Autos und fuhr davon.

Paul hatte sich wieder eine Auszeit genommen. Er lag in seinem Bett in der Bleibtreustraße. Leelas Kristall hatte er herbeigeholt und neben sich auf den Nachtschrank gelegt. Daneben stand ein halbleeres Glas mit Rotwein.

Er nahm einen Schluck und überlegte.

Sein Vater hatte recht. Zu Jessica gab es keine vernünftige Alternative. Leela, die ihm immer gesagt hatte, dass er sich um seine Gegenwart kümmern solle, hatte ihm ausdrücklich geraten, wieder Kontakt mit ihr aufzunehmen. Er hatte es getan und den Kontakt sogar dahingehend erweitert, dass er Jessica unbeschränkten Zugang zu seinem Laden und seiner Wohnung ermöglichte. Mit diesen Gedanken schlief er ein.

Als er erwachte, wurden seine Sinne von einer unerwarteten Fülle von Licht, Farben und Düften überrascht.

126

Offensichtlich befand er sich in einer Art von tropischer Umgebung. Doch nichts wies auf die ihm bekannten tropischen Pflanzen hin. Bäume und Büsche trugen ihm unbekannte Blüten, viele blau und zwischen ihnen summten Insekten und flatterten Schmetterlinge. Ein einzelnes Rieseninsekt erregte seine Aufmerksamkeit. Es sah einer Biene ähnlich und schien sich auch von Blütennektar zu ernähren, denn es steuerte besonders große Blüten an und senkte einen Rüssel in ihr Inneres.

Sein Blick richtete sich auf ein einfaches Holzhaus inmitten von kleinen Feldern, die mit Obstbüschen, Obstbäumen und Gemüse bepflanzt waren. Eine Tür öffnete sich, eine Frau trat heraus. Sie war jung und hübsch und trug einen bunten Umhang, ähnlich einem indischen Sari und lächelte ihn an. An der Hand hielt sie zwei Kinder, Mädchen und Junge, um die drei Jahre alt. Paul nahm an, dass Leelas Seele ihn vielleicht in den Körper eines Mannes versetzt hatte. Doch der Eindruck täuschte. Neben der Frau stürzten sich zwei ältere Jungen aus dem Haus, die ihn umringten und spaßhaft drückten und knufften. Schließlich kam noch ein Mann aus der Tür, ungefähr vierzig Jahre alt. Er war mit einem sandfarbenen Hemd und einem kurzen Rock bekleidet, offenbar eine Art Arbeitskleidung. Der Mann ging auf ihn zu und küsste und berührte ihn. Sein Blick wanderte über Pauls Körper und als Paul an sich hinunter schaute, sah er dass es ihn wieder in den Körper einer Frau verschlagen hatte. Doch er fühlte sich nicht unwohl. Der Mann redete mit den beiden Frauen in einer unbekannten Sprache. Dann ging er weg, auf einem unbefestigten Weg. In der Ferne konnte man weitere Häuser zwischen Bäumen und bepflanzten Flächen erkennen.

Die Frauen gingen auf die umliegenden Felder. Sie machten sich an den Pflanzen zu schaffen, jäteten Unkraut, gossen und düngten; einen Teil der Feldfrüchte ernteten sie. Die Kinder halfen ihnen dabei. Es wurde jetzt sehr warm, die Sonne stand hoch am Himmel. Sie machten nun öfter Pause.

Irgendwann gingen sie in das Haus. Paul konnte einen großen Raum erkennen, von dem mehrere kleine Räume abgingen. Das Licht kam durch ovale Fenster herein, die mit Netzen verhängt waren; es schien sich um dünne, gewebte Pflanzenfasern zu handeln. Die Einrichtung des großen Raumes war sehr einfach und bestand aus Schemeln, niedrigen Tischen und offenen Regalen. Alles machte einen sauberen Eindruck. Eines der älteren Kinder holte einen Korb mit Brot und Obst herbei; sie setzen sich und aßen. Nach einer Weile gingen sie wieder nach draußen und arbeiteten weiter.

Als es dämmrig wurde, kam der Mann wieder. Er brachte einen Korb mit. Die beiden Frauen schauten hinein. Ein paar graue Eier, ein Stück getrocknetes Fleisch und große, braune Hülsenfrüchte lagen darin. Er gab den Frauen den Korb und sie gingen zu einer kleinen Herdstelle, die neben dem Haus unter einem Dachüberstand errichtet war. Paul empfand ein befriedigendes Wohlgefühl.

Er wachte auf. Jessica stand neben seinem Bett. Sie lächelte ihn an.

„Ich wollte dich hier besuchen. Darf ich zu dir kommen?"

„Gern." Sie schlüpfte zu ihm ins Bett. Als ihr Blick zufällig auf seinen Nachtschrank fiel, stutzte sie.

„Was ist das für ein buntes Ding, das da auf deinem Nachtschrank liegt?"

„Ach nichts. Das ist ein Andenken von Leela." Paul nahm den Kristall, legte ihn in das Bastkästchen und verstaute es in der Schublade des Schrankes, unter Jessicas ungehaltenem Blick.

Paul gelang es für eine Weile, seine Gedanken zu kanalisieren. Das Geschäft lief gut und die winterliche Dunkelheit lichtete sich, wenn er abends in der Matterhornstraße eintraf und Jessica ihn hinter hellen Fenstern empfing und ihn ihre Liebe spüren ließ.

Der Monat Februar mit seinem zwielichtigen Wesen – wollte er nun den Winter anhalten oder dem Frühling die Spur bereiten? – ließ ihn wieder mehr an Leela denken. Einmal fuhr er wie früher ziellos umher, landete am Spielplatz in Charlottenburg, schloss Leelas Wohnung auf, ging hinein und schaute aus dem Fenster ihres Schlafzimmers. In der Wohnung hatte er nichts verändert und als er sie verließ, schien es ihm, als starre ihn das Relief mit den dreispeichigen Rädern an. Am nächsten Tag sprach er mit Richard Wendler.

„Richard, würde es möglich sein, dass du die Geschäfte weiterführst, wenn ich für eine längere Zeit verreise?"

„Wie lange soll das sein?"

„Sagen wir mal, für ein Vierteljahr." Richard zog die Stirn kraus.

„Grundsätzlich geht das schon. Doch ich wollte dir schon lange sagen, dass ich nicht mehr mit vollem Einsatz für unsere Firma tätig sein möchte, so wie du und dein Onkel das gewohnt waren."

„Warum? Bist du unzufrieden?"

„Überhaupt nicht. Es ist nur so, dass ich mir mit meinen fünfundsechzig Jahren auch noch Zeit für andere Dinge wünsche."

„Und jetzt? Was tun?"

„Es gibt eine Lösung. Mein Sohn Reinhard interessiert sich für unser Geschäft. Er hat eine kaufmännische Lehre absolviert und ich könnte ihn einarbeiten, wenn du weg bist."

129

„Bestens." Paul war erleichtert.

Es ging zwischen Jessica und Paul scheinbar so weiter, als sei Leela nie dagewesen. Das Frühlingsfest der Anderts, etwas, das Jessica immer als einen Höhepunkt des Jahres empfand, verlief so wie immer: Jessica wirbelte durch die Gegend, war auf Volldampf und die Anderts machten ihren Gästen die üblichen Honneurs. Paul hatte dieses Fest nie gemocht, Jessica spürte es und Paul merkte, dass er unter ihrer Beobachtung stand. Vielleicht lag es daran, dass sie das Fest vor zwei Jahren noch im Kopf hatte, als er an diesem Ort auf Leela getroffen war, Jessica hatte es wohl nicht vergessen. Trotzdem, alles gut. Jessica gab ihm zwischendurch Wärme. Wenn er sich in den Garten zurückzog, war sie meistens nach kurzer Zeit da und fast kam es ihm vor, als wolle sie ihn dirigieren, er solle ihre Fröhlichkeit übernehmen und wenn sie ihn zu sich zog, gelang es ihr auch.

Im Sommer lud Gerhard Andert beide auf sein Landhaus in Timmendorf an der Ostsee ein. Das Landhaus der Anderts war eine kleine, alte Villa, zwar in der zweiten Reihe, doch an einem Park gelegen. Andert hatte sie vor einem Jahrzehnt gekauft und liebevoll hergerichtet. Timmendorf war nicht so exklusiv wie Sylt, hatte aber den Vorteil der Nähe zu Hamburg und dort gab es viele Firmen und Personen, mit denen Andert durch Geschäftsbeziehungen verbunden war. Es war immer seine Devise gewesen, Privates mit Geschäftlichem zu verbinden und so gab er mehrere kleine Sommerfeste in der Villa. Jessica war in ihrem Element. Sie machte alles mit und lieferte die dazu passende Fröhlichkeit.

Sie blieben vierzehn Tage. Tagsüber lagen sie am Strand, sofern es ihnen das Wetter erlaubte. Jessica konnte in den Läden an der Promenade nach Herzenslust shoppen und

130

abends wurde meist gefeiert oder üppig ausgegangen. Paul machte alles mit, nicht unwillig.

Doch als sie schließlich wieder nach Berlin zurückfuhren und schweigsam im Auto nebeneinander saßen, kam ihm Einiges in den Sinn.

Jessica war Heimat. Leela war Sehnsucht. Es sind zwei verschiedene Dinge. Man kann sie nicht miteinander vereinbaren. Der Weg zur Heimat ist leicht. Der Weg zur Erfüllung der Sehnsucht ist schwer. Doch eine unerfüllte Sehnsucht ist wie ein Kreuz, das man lebenslang mit sich herumschleppen muss.

Man muss eben versuchen, das Kreuz abzuwerfen.

BERLIN, IM OKTOBER 2012

Vor dem Fenster zum Garten des Café Einstein saßen Jessica Andert und ihre Freundin Isabell Wolter beim monatlichen Frühstück.

Isabell merkte, dass Jessica nicht gut drauf war, weil sie unlustig in ihrer Kaffeetasse rührte, hütete sich aber, sie darauf anzusprechen. Sie hatten sich vorher so unterhalten wie üblich, Belangloses und Wichtiges wechselten einander ab und Mode und die aktuellen Berliner Ereignisse nahmen den meisten Raum ein, wie immer. Jessica kam plötzlich zum Punkt.

„Paul. Er fährt weg und ich weiß nicht, für wie lange."

„Vielleicht für immer?"

„Glaub ich nicht. Er hat mir gesagt, dass er wieder zurückkommen wird und eines muss man ihm lassen, ehrlich ist er, er hat mich noch nie belogen."

„Und wohin fährt er?"

„Nach Indien. Es muss irgendetwas mit Leela zu tun haben. Ich habe es ihm auf den Kopf zu gesagt und er hat es bestätigt. Er möchte ihren Spuren in Indien nachgehen."

„Warum? Sie ist doch tot!"

„Das habe ich ihn auch gefragt. Er hat mit den Schultern gezuckt und gesagt, er wisse es selbst nicht so richtig. Dann hat er mir angeboten, mitzukommen. Das geht natürlich nicht, denn dann müsste ich meine Arbeitsstelle kündigen. Für Paul ist es leichter. Er hat ja Richard Wendler, der ihn vertreten kann."

„Sieht so aus, als ob er Leela nicht aus seinem Kopf bekommt!" Jessica nickte.

„Auch das habe ich ihm gesagt und er hat mir geantwortet, es könnte so sein. Dann hat er mich in den Arm genom-

132

men und geküsst, ganz zärtlich. Mit uns habe es nichts zu tun, hat er erklärt.

Und trotzdem hat er mich neulich verletzt. Ich bin unangemeldet zu ihm in die Bleibtreustraße gekommen. Er lag im Bett, schlief und schaute ganz glücklich und entspannt aus. Neben ihm lag ein eigenartiges Ding, ein rosafarbenes rundes Schälchen, wahrscheinlich aus Rosenquarz. Als ich ihn weckte und ihn fragte, was für ein Ding das sei, antwortete er, es sei ein Andenken an Leela. Er wurde nervös und räumte es sofort weg. Ich war sauer, ich wollte mit ihm ausgehen, doch der Abend war für mich gelaufen." Isabell überlegte und machte eine Pause.

„Verstehen kann ich vieles, in einer Weise schon. Paul ist ein attraktiver Mann, ohne Frage. Doch seine Eigenarten hätte ich wohl nicht ausgehalten. Was dich betrifft: du bist eine liebenswerte und ebenfalls attraktive Frau, könntest jederzeit einen neuen Partner haben. Aber du musst selbst wissen, was du tust. Wann fährt er denn weg?"

„Nächste Woche."

„Dann lass uns mal alles praktisch anfassen. Wir machen uns für die nächsten Wochen ein kleines Programm. Ein bisschen Spaß sollte auch dabei sein. Einverstanden?"

„Einverstanden."

133

INDIEN, IM OKTOBER 2012

Paul Voigt saß im Zug von Mumbai nach Aurangabad. Er hatte einen Platz im CC-Abteil gebucht, einer Wagenklasse, die mit geräumigen Sesseln ausgestattet und in diesem Zug nur etwas mehr als zur Hälfte belegt war. Die Sessel wirkten zwar schon etwas verschlissen, waren aber sauber.

Der Zug hatte keine Verspätung gehabt, als er am frühen Morgen im Victoria Terminus startete, selten für Indien. Am frühen Nachmittag würde er in Aurangabad ankommen.

Bislang war bei seiner Reise alles nach Plan gegangen. Der Flug von Frankfurt nach Mumbai dauerte knapp neun Stunden, sodass er pünktlich in Mumbai ankam. Das feuchtheiße Klima der Stadt überfiel ihn heftig und unerwartet, als er den Flieger verließ, denn der Oktober hatte gerade Deutschland mit einer Kälteglocke überzogen. Am Flughafen wartete schon das Taxi auf ihn, mit dem er zum Hotel abgeholt wurde. Es lag im Stadtteil Colaba, am südlichen Ende der Halbinsel, auf der sich Mumbai ausbreitete.

Während der Hinfahrt konnte er sich einen ersten Eindruck über die Gestalt der 16 Millionen-Stadt verschaffen. In der Umgebung des Flughafens zogen zunächst Hochhäuser den Blick auf sich, denn hier im Norden lagen die jüngeren Stadtteile. Dazwischen, scheinbar ohne Ordnung, konnte man neben Fabrikgebäuden Slums mit einfachen Hütten erkennen. Je mehr man nach Süden kam, desto mehr nahm der Verkehr und die Bebauungsdichte zu. Ganz im Süden, in der Umgebung des Hotels, wirkte die Bebauung wieder europäischer.

Paul blieb drei Tage in Mumbai. Zunächst erkundete er die Gegend um das Hotel.

Der „Colaba Causeway", Einkaufsstraße und Hauptstraße des Stadtviertels, sah sehr international aus mit seinen

134

teils teuren Läden. Doch gleichermaßen erschien Indien, von bunter Nachlässigkeit gekennzeichnet, laut und turbulent. Überall fanden sich Märkte und die Nebenstraßen waren von Straßenverkäufern gesäumt. Zwischendurch gab es Wohnstraßen mit offensichtlich besseren Wohnungen, Plätze mit viel Grün, Galerien und Museen. Die Menge von Hotels und Restaurants deutete an, dass man sich hier in einer touristischen Zone befand, sicherlich nicht typisch für Mumbai.

Am nächsten Tag fuhr er mit dem Bus nach Norden, zu den zentralen Stadtgebieten. Der Bazardistrikt der Stadt ließ ihn in ein geradezu beängstigendes Menschengewimmel eintauchen. Eine Vielfalt von Personen unterschiedlicher Rassen, Kleidung und Religionen durchströmte die Gänge, manche sauber gekleidet, viele auch schmutzig und offensichtlich arm, ein Spiegelbild der niedrigen Behausungen mit ihren überbordenden Verkaufsständen. Es fiel Paul auf, dass die meisten Männer weiß gekleidet waren Der schon hohe Geräuschpegel, ein Mischmasch von Sprachen, hauptsächlich Hindi und Englisch, wurde von vereinzelten Schreien durchbrochen, manche anpreisend, andere wütend.

Paul hatte mit Vielfalt als einer hervorstechenden Eigenschaft Indiens gerechnet, darauf war er durch die Gespräche mit Leela vorbereitet. Doch die Dichte der Menschenmassen erschreckte ihn mehr als erwartet; vielleicht lag es in Mumbai daran, dass die auf einer schmalen Halbinsel gelegene Stadt keine Ausbreitungsmöglichkeiten zu den Seiten hatte, überlegte er. Am nächsten Tag besuchte er mehrere Sehenswürdigkeiten, die Sassoon Docks, den Gateway of India und den Bahnhof Victoria Terminus, wo er sich die Zugfahrkarte für den nächsten Tag besorgte.

Während der Zugfahrt dachte Paul über den Abschied von Jessica nach.

Sie hatte ihn mit ihrem Auto zum Flughafen Berlin-Tegel gebracht, von dem aus der Zubringer nach Frankfurt startete. Während der Fahrt sprach sie kaum und als sie vor der Schleuse zum Warteraum saßen, flüsterte sie zu ihm.

„Was soll ich machen, wenn ich jetzt ohne dich bin? Ich werde sehr allein sein." Paul zuckte mit den Schultern. Er wusste keine Antwort. Jessica liefen Tränen die Wangen hinunter. Ihm selbst war auch nicht gut zumute. Er würde Jessica ebenfalls vermissen. Es war der Moment, in dem er sich vornahm, seine Beziehung zu Jessica auszubauen, Heiraten vielleicht, Kinder kriegen meinetwegen, an solche Dinge hatte er in seinem ganzen Leben nicht gedacht.

Doch ein schlechtes Gewissen musste er nicht haben. Träume sind Privatbesitz, kein Fremdgehen. In seinen Träumen ist man sein eigenes Selbst, oder vielleicht doch nicht, besonders, wenn man sie teilen möchte?

Ein Aufruf kam. Sie standen auf. Paul nahm Jessica fest und lange in den Arm. Dann ging er durch die Schranke.

Gegen Sehnsucht kann man nichts machen.

Es war eine flachhügelige Landschaft, durch die der Zug fuhr. Paul blickte auf ein Muster von kleinen Feldern und Gärten, die sich in einer Ordnung zusammenfügten, die wie zufällig wirkte. Soweit er es erkennen konnte, baute man meistens Reis und Hirse an, durchbrochen von Flecken, auf denen hohe Maisstauden ragten. Manchmal dominierte frisches Grün; hier hatte der Anbau von Gemüse und Obst Vorrang. Von oben herab musste die Landschaft aussehen wie eine gigantische Quiltdecke.

Es kam vor, dass sich plötzlich die Felder verloren und einer trockenen Steppe Platz machten, wahrscheinlich lag es am Wassermangel. Doch bald darauf erschienen sie wieder. In der Ferne, im Süden, konnte Paul mittelhohe, begrünte

136

Berge erkennen. Ab und zu tauchten Ansiedlungen auf, meist nicht mehr als Zusammenballungen von zwanzig bis dreißig Anwesen, indische Dörfer. Paul erschienen die Behausungen einfach und dürftig, offensichtlich nur von Selbstversorgern bewohnt.

Aurangabad machte sich nicht besonders beeindruckend bemerkbar. Der Flickenteppich der Landschaft ging übergangslos in eine Stadtlandschaft mit niedriger Bebauung über, unordentlich und unspektakulär, aber nicht als Slum erkennbar. Soweit Pauls Auge reichte, konnte er keine hohen Gebäude erkennen; Aurangabad schien ihm eine sich in der Fläche ausbreitende Stadt zu sein.

Am Bahnhof, mehr eine nüchterne Haltestelle, stieg er aus und suchte sich ein Taxi. Als er den Fahrer nach der Praxis von Dr. Ramesh Prasad fragte, nickte dieser und fuhr ihn zu ihr hin.

Die Praxis lag am südlichen Stadtrand von Aurangabad. Nach weniger als zwanzig Minuten hielt der Taxifahrer an und ließ Paul aussteigen. Er schaute sich um.

Die Praxis schien mehr eine Art Klinik zu sein. Sie war in einem schlichten, barackenartigen Gebäude untergebracht, machte aber von außen einen sauberen Eindruck. Über der verglasten Eingangstür stand auf einem Schild neben einem indischen Schriftzug:

Medical Clinic
Dr. Ramesh Prasad

In einem großen Vorraum saßen und standen mehr als zwanzig Personen, darunter auch Kinder. In der Ecke war die Rezeption untergebracht. Hinter dem Tresen erblickte er eine junge, dunkelhäutige Frau in Schwesterntracht. Er sprach sie auf Englisch an.

„Mein Name ist Paul Voigt, ich komme aus Deutschland. Ich würde gern mit Dr. Prasad sprechen."

„Sind sie krank? Möchten Sie, dass er sie behandelt? Der Doktor ist im Moment sehr beschäftigt."

„Nein. Sagen Sie ihm, es geht um Leela Roy." Die Frau stand auf und verschwand in einem Gang hinter der Rezeption. Nach kurzer Zeit kam sie wieder.

„Ich bringe sie jetzt in einen Raum, dort können Sie warten. Sobald Dr. Prasad Zeit hat, wird er kommen." Paul folgte ihr.

Der Raum schien das Büro von Dr. Prasad zu sein. Es war eng. Außer einem Schreibtisch, zwei Sesseln und einem Schrank befand sich nichts darin. Paul wartete etwa eine halbe Stunde, dann trat Prasad ein. Er war groß, trug einen stumpfgrünen Kittel, eine OP-Mütze und hatte Gummihandschuhe übergestreift. Sein Alter war wegen der OP-Kleidung schwer einzuschätzen. Zu Pauls Überraschung sprach er ihn in fast akzentfreiem Deutsch an.

„Sie werden entschuldigen, ich habe mir zwischen zwei Eingriffen einen Moment Zeit genommen. Sie wundern sich über mein Deutsch? Nun, ich habe in Deutschland Medizin studiert und danach noch ein paar Jahre in einem Frankfurter Krankenhaus gearbeitet."

Paul stellte sich vor und kam zum Punkt.

„Ich nehme in Indien einen längeren Urlaub, eine Art Auszeit. Leela Roy hat mich zu Ihnen geschickt. Sie ist leider vor einem Jahr gestorben." Prasads Gesicht verfinsterte sich.

„Ich habe es aus einem bestimmten Grund geahnt. Doch wir werden wohl länger miteinander zu reden haben. Heute Nachmittag geht es nicht. Ich lade Sie für heute Abend in mein Haus ein. Wie lange sind Sie schon in Aurangabad?"

„Ich bin gerade angekommen."

„Dann nehmen sie sich bitte kein Hotel. Sie sind heute Nacht mein Gast. Am besten, Sie kommen etwa so um 19:30 Uhr wieder. Dann müsste ich mit der Behandlung durch sein. In der Zwischenzeit können Sie sich in der Stadt umsehen. Kennen Sie Indien schon?"

„Ich war vorher ein paar Tage in Mumbai."

„Na, dann sind Sie ja schon etwas vertraut. Ich schlage vor, Sie schauen sich zunächst das Bibi-ka-Maqbara an, Aurangabads größte Sehenswürdigkeit. Es ist ein Mausoleum, das ein örtlicher Mogul als Nachahmung des berühmten Taj Mahal in Agra für seine Lieblingsfrau gebaut hat. Danach reicht es noch für einen Besuch in der Innenstadt, dem Bazarviertel. Am besten, Sie nehmen eine Autorikscha, sie ist preiswerter als ein Taxi, Sie sehen mehr und kommen überall genauso schnell hin. Ich werde meiner Mitarbeiterin Bescheid sagen, sie besorgt Ihnen eine." Sie gingen zu Rezeption. Prasad wechselte mit der jungen Frau ein paar Sätze in Hindi, sie nickte. Prasad verabschiedete sich von Paul.

„Bis heute Abend, wir sehen uns!"

Das Grabmal und die parkartige Umgebung mit Wasserspielen beeindruckte Paul außerordentlich. Der viele Marmor, die Ornamentik und die Verzierungen übten einen starken Reiz auf ihn aus. Es war auch nicht überlaufen wie es das Taj Mahal sein sollte und so konnte er sich alles in Ruhe anschauen. Dagegen zeigte der Bazar von Aurangabad nichts, was ihm neu vorkam und die indische Geschäftigkeit kannte er schon aus Mumbai; angenehm war, dass es hier ruhiger zuging und die Menschenmassen nicht so dominierten. Als er wieder an der Klinik eintraf, wartete Dr. Prasad auf ihn. Paul schaute in ein offenes, freundliches Gesicht, das ihn anlächelte. Er konnte nun sein Alter besser einschätzen und vermutete, Prasad müsse um die sechzig Jahre alt sein. Sie fuhren etwas aus Aurangabad hinaus und erreichten nach zwanzig Minuten eine Art Vorstadt, eine Ansammlung von Bungalows, alle wohl um die gleiche Zeit erbaut. Das Haus des Arztes war nicht groß, es besaß nur drei Zimmer, eine kleine Küche und ein Bad. Ein kleiner Garten gehörte dazu; ein Mangobaum mit reifen Mangos stand darin. Sonst hatte Prasad Rasen eingesät, bis auf eine kleine Ecke, in der Gemüse und Salat angepflanzt waren.

Sie gingen in das Wohnzimmer und setzten sich. Prasad hatte zunächst eine Bitte.

„Könnten wir uns nicht duzen? Ich habe mich an das „Sie" im Deutschen nie richtig gewöhnt."

„Selbstverständlich. Ich heiße Paul."

„Und ich heiße Ramesh. Am besten, ich erzähle dir erst einmal etwas über Aurangabad und unsere Klinik. Ich habe sie 2003 gegründet, das war der Zeitpunkt, an dem Leela nach Deutschland zurückkehrte; es hat auch etwas damit zu tun, doch davon später. Ich selbst stamme aus Aurangabad und hatte hier in den achtziger und neunziger Jahren schon einmal eine Privatpraxis, die ich aber geschlossen habe, als meine damalige Frau verstarb. Es gibt noch einen weiteren, gewichtigeren Grund. Aurangabad ist eine enorm aufstrebende Stadt. Heute wohnen hier über eine Million Einwohner, vor zwanzig Jahren war es nur die Hälfte. Die Ursache dafür ist einfach: Indien ist ein aufstrebendes Industrieland mit einem Zentrum bei Mumbai. In Mumbai gibt es jedoch durch die abgeschlossene Lage auf der Halbinsel nicht so viel Platz, und den hat Aurangabad reichlich. Also hat sich hier Autoindustrie angesiedelt, unter anderen auch VW. Textilindustrie gab es schon immer, sie hat in den letzten Jahren stark zugenommen, dazu haben wir noch eine wachsende Getränkeindustrie. Kein Wunder, dass die Stadt die Einwohner aus dem Umfeld stark anzieht. Du wirst auf der Zugfahrt festgestellt haben, dass Maharashtra vorwiegend landwirtschaftlich geprägt ist, das trifft bislang auch noch auf Indien allgemein zu. Du musst auch wissen, dass nur ein Drittel der Inder in Städten wohnt.

Die wirkliche Armut findet auf dem Land statt, doch was heißt in diesem Zusammenhang Armut? Diese Leute sind alle Selbstversorger und über Jahrhunderte ohne Geld ausgekommen. Ihre Häuser sind eher Hütten, nicht so schlimm, weil unser Klima Häuser nur zu Regenzeiten erfordert. Aber einen Fernseher und ein Smartphone haben sie alle. Daraus haben sie erfahren, dass es auf der Welt enormen Wohlstand gibt, der die Menschen angeblich glücklich macht, ein gefährlicher Irrtum. Ich will mal gerecht sein: natürlich gab es auch viel Not, beispielsweise dann, wenn Preisverfall für Lebensmittel oder Missernten anlagen, auch zur Zeit der großen Seuchen ging es Teilen der Bevölkerung schlecht."

„Und wie haben sie das bewältigt?" Prasad lächelte.

„Mit ihren Religionen. Doch heute erleben sie die Armut hautnah, wenn sie in die Stadt ziehen und ihnen etwas Unvorhergesehenes passiert, beispielsweise Krankheit. Und da setzt unsere Klinik an. Wir wollen diese Leute zu vernünftigen Preisen behandeln und heilen, soweit möglich. Ich selbst bin Chirurg und kann viele kleine Eingriffe bei uns ambulant durchführen. Dann haben wir noch zwei Internisten, von denen einer auch als Anästhesist arbeiten kann und eine Kinderärztin. Wenn es nicht anders geht, arbeiten wir auch mal umsonst. Vom Einkommen der Klinik entnehmen wir für uns nur so viel, wie wir brauchen – natürlich ist das mehr als der übliche indische Standard, doch reich wollen wir nicht werden. Der Rest geht für den Unterhalt der Praxis

141

drauf, auch für diejenigen Medikamente, die wir den Patienten mitgeben.

Es versteht sich, dass ein solches Modell nicht ohne Spenden auskommt. Wir haben mehrere Spender, vorwiegend aus den USA und Europa.

Und nun komme ich zu Leela. Sie hat in den vergangenen Jahren alle drei Monate immer eine fixe Summe an unsere Klinik überwiesen, bis zum Sommer 2011. Dann kam noch eine ungewöhnlich hohe Summe und danach nichts mehr. Ich begann, mir um Leela Sorgen zu machen." Paul nickte.

„Leela ist am 22. August 2011 gestorben." „Woran?"

„An Leukämie. Sie hatte die Krankheit schon länger."

„In Indien hatte sie die noch nicht." „Hat sie mir gesagt, Ramesh." Sie schwiegen eine Weile. Prasad machte einen verstörten Eindruck.

„Ich geh mal in die Küche und mache uns was zu essen", sagte er. Paul hörte ihn in der Küche mit Pfannen und Töpfen hantieren.

Prasad kam zurück, mit zwei Tellern, einer Kanne Tee und einer Flasche Mineralwasser.

„Ich trinke zum Essen immer Tee und Wasser. Möchtest du Bier haben? Es stammt aus Aurangabad und schmeckt gut. Auch Wein habe ich da." Paul schüttelte den Kopf. „Ich möchte mich dir anschließen." Prasad holte Gläser und Tassen. Paul schaute auf seinen Teller.

Er sah appetitlich aus. Ein kleiner Berg frittierter Reisbällchen lag neben einem duftenden Gemüsecurry und einer Portion roter Linsen mit Zwiebeln. Sie aßen.

„Zuhause koche ich nur vegetarisch", bemerkte Prasad, „in meinem Einpersonenhaushalt ist das einfacher. Ich sehe es aber nicht dogmatisch. Dogmen, verpflichtende Regeln und Verbote sind mir ein Greuel. Wenn ich Fleisch essen möchte, gehe ich in ein Restaurant. Kommt nicht so oft vor. Indien ist im Vergleich zu anderen Ländern ein vegetarisches Land. Außer den vielen Essensvorschriften der Religionen gibt es dafür einen ganz einfachen Grund: in unserem Klima hält sich Fleisch nicht lange. Auf dem Land haben sie meistens noch nicht einmal einen Kühlschrank. Deswegen essen die Inder meistens Huhn, wenn sie Appetit auf Fleisch haben. Lässt sich schnell schlachten und verbrauchen."

Hinterher servierte Ramesh frische Mangoscheiben, dazu süßes, knuspriges Brot mit Zimtgeschmack.

„Die Mangos sind aus meinem Garten", bemerkte er. „Und nun ist es an dir, etwas über dich und Leela zu erzählen." Pauls Blick wanderte zu einem großen Foto, das an der Wand hing und das gleiche Relief der beiden dreispeichigen Räder zeigte, welches er im Original aus Leelas Wohnung kannte. Er informierte Prasad darüber, der sich überrascht zeigte.

„Hat sie das wirklich geschafft? Es war immer ihr Wunsch, das Relief zu besitzen. Nicht ganz einfach, ein so altes hinduistisches Kulturgut aus Indien fortzuschaffen."

„Leela hatte gute Kontakte zur indischen Botschaft. Sie arbeitete im Auswärtigen Amt in Berlin. Ich habe sie vor zwei Jahren in dieser Funktion kennengelernt. Nach kurzer Zeit waren wir zusammen und blieben es bis zu ihrem Tod, keine lange Zeit, doch es war die bislang glücklichste Zeit in meinem Leben." Prasad antwortete, ihm zustimmend.

„Mir ging es genauso. Doch ich hatte mehr Glück als du. Wir waren sechs Jahre zusammen, mit allem, was dazugehört."

„Wie und wo habt ihr euch kennengelernt?" „1996, in Pune, im Ashram. Gegründet hatte ihn der legendäre Bhagwan

143

Shree Rajneesh. Du wirst von ihm gehört haben." Paul nickte. „Jeder hat von ihm gehört."

„Bhagwan war bereits sechs Jahre tot, als wir ankamen. In den letzten Jahren nannte er sich Osho. Du musst wissen, dass sich in Indien Namen häufig ändern. Pune hieß beispielsweise früher Poona und Mumbai hieß Bombay.

Wir waren beide seelisch und körperlich am Ende unserer Kraft, als wir uns trafen. Meine Frau war gerade gestorben und Leela hatte ihre Eltern durch einen Autounfall verloren. In der Folge kam es bei uns zu schweren Depressionen, die zum Suizid hätten führen können. Im Ashram erhofften wir uns Heilung und eine Antwort auf die Frage nach dem Sinn des Lebens.

Leider ging diese Rechnung nicht auf. Der Ashram entpuppte sich als ein durchgängig kommerziell geführtes Unternehmen, eine Art Luxusresort mit einem straffen Programm von Yoga- und Meditationsübungen. Alles sehr oberflächlich, dazu kamen unsinnige Bekleidungsregeln – tagsüber mussten wir Rot anlegen, abends wurde zu weißer Kleidung gewechselt. Dazu kamen fragwürdige Verehrungsriten für den verstorbenen Bhagwan. Die Übungen brachten ein bisschen, doch vom Erreichen eines erträglichen Zustandes waren wir noch weit entfernt.

Was uns voran brachte, waren die gemeinsamen Gespräche. Leela war Christin und ich bin Hindu. Beide hatten wir bislang mit unseren Religionen wenig im Sinn, doch wir entdeckten zunehmend Gemeinsamkeiten in ihnen. Paradies und Wiedergeburt – ist das nicht im Prinzip dasselbe? Und die Trennung der menschlichen Existenz in einen materiellen Körper und eine immaterielle, unsterbliche Seele ist Inhalt beider Religionen.

Indien hat schon immer von der Vielfalt seiner Religionen profitiert. Im Unterschied zu Europa und Vorderasien,

144

wo sich die Religionen einen Alleinvertretungsanspruch anmaßten und sich gegenseitig bekriegten, haben sie hier eher Austausch betrieben. Meistens – nicht immer – übten sie sich in gegenseitiger Toleranz. Selbst der Islam, der früh Fuß auf dem Subkontinent gefasst hatte, sogar zur Zeit der Moguln das Land beherrschte, trat hier gemäßigt auf und es kam kaum zu Zwangsmissionierungen. Dazu hat Indien noch den Vorteil, sehr früh eine Schriftsprache entwickelt zu haben.

Der Austausch zwischen den Religionen hat also eine Menge an philosophischer Literatur hervorgebracht. Abgesehen davon ist Indien auch immer das Land der Philosophen, Heilsbringer und Gurus gewesen, bis heute. Natürlich gibt es darunter viele Scharlatane. Man hat sich hier viel mehr mit den Fragen nach dem Wesen der menschlichen Existenz beschäftigt als anderswo, wo die Dogmen von Religionen wie Christentum und Islam wie eingeschlagene Nägel das Denken der Menschen behinderten.

Leela kam also mit mir zusammen zu dem Schluss, dass wir in Indien durchaus Hilfe für unsere Probleme finden könnten, nur eben nicht im Ashram des Bhagwan in Pune.

Wir beschlossen, uns gemeinsam auf die Reise zu machen. Finanzielle Probleme gab es nicht; ich hatte gerade meine Praxis in Aurangabad verkauft und Leela hatte geerbt. Eine Menge Anlaufadressen konnten wir mitnehmen, wir hatten sie von den Besuchern des Ashram erfragt und gesammelt.

Wir durchkreuzten das gesamte Indien von Nord nach Süd, besuchten buddhistische Klöster, hinduistische Gelehrte in ihren Tempeln, Eremiten in ihren Behausungen, Gurus, die ihre Anhänger um sich scharten, Meditationslehrer und Yoga-Experten, einmal quartierten wir uns sogar in einem christlichen Kloster ein. Wir unternahmen unsere Reise

145

ausschließlich mit Eisenbahn und Bussen, manchmal machten wir Pause und hielten uns bei Leelas oder meinen Verwandten auf.

Langsam ging es uns besser. Wir lernten, uns zu relativieren und begriffen, dass wir nur kleine Räder im Getriebe der Zeit waren. Wir sprachen viel miteinander, manchmal nächtelang. Zwei Dinge, sozusagen eine Quintessenz der Religionen, beschäftigten uns besonders.

Zum einen: wir besitzen außer unserem Körper noch eine immaterielle, ewig bleibende Seele. Sie ist unser eigentliches Selbst. Sie wird sich nach unserem Tod einen neuen Körper suchen, also brauchen wir nicht den Tod zu fürchten. Wir werden mit Sicherheit wiedergeboren.

Zum anderen: es gibt die Unendlichkeit. In ihr ist alles möglich. Die Unendlichkeit der Zeit kann man nicht besser darstellen, als unsere Vorfahren es durch das Symbol des Rades ausgedrückt haben. Die Lauffläche des Rades hat keinen Anfang und kein Ende, trotzdem ist das Rad ein geschlossenes Ganzes. Die Zukunft folgt der Gegenwart, Welten entstehen und vergehen, irgendwann bricht alles zusammen und die Vergangenheit beginnt von Neuem. Ich nehme an, du hast mit Leela auch über diese Dinge gesprochen?" Paul bestätigte es.

„Sie glaubte daran. Ich weiß noch nicht, ob ich daran glauben kann."

„Da ging es uns anders. Unsere Einsichten verfestigten sich und wurden für uns zu geglaubten Tatsachen.

Es ist ein unabänderlicher Verlauf, dem wir unterworfen sind.

Diese Vorstellungen stammten ursprünglich aus dem Hinduismus. Dessen höchster Gott Shiva wird als ein Zerstörer und gleichzeitig als ein Erhalter verehrt. Denk an die Jahreszeiten. Um zu einem Frühling mit Neuanfang und damit zu einer neuen Ernte zu kommen, braucht es die heilende Kraft des Winters. Mit diesen Erkenntnissen kehrte gleichzeig Ruhe in unsere Gedanken ein, allmählich auch Glück." Paul unterbrach.

„Und was geschieht mit der Materie, aus der wir bestehen?" Prasad lächelte ihn an.

„Auch sie ist unvergänglich. Aber sie wandelt sich ständig. Mensch entsteht aus Materie, die Materie zerfällt zu Erde und schafft wieder neues Leben, das war ursprünglich auch ein Standpunkt der christlichen Religionen. Deswegen haben sie lange die Verbrennung der Toten abgelehnt.

Doch der Raum, der mit Materie angefüllt ist, ist gleichermaßen unendlich wie die Zeit. Materie kann nicht verschwinden, sich höchstens in Energie umwandeln. Dadurch verschwindet nichts, der Vorgang ist reversibel.

Die Eigenschaft der Unendlichkeit teilt sich der Raum mit der Zeit. Auch ihn kann man sich als ein Rad vorstellen, unsere indischen Vorfahren hatten ein kluges Bild entworfen.

Schau dir mal den Sternenhimmel bei Wolkenlosigkeit an. Unser Sternensystem, die Milchstraße, verfügt über 200 bis 300 Milliarden Sterne, unsere Sonne ist nur ein Staubkorn. Und viele Sterne besitzen erdähnliche Planeten, das kann gar nicht anders sein. Und auch die Milchstraße ist nur ein Staubkorn im Weltall. Wir haben außer fernen Sternensystemen Konglomerate entdeckt, die wir als Zusammenballungen von Sternensystemen identifiziert haben. Und dies nimmt kein Ende. Irgendwann wird man noch Gebilde finden, die als Zusammenballungen der Zusammenballungen interpretiert werden."

„Darüber habe ich mit Leela noch nie gesprochen."

„Dann tue ich das jetzt. Es gibt einen bedeutenden Unterschied zwischen Materie und Seele. Die Materie muss physikalischen Gesetzen gehorchen, beispielsweise ist sie der Lichtgeschwindigkeit als absoluter Geschwindigkeit unterworfen, was man den Ausführungen der Physiker entnimmt. Die Seele ist das nicht, wegen ihrer immateriellen Natur. Also kann sie das Weltall durchstreifen und dahin kommen, wohin immer sie möchte."

„Und das hat keine Grenzen?"

„Schon. Es gibt eine Analogie zum Begriff der Zeit. Irgendwann wird unsere Seele auf Strukturen treffen, die sie aus der Vergangenheit kennt, zum Beispiel unseren Planeten Erde. Denk an das Rad. Man kann das Weltall durchreisen, doch irgendwann kommt man dort an, wo man die Reise begonnen hat. Allein aus der Wahrscheinlichkeitsrechnung lässt sich folgern, dass es in der Unendlichkeit irgendwo eine Welt geben muss, in der wir beide zusammensitzen und uns wie heute unterhalten."

„Das sind ja ungewöhnliche Erkenntnisse!" Paul war fasziniert. Prasad lächelte.

„Für Indien nicht. Sie entstanden in uns langsam, als Ergebnis uralter indischer Denkweisen. Sie brachten uns Trost, denn wir merkten, dass nichts endgültig und vorbei ist, sondern dass irgendwo in der Zukunft Möglichkeiten liegen, unsere Angehörigen wieder zu treffen.

Das einzige, was schnell und für lange verschwindet, ist die Gegenwart. Jede Sekunde unseres Daseins ist das Ende eines Abschnittes und lässt sich erst einmal nicht wiederholen. Die Gegenwart ist eine Schnittstelle von vier Kategorien unserer Existenz: Körper, Seele, Zeit und Raum. Deswegen ist sie so kostbar. Das hat übrigens auch Bhagwan richtig erkannt. Mit der Gegenwart muss man sorgsam umgehen, man sollte sie nicht vergeuden. Dazu gehört, dass man sie für sinnvolle Dinge nutzt und auch, dass man sie genießt. Wir haben festgestellt, dass gerade Menschen, die abge-

148

schlossen und kontemplativ leben wie die Bewohner von Klöstern dies mehr verinnerlicht haben als die angeblichen Nutznießer der Industriestaaten mit ihrem hektischen und ungebremsten Materialismus. Das Gefühl von Glück entsteht in unserem Unterbewusstsein, also in unserem Gehirn und ist eine Folge der Kommunikation des Körpers mit unserer Seele. Es hat mit materiellem Besitz nichts zu tun. Schau dir die Reichen dieser Welt an! Glücklich sind sie alle nicht. Das liegt unter anderem daran, dass es fortwährendes Glück nicht gibt; zum Glück gehört immer auch Unglück. Es ist wie mit dem Wetter. Nur wer den Regen kennt, wird die Sonne richtig genießen können.

Als wir in unserem Denken soweit gekommen waren, haben wir uns immer mehr mit den Eigenschaften unserer Seele beschäftigt. Sollten unsere Erkenntnisse richtig sein, müsste in unserer Seele so etwas wie eine Chronik gespeichert sein, nämlich die Erinnerungen an frühere und zukünftige Wiedergeburten. Wir fragten uns, wie die Seele diese Erinnerungen in unser Bewusstsein lenken könne. Das könnte im Traum geschehen, denn dann schläft der Körper und die Seele hat leichteren Zugang zu unserem Bewusstsein.

Und tatsächlich haben sich viele Religionen gerade über diesen Punkt Gedanken gemacht, sogar die Religionen der Naturvölker wie in Australien. Die Inder auch. In Träumen kann sich unser Unterbewusstsein, das in unserem Gehirn angesiedelt ist, frei entfalten; es tritt in Kommunikation mit der Seele. Leider ist das nur eine unvollkommene Kommunikation. Wir fühlen uns zwar am Tag, nachdem wir geträumt haben, jeweils so, wie wir den Traum erlebt haben, doch wir können ihn nicht richtig erinnern, höchstens bruchstückhaft."

149

„Darüber habe ich mit Leela viel gesprochen!" Prasad nickte.

„Die Inder haben auch jahrhundertelang darüber nachgedacht. Zunächst die Hindu, später die Buddhisten. Sie haben einen Weg gefunden, den Körper mit der Seele erkennbar und erinnerbar zu verbinden: die Meditation. Es ist eine Art des Versenkens in einen Traum. Besonders die Buddhisten haben es darin weit gebracht. Nach intensiver Übung schafften sie es, während einer Meditation Verbindung mit der Seele aufzunehmen und Näheres über ihre Wiedergeburten erinnerbar zu erfahren. Schau dir die vielen Darstellungen eines lächelnden Buddhas an! Irgendwie drückt sich das aus."

„Und das habt ihr wahrscheinlich auch versucht?"

„Lange. Wir haben uns jahrelang mit Meditationsübungen beschäftigt, haben dazu auch viele Hinweise bekommen, doch es brachte alles nichts. Wir haben viele Menschen kennengelernt, die behaupteten, es geschafft zu haben. Die meisten waren Scharlatane. Ein buddhistischer Mönch im Norden Indiens konnte uns schließlich davon überzeugen, dass so etwas geht. Gleichzeitig hat er uns eine Illusion genommen. Er sagte uns, er habe Jahrzehnte dafür gebraucht, um diesen Zustand zu erreichen, für uns sei es zu spät. Als er unsere Enttäuschung spürte, gab er uns einen Tipp. Er wisse, dass es einen Gegenstand gebe, der ebenso wie die Meditation die Verbindung mit der Seele aufnehmen und verstärken könne."

„Meinst du den rosafarbenen Kristall?" Prasad schaute Paul überrascht an.

Dann stand er auf, ging in sein Schlafzimmer und kam nach kurzer Zeit wieder. Er stellte ein Bastkästchen auf den Tisch und öffnete es. Darin lag auf gezupfter Baumwolle ein

150

schalenförmiger Kristall, der sich in nichts von Leelas Kristall unterschied.

„Genauso sieht ihr Kristall aus", sagte Paul. Prasad sah ihn angespannt an, mit aufgerissenen Augen.

„Und was ist aus ihm geworden?"

„Er liegt bei mir zuhause im Safe." Ramesh Prasad senkte erleichtert die Augen.

„Da liegt er richtig. Ich habe über den Kristall noch nichts gesagt, bevor du ihn nicht direkt angesprochen hast. Ich war mir nicht sicher, ob Leela das gewollt hätte. Habt ihr ihn zusammen genutzt?" Paul bejahte.

„Sie wird absolutes Vertrauen zu dir gehabt haben. Nur dann lässt man jemanden in seine Seele schauen. Welche Erfahrungen habt ihr gemacht?"

„Meistens gute. Ich habe es oft genossen, in Leelas Seele zu schlüpfen. Aufgefallen ist mir, dass sie fast nur in weiblichen Körpern wiedergeboren wurde." Prasad nickte.

„Bei mir ist es umgekehrt, ich habe mich meist in männlichen Körpern wiedergefunden. Irgendwo muss es einen Filter geben, entweder in der Seele selbst oder im Kristall, der dafür sorgt, dass unser gegenwärtiges Bewusstsein nicht überfordert wird."

„Es gibt doch Vorstellungen im Hinduismus und Buddhismus, dass der Mensch auch als Tier wiedergeboren werden kann?" Prasad lächelte.

„Nicht nur als Tier, sondern als jede Form der Materie, auch als Pflanze oder als Stein, sogar als Gott."

„Ein Stein ist doch leblos!"

„Auf keinen Fall. Er wird geboren durch Vulkanismus, Kristallisation und Druck. Er macht Veränderungen durch, altert und stirbt irgendwann, löst sich in flüchtige Materie auf, spätestens dann, wenn der Himmelskörper untergeht, auf dem er sich befindet. Also lebt er. Es ist aber ein viel längeres und im Schnitt ereignisloseres Leben – man könnte es auch langweilig nennen – als es Wesen aus organischer Substanz durchlaufen. Also macht es keinen Sinn, wenn die Seele unsere gegenwärtige organische Existenz an solche Wiedergeburten erinnert, falls sie überhaupt jemals stattgefunden haben." Paul hielt einen Moment inne.

„Einen Teil deiner Gedanken kenne ich von Leela. Ich weiß nicht, ob ich sie für mich übernehmen kann. Es scheint mir so, als habest du mit ihr eine Art privaten Glauben entwickelt." Prasad nickte zustimmend.

„So ähnlich ist es. Jeder hat seinen privaten Glauben. Unsere Ansichten ergaben sich aus Erkenntnissen der Philosophie, der Physik, der Astronomie und unseren eigenen Erfahrungen, wobei der Kristall natürlich eine Rolle spielte. Es blieben Lücken, ganz klar. Die haben wir mit den Erkenntnissen unserer Religionen gefüllt, anders geht es nicht. Trotzdem werden Menschen nicht alles wissen oder vermuten können, dafür reicht ihr Bewusstsein nicht aus. Man muss damit leben."

„Glaubst du, dass das Verhalten während unseres Lebens Einfluss auf zukünftige Wiedergeburten hat?" Prasad schüttelte den Kopf.

„Das behaupten die meisten Religionen. Leela und ich haben oft darüber gesprochen, wir sind davon abgekommen. Das heißt nicht, dass wir beispielsweise die zehn Gebote des Christentums oder die Vorschriften des Buddhismus ablehnen, sie haben durchaus ihren Sinn.

Dass es sie gibt, hat einen ganz anderen Grund. Menschliche Moral ist eine Folge der Evolution. Menschen sind soziale Wesen, sie waren es bereits in der frühesten Zeit ihrer Entwicklungsgeschichte. Wenn man sich die Verbote oder Gebote in den verschiedenen Religionen anschaut, trifft man auf viele Gemeinsamkeiten. Verbote stehen für alles,

152

was die Artgenossen schädigt, beispielsweise Mord, Totschlag, Diebstahl oder Lüge. Dagegen zählt alles, was ihnen zugutekommt, zu den Tugenden, wie die Nächstenliebe im Christentum oder das Geben von Almosen im Islam. Um diese Erkenntnisse zu übernehmen, braucht man eigentlich keine Religion, sie sind uns evolutionär angeboren, um die Erhaltung und Verbreitung unserer Art zu fördern."

„Aber die Religionen haben doch manchmal genau gegen diese Grundsätze verstoßen!"

„Du meinst damit die Inquisition und die Hexenverbrennung oder die Religionskriege, nehme ich an? Du hast recht, Religion kann ihre eigene Ethik pervertieren, und das ist oft genug geschehen. In vielen Religionen gab es sogar die Opferung von Menschen, vor nicht allzu langer Zeit auch im Hinduismus, nämlich zu Ehren der Göttin Kali. Manche Inder glauben, dass das vereinzelt sogar heute noch heimlich passiert. Aber das sind Ausnahmen.

Dass die Religionen mit Anwendung von Gewalt gegen ihre eigenen Grundsätze verstießen, lag meistens an ihrer Gier nach Macht. Es ist kompliziert. Der Wille zur Macht ist ursprünglich ebenfalls eine evolutionäre Triebfeder und nicht grundsätzlich schlecht; ein Stamm, ein Rudel oder eine Großfamilie braucht eine gewisse Hierarchie, um als Ganzes erfolgreich zu sein. Im Kleinen funktioniert das auch, doch wenn unsere Art sich zu großen Strukturen ordnet wie Volk oder Staat, läuft es häufig aus dem Ruder. So große Strukturen waren eben von unserer Entwicklungsgeschichte her nicht vorgesehen. In Volks- und Staatengemeinschaften leben die Menschen erst seit etwa 5000 Jahren, nur ein kleiner Augenblick in der Geschichte der Menschheit. Aber lass mich mal das Problem von einer ganz anderen Seite betrachten, Paul. Seit fast zehn Jahren arbeite ich nun in unserer Klinik in Aurangabad. Wir haben einen harten

Arbeitstag, weil wir sehr viel Zulauf haben. Dafür erleben wir jeden Tag etwas Ungewöhnliches, nämlich den direkten Dank der Patienten, sei es durch Worte oder kleine Geschenke, oder sie tragen ihn durch ihr Lächeln zu uns herüber. Ich spüre diese Unmittelbarkeit. Ich habe lange in Deutschland gearbeitet; Ähnliches habe ich dort nie erfahren. In Deutschland betrachten die Patienten die Arbeit des Arztes eher als eine Art Konsumgut, das ihnen von der Gesellschaft zusteht, schließlich haben sie es durch ihre Versicherungsbeiträge bezahlt. Umso mehr erfüllt mich der Dank meiner Patienten hier in Aurangabad. Er verschafft mir tiefe Zufriedenheit und macht mich sogar glücklich. Er ist mir wichtiger als alles andere und bringt Genuss in meine Gegenwart, deren Gestaltung mir wichtiger als alles andere ist. Man könnte es fast Egoismus nennen. Sicherlich geht es nicht jedem so. Ich bin jetzt fünfundsechzig Jahre alt und werde meine Tätigkeit in Aurangabad solange fortsetzen, bis ich es nicht mehr kann. Es ist ein evolutionäres Wohlbefinden. Wozu brauche ich dann noch die moralischen Regeln einer Religion?"

„Bleibt noch die Frage nach der Existenz von Göttern oder eines Gottes?" Ramesh Prasad hob seine Augenbrauen, schaute Paul fragend an, mit einem Gesichtsausdruck, der kurz darauf in ein Lächeln überging.

„Ich bin im Hinduismus aufgewachsen. Der Hinduismus mit seinen vielen Göttinnen und Göttern hat diese Frage bejaht, auf eine andere Weise als die monotheistischen Religionen. Er ist viel freier als das Christentum oder der Islam. Weil die Hindu immer wussten, dass man die menschliche Frage nach der Existenz eines göttlichen Wesens nie zufriedenstellend beantworten kann, haben sie den Menschen die Wahl gelassen, welchen Gott und auf welche Weise sie ihn verehren wollen, deshalb die mitunter aus-

154

ufernden Feste der Hindu. Theoretisch könntest du als Christ gleichzeitig Hindu sein, übrigens auch Buddhist. Natürlich haben sich im Hinduismus allmählich gemeinsame Riten herausgebildet, wie in jeder Religion. Doch er ist frei von Dogmen oder verbindlichen Texten eines Propheten, das unterscheidet ihn vom Christentum oder vom Islam.

Doch ich möchte dich nicht etwa zum Hinduismus bekehren, ich bin schon lange kein Hindu mehr. Über die Frage der Existenz eines göttlichen Wesens habe ich oft mit Leela gesprochen. Wir haben sie für uns bejaht, das hat auch mit dem Kristall zu tun. In unserem Sprachgebrauch haben wir uns auf den Begriff „Göttlichkeit" geeinigt, da wir nicht wissen, in welcher Form dieses Wesen oder diese Wesen präsent sind. Um ein fremdes Wesen zu verstehen, braucht es eine gewisse Nähe zu ihm. Wir kamen uns vor wie Mikroben, die niemals ein intelligentes Wesen wie einen Menschen verstehen können, dazu ist ihre Wahrnehmung viel zu begrenzt. Ähnlich geht es uns auch in Bezug auf die Göttlichkeit. Doch es ist völlig in Ordnung, wenn andere Menschen von der Göttlichkeit eine feste Vorstellung haben. Alles, was ihnen spirituellen Nutzen bringt, ist gut. Auch die Riten, mit denen sie ihre Göttlichkeit ihrer Religion verehren, es sei denn, diese Riten richteten sich gegen die eigene Art. Entscheidend ist, dass sie dazu ein Bedürfnis haben und es ihnen für die Gegenwart Nutzen bringt."

In diesem Moment fühlte Paul, dass der Zeitpunkt gekommen war, Ramesh Prasad über den eigentlichen Zweck seiner Reise zu informieren.

„Ich habe darüber noch nicht mit dir gesprochen, Ramesh. Meine Reise nach Indien verfolgt einen bestimmten Zweck. Ich habe den Wunsch, Leela wieder zu treffen, und sei es nur in meinen Träumen. Wir haben kurz vor ihrem

Tod darüber gesprochen, und sie sagte, es sei möglich und sie hat mich in ihrem letzten Brief an dich verwiesen."

Prasad zeigte sich wenig überrascht.

„Prinzipiell könnte das funktionieren. Aber dazu brauchst du einen eigenen Kristall. Bevor Leela nach Deutschland gezogen ist, haben wir das mit unseren Kristallen ausprobiert, es funktionierte. Wir haben unsere Kristalle übereinandergelegt, bevor wir uns schlafen gelegt haben. Die Kristalle haben offensichtlich Zeit und Raum nach gemeinsamen Begegnungen durchsucht und sie unseren Seelen vermittelt, die sie im Traum in unser Bewusstsein lenkten. Damit war Schluss, als Leela nach Deutschland zurückkehrte und ihren Kristall mitnahm."

„Und welche Erfahrungen habt ihr gemacht?" Prasad lächelte.

„Meistens war es schön. Doch es kam schon mal vor, dass wir in üble äußere Umstände wie beispielsweise Krieg einstiegen. Dann sind wir wieder ausgestiegen. Ich nehme an, du weißt mittlerweile, wie man einen Albtraum verlässt?"

„Ich kenne es, von den Begegnungen mit Leelas Seele über ihren Kristall. Wenn ich dich richtig verstehe, Ramesh, läuft alles darauf hinaus, dass ich mir auch einen Kristall beschaffen muss. Ich habe nicht die geringste Ahnung, wie das gehen soll. Kennst du einen Weg?"

Prasad machte einen Moment Pause, lehnte sich zurück und faltete die Hände. Er blickte Paul ernst an. Im Hintergrund seines Blickes lag dennoch ein Funken Zuversicht.

„Ja. Den Kristall zu bekommen ist schwierig, Paul, aber nicht unmöglich." Er schaute aus dem Fenster. Draußen war es schon seit langem dunkel. „Ich habe morgen einen anstrengenden Arbeitstag vor mir. Ich schlage vor, wir vertagen unser Gespräch auf morgen Abend und gehen jetzt zu

156

Bett. Vorher gibt es noch einen Absacker. Bist du einverstanden?" Paul nickte. Prasad ging in die Küche und kam mit einer Flasche Whisky, Gläsern und Eiswürfeln zurück.

„Du siehst, ich bin kein Abstinenzler, auch wenn ich mir aus Alkohol sonst nicht viel mache. Doch heute Abend ist mir danach." Er schenkte ein.

„Shiarz, Paul, so heißt Prost auf Hindi. Der Begriff ist aus dem englischen Cheers entstanden."

„Hört man. Shiarz, Ramesh!"

Später ging Paul in das Fremdenzimmer. Er schlief lange und fest, diesmal traumlos, wie er es sonst nicht kannte.

Ramesh Prasad hatte es eilig, während sie in seinem Haus frühstückten.

„Ich bringe dich jetzt in die Stadt und besorge dir eine Autorikscha. Sieh dir heute am besten die Stadtmauer von Aurangabad an, sie hat viele Tore, die gut erhalten sind und gepflegt werden. Die Moguln haben sie im siebzehnten Jahrhundert erbaut, das schönste Tor ist wohl das Rangeen-Tor. Dann bleibt dir noch Zeit, die alten buddhistischen Höhlenbauten im Norden der Stadt zu erkunden. Die Vergangenheit von Aurangabad schlägt sich übrigens noch heute in den Religionen seiner Bewohner nieder: 30% sind Muslime, 15% Buddhisten, viel mehr als im indischen Durchschnitt. Schau dir alles in Ruhe an, wir treffen uns zum gleichen Zeitpunkt wie gestern in unserer Klinik."

Paul verbrachte den Tag damit, den Vorschlägen von Ramesh Prasad zu folgen. Die buddhistischen Höhlen in den Bergen nördlich von Aurangabad beeindruckten ihn besonders. Sie entstanden Mitte des ersten Jahrtausends nach Christus und waren gleichzeitig Kult- und Wohnstätten, wie er den archäologischen Hinweisen entnahm. Es schien sich bei ihren Bewohnern um eine Mischform zwischen Hindu und Buddhisten gehandelt zu haben; die vielen eindrucksvollen Skulpturen, die man in den Fels gehauen hatte, zeigten sowohl lächelnde Buddhas als auch erotische Szenen; die pralle Gegenwartsbezogenheit des Hinduismus ging hier offensichtlich eine Verbindung mit dem Kontemplativen des Buddhismus ein, eigentlich eine sinnhafte Vermählung, ging es Paul durch den Kopf.

Am Abend saßen sie wieder in der Wohnung von Prasad. Prasad hatte eingekauft und ein Abendessen vorbereitet. Er trug es auf, sie aßen schweigend. Prasad schaute ihn nach dem Essen lange an und ergriff schließlich das Wort.

„Hast du einmal etwas vom Lonarsee gehört, Paul?" Paul verneinte.

„Habe ich mir gedacht. Der See ist nicht weit von Aurangabad entfernt, keine 200 Kilometer. Ich selbst kannte ihn früher nur vom Namen her. Es hätte sein können, dass dir Leela etwas über ihn erzählt hat. Er liegt dicht neben der Kleinstadt Lonar.

Der See ist in vielerlei Hinsicht bemerkenswert. Die Gegend um ihn herum ist vulkanischen Ursprungs, so dachte man für lange Zeit, er sei der Kratersee eines erloschenen Vulkans. Dafür sprach auch seine kreisrunde Form mit dem Umfang von ungefähr fünf Kilometern. Doch es ist nicht so. Bei dem See handelt es sich um einen Einschlagkrater – ob das ein Meteorit , ein Asteroid oder etwas anderes Geheimnisvolles gewesen ist, weiß man nicht – , der hier in den alten vulkanischen Boden eingeschlagen ist. Das allein ist schon außergewöhnlich, so sind weltweit Einschlagkrater außerterrestrischen Ursprungs so gut wie nie auf vulkanisch entstandenen Territorien beobachtet worden. Das Alter des Einschlages wurde früher auf etwa 50 000 Jahre geschätzt,

158

heute weiß man, dass es mehr als 500 000 Jahre sein müssen. Zudem gibt es viele Hinweise, dass das eingeschlagene Objekt nicht aus unserem Sonnensystem stammt.

Beachtenswert sind auch die Eigenschaften des Sees und seiner Umgebung. Das Wasser ist stark alkalisch, an den Seerändern befindet sich auch Süßwasser. Im Lauf der Zeit haben sich eine Reihe von Mineralien und glasartige Substanzen abgesondert; auch finden sich seltsame Bakterien im Wasser. Das Magnetfeld des Sees hat Besonderheiten; die Kompassnadel funktioniert hier nicht normal.

Seit alten Zeiten hat der See die Fantasie der Menschen beschäftigt. Um den See herum hat man eine Anzahl von Tempeln gebaut. Die meisten sind zusammengefallen und zerstört, nur wenige sind noch gut erhalten.

Unsere Kristalle haben wir in einem noch halbwegs gut erhaltenen Tempel gefunden, von dem das Relief mit den zwei Rädern stammt, das du aus Leelas Wohnung kennst. Wir hatten uns vorher schon mehrere Wochen am See aufgehalten und fast alle Tempel durchsucht. Der Tipp mit dem See stammte von dem buddhistischen Mönch aus dem Norden, von dem ich dir gestern erzählte. Er sagte uns, dass er davon gehört habe, dass bereits mehrere Personen dort einen derartigen Kristall gefunden hätten.

Man muss sich wohl länger am See aufhalten, um einen Kristall zu finden; auf die Schnelle hat man keine Chance und eine Sicherheit dafür gibt es auch nicht. Die Umstände unseres Fundes waren zudem mehr als eigenartig; wir haben die beiden Kristalle an einer Stelle gefunden, von der wir meinten, dass wir sie am Tag zuvor bereits gründlich abgesucht hatten.

Niemand weiß, wer die Kristalle gefertigt hatte. Vielleicht steckt etwas dahinter wie eine Göttlichkeit oder eine fremde, uns überlegene Zivilisation. Wie dem auch sei, an diesem See hast du die Möglichkeit, zu einem eigenen Kristall zu kommen. Sollte dir das gelingen, könntest du deinen Kristall mit Leelas Kristall verbinden und auf diese Weise wieder mit ihr in Kontakt kommen."

Paul war fasziniert. „Ich versuche es natürlich. Zu welchem Vorgehen rätst du mir?" Prasad lehnte sich zurück und lächelte.

„Darüber habe ich mir schon Gedanken gemacht. Du wirst dich auf mehrere Wochen einrichten müssen, in denen du am See übernachtest. Wir besorgen dir für die Fahrten einen Mietwagen mit Fahrer. Es gibt in Lonar nur ein Hotel, hier solltest du die erste Nacht verbringen. Vom Hotel aus ist der See nicht weit. Der Hotelbesitzer kennt sich aus, du bist nicht die einzige Person, die nach einem Kristall gesucht hat.

Dann brauchst du eine vernünftige Ausrüstung. Am wichtigsten ist ein großer, aber leichter Rucksack, denn du wirst alle paar Tage nach Lonar zurückkehren müssen, um Proviant und Wasser zu besorgen. Es gibt zwar zwei Quellen am See, davon ist aber eine salzig und von der Süßwasserquelle würde ich auch kein Wasser nehmen, man weiß nicht, welchen Weg es vorher zurückgelegt hat. Nimm lieber abgepacktes Wasser. Du brauchst feste, aber trotzdem leichte Hosen und Hemden für deinen Aufenthalt. Ich schlage vor, wir sehen uns deine mitgebrachten Kleidungsstücke zusammen an und entscheiden, ob und was noch zugekauft werden muss. Außerdem brauchst du halbhohe Stiefel, denn in Indien gibt es viele Schlangen, darunter sehr giftige, auch am Lonarsee. In diesem Zusammenhang rate ich dir, aufzupassen, wenn du bei deiner Suche Steine hochhebst, darunter kann immer eine Schlange liegen.

Kommen wir zur Übernachtung. Ein kleines Zelt ist ausreichend, nicht als Kälteschutz, sondern als Schutz vor

Insekten und Ungeziefer, es könnte auch mal regnen. Ich weiß nicht, welchen Schlafkomfort du brauchst; manchen reicht schon eine Isoliermatte. Probier es aus. Einen Schlafsack brauchst du nicht, eine Decke genügt."

„Wie soll ich kochen?" Prasad nickte.

„Wir kaufen dir einen kleinen Gaskocher mit einer Kartusche und zwei Aluminiumtöpfe, so sparst du Gewicht. Ich rate dir, dich vegetarisch zu ernähren, wie es in Indien üblich ist, das ist einfacher als das europäische Kochen. Dafür ist nur ein kleiner Vorrat an Reis und Hülsenfrüchten, Linsen oder Bohnen, haltbares Brot und Gewürze nötig. Milchprodukte, vielleicht auch Eier, frisches Gemüse und Obst wirst du sowieso alle paar Tage mit dem Wasser zusammen in Lonar kaufen müssen. Wenn du das Essen richtig würzt, wird es dir schon schmecken."

„Wo soll ich das alles besorgen?" Prasad lachte.

„Hier in Aurangabad. Ich habe mir für morgen Nachmittag frei genommen. Wir kaufen zusammen ein. Ich weiß, wo es das alles gibt und ich kann besser handeln als du."

Am nächsten Vormittag blieb Paul in Prasads Haus. Sein Gastgeber holte ihn am Mittag ab und sie kauften ein. Am Abend saßen sie noch eine Weile zusammen. Prasad hatte noch etwas mit Paul zu besprechen.

„Dass du zu einem Kristall kommst, ist nicht sicher, Paul, dazu gehört auch Glück. Viele haben es ohne Erfolg versucht. Doch wenn es wirklich klappt, musst du den Kristall mindestens eine Woche nachts neben deinen Kopf legen. Er muss sich auf deine Seele einpolen. Wir wussten das von dem buddhistischen Mönch und machten genau diese Erfahrung. Erst nach einer Woche wurden unsere Träume so klar, wie du es durch deine Begegnungen mit Leelas Kristall kennst. Es hat jedoch auch einen Nachteil, wenn du deine

Seele über den Kristall so eng mit deinem Körper verbindest. Pass auf ihn auf, dass er nicht zerstört wird, er ist empfindlich.

„Und was würde dann passieren?"

„Dann würdest du die Verbindung deines Körpers mit deiner Seele lösen."

„Und was bedeutet das?" Prasad machte eine lange Pause und sah Paul ernst an.

„Du würdest sterben, nicht lange nach seiner Zerstörung."

Paul zeigte sich geschockt, fasste sich aber kurz darauf. Später unterhielten sie sich über anderes. Prasad bat ihn, nach seinem Ausflug zum Lonarsee zu ihm zurückzukehren und nicht gleich nach Deutschland zurückzureisen.

„Es ist gleich, ob du einen Kristall findest oder nicht. Ich möchte, dass du danach hier in Aurangabad noch ein paar Tage mein Gast bist. Ich würde mich freuen."

Paul versprach es. Am nächsten Tag fuhr er los.

Die Landschaft, durch die er fuhr, ähnelte der Gegend, die er während der Zugfahrt erblickt hatte. Fast alles war mit kleinen Feldern bedeckt, ein Flickenteppich von braun, gelb und grün. Manchmal konnte er Menschen bei ihrer Arbeit sehen

Die Kleinstadt Lonar machte einen geschäftigen Eindruck. An der Hauptstraße reihten sich Läden aneinander, dazwischen deuteten Schilder auf Werkstätten, kleine Kliniken und Arztpraxen hin. Zwei Schulen wiesen Lonar als so etwas wie ein Zentrum dieses ländlich geprägten Landstriches aus. Aus der Ferne sah er, dass zwei hinduistische Tempel die flachen Häuser überragten; deren berühmtester sollte ein Bau aus der Zeit der Chalukya-Dynastie, einer alten Königsfamilie, sein.

Das Hotel fand der Fahrer des Mietwagens schnell. Es war nicht groß, hatte aber ein Restaurant und Zimmer mit Klimaanlage. Paul checkte sich ein und entließ seinen Fahrer. Der Hotelbesitzer fragte ihn, ob er anschließend am Lonarsee übernachten wolle; offensichtlich waren Gäste wie er nichts Neues für ihn.

Sein Abendessen nahm Paul auf der zum See gerichteten Terrasse des Hotels ein. Es eröffnete sich ihm ein erster Blick auf den Kratersee, an dem er sich in der nächsten Zeit aufhalten wollte.

Vor der Terrasse standen kleine Gebäude, zwischen ihnen Buschwerk, ein Pfad schlängelte sich hindurch. Das Gelände neigte sich etwas, bis es am Kraterrand abrupt abbrach. Der See zeigte sich als längsovaler Ausschnitt in einem geheimnisvollen Tiefblau, über das die Strahlen der untergehenden Sonne zogen. Blassrosa Dunst stieg empor, die Luft flimmerte und angenehme Kühle wehte von unten her. Doch deutlich konnte er die gegenüberliegenden und seitlichen Kraterränder erkennen. Am Ufer des Sees war alles dicht und grün bewaldet. Der Wald zog sich den Krater hinauf, bis er sich an den oberen Rändern vereinzelte und langsam in eine Steppe mit verstreuten Bäumen und Büschen überging. Von den Tempelbauten konnte Paul noch nichts erkennen. Ein Geräuschteppich von Vogellauten, manche kreischend, drang von fern in seine Ohren.

Es wurde schnell dunkel, er ging früh zu Bett.

Am nächsten Tag packte er seinen Rucksack und machte sich auf den Weg. Die Steilheit des Kraterrandes machte ihm zu schaffen, auch wenn der Pfad zickzackförmig verlief. Sehr bald erschien beiderseits des Weges der Wald.

Es war ein fremdartiger Wald. Als Bäume dominierten Teakbäume, wie Paul an der Farbe ihrer Rinde feststellte. Auch andere Bäume und Sträucher erinnerten Paul an Pflanzen, die er kannte; so gab es eine Art Oleander, mehrere Akazienarten und Mimosengewächse mit ihrem farnartigen Blattwerk, die wie Unkraut wucherten. Manche Bäume waren übersät mit orangefarbenen Blüten. Paul erfuhr später dass es sich um indische Lackbäume handelte. Viele Pflanzen schienen immergrün zu sein, dafür sprach die dunkelgrüne Farbe und Kompaktheit ihrer Blätter.

Eine Viertelstunde später stand er am Ufer des Lonarsees. Das Wasser war kristallklar und wirkte blau bis zum Grund. Sehr schnell gewann der See an Tiefe. Seine Oberfläche war belebt; einzelne Gänse und viele bunte Enten schwammen auf dem Wasser. Paul konnte manche Arten identifizieren, so die kleine Krickente, die ebenfalls in Deutschland vorkommt, und den Haubentaucher, den er vom Schlachtensee in Berlin her kannte.

Doch der See roch nicht gut. Ein schwefliger Geruch stieg von ihm auf, auch konnte er vom Ufer aus keine Fische erkennen. Er verweilte eine halbe Stunde und ging dann am

164

Ufer entlang. Nach kurzer Zeit verengte sich der Pfad. Paul musste sich mit seinem Rucksack durchkämpfen und die Zweige der Büsche zur Seite schieben. Sein Ziel war der Rest eines Tempels, der dicht am See liegen sollte, in westlicher Richtung. Ramesh Prasad hatte ihm eine archäologische Karte vom Lonarsee und seiner Umgebung gegeben, in der nicht nur die sichtbaren Tempel oder deren Ruinen vermerkt waren, sondern auch die versteckten, schwer zu findenden Fundamente früherer Tempel.

Nach langem Suchen stieß Paul im Dickicht des Waldes auf ein paar verstreute Steinbrocken, die von Pflanzen überwuchert waren und machte Halt. Es schien sich um die Reste von Grundmauern des Tempels zu handeln, nach dem er suchte, sie wirkten kaum bemerkenswert.

Für ein Lager war der Platz jedoch ideal. In der Nähe der Steinbrocken fand sich eine ebene Fläche, auf der er sein Zelt aufschlagen könnte. Paul machte sich an die Arbeit. Nach kurzer Zeit stand das Zelt.

Inzwischen machte ihm die Mittagshitze zu schaffen, obwohl es hier im Wald in der Nähe des Sees kühler war als im offenen Gelände. Paul wurde müde, kroch in das Zelt und schlief eine Weile. Ein Traum kam. Er sah Leela vor sich stehen, im Hintergrund erblickte er auch Jessica, die ihn fordernd ansah.

Als er aufwachte, war es später Nachmittag. Paul begann, zwischen den Steinbrocken Ausschau zu halten, fand aber nichts Bemerkenswertes. Während er die Umgebung durchforschte, hörte er ein kreischendes Geräusch. Ein Pfau stand plötzlich radschlagend vor ihm, ein paar Meter dahinter schauten drei unscheinbare Hennen neugierig zu ihm hin. Der Pfau schien aggressiv zu blicken, als frage er: was hast du hier zu suchen? Paul ging zum Zelt zurück.

Er setzte den Gaskocher in Gang und warf erst eine Handvoll Reis und später Gemüse in den mit etwas heißem Wasser gefüllten Topf, würzte alles mit Currypaste, als es gar war und aß es mit indischem Fladenbrot und Wasser. Es wurde dunkel. Satt und zufrieden legte er sich in das Zelt und schlief schnell ein. Er schlief diesmal gut und traumlos.

In den nächsten zwei Tagen suchte er die Umgebung seines Zeltplatzes ab. Er ließ sich dabei Zeit und beobachtete die vielen bunten Vögel, die durch den Wald flogen, auf der Suche nach Futter. Die meisten kannte er nicht, doch einmal erblickte er einen Wiedehopf. Das war ein Vogel mit einer Haube auf dem Kopf, der ebenfalls in Deutschland vorkam, wenn auch selten. Einmal trieb sich eine Elster an seinem Gepäck herum. Selten sah er Touristen am Lonarsee. Meistens waren es Inder, die vormittags und am frühen Nachmittag von der Bushaltestelle beim Hotel kamen, denn nur um diese Zeit fuhr der Bus. Abends war es am See leer.

Paul setzte sich dann an das Seeufer und genoss die Stille, wenn die Sonne am Kraterrand unterging. Er dachte nach. Jessica erschien in seinen Gedanken. Immer mehr wurde ihm klar, dass Leela recht hatte, als sie ihm riet, zu ihr zurückzukehren.

Seit er sich in Indien aufhielt, schickte er Jessica zweimal in der Woche eine Kurznachricht von seinem Smartphone, sie antwortete ihm immer. Telefonieren miteinander wollten sie nur im Notfall, so hatten sie es verabredet.

Er würde sie nach seiner Rückkehr fragen, ob sie sich vorstellen könne, mit ihm auf Dauer zusammenzubleiben oder ihn sogar zu heiraten. Hörte sich nicht sehr romantisch an, wusste er, doch Jessica kannte ihn schon so lange, dass sie sich über solch einen Antrag von ihm nicht wundern würde und auch keine andere Form erwartete.

Am vierten Tag baute Paul früh das Zelt ab und zog weiter am Kraterrand entlang. Er stieg jetzt etwas hinauf, um den nächsten Tempelbau zu finden. Diesmal fand er ihn schneller, denn die Reste waren noch einigermaßen gut erhalten. Nachdem er das Zelt erneut aufgebaut hatte, machte er sich wieder auf den Weg nach Lonar und kaufte Wasser und frische Lebensmittel ein; zwischendurch duschte er und lud im Hotel sein Smartphone auf. Während der Mittagshitze verweilte er im Hotel und nahm auf der Terrasse einen Drink zu sich. Als er wieder im Lager eintraf, war es schon spät am Nachmittag. Während es dämmerte, saß er neben dem Zelt und schaute von oben auf den See.

Leichter Wind kam auf, das Wasser kräuselte sich. Die Enten waren noch in Bewegung; man hörte ihr Geschnatter. Es wurde dunkel, kurz zuvor hatte sich ein weißer Nebelschleier auf das Wasser gelegt. Als schließlich das Schnattern aufhörte, ging er in sein Zelt.

Auf diese Weise verbrachte er die nächsten zwei Wochen. Er blieb immer für ein paar Tage bei einem der Tempelbauten und suchte die Mauerreste und ihre Umgebung ab. Dann wechselte er den Platz und schlug von neuem das Zelt auf, besorgte Wasser und Lebensmittel und kehrte am Nachmittag zurück. Einmal passierte es nach seiner Rückkehr, dass er einen Rhesusaffen dabei erwischte, wie er sich über die restlichen Lebensmittel hermachte, die er in einem verschlossenen und gesicherten Karton aufbewahrt hatte. Der Affe hatte es irgendwie fertiggebracht, den Karton zu öffnen. Er verscheuchte ihn und bewahrte in der Folge Lebensmittel immer im Zelt auf.

Ein paar der Bauten standen auf offenem Gelände, jenseits des Kraterrandes. Hier endete der Wald und ging in Steppe über; eine offene Landschaft mit vereinzelten Bäumen und Büschen zeigte sich. Ganz in der Ferne sah Paul wieder Grün. Hier fing die landschaftliche Bewirtschaftung an; Paul nahm an, dass sie in dieser trockenen Gegend nur mit Bewässerung möglich war. Er hatte Probleme damit, einen Zeltplatz zu finden, denn es gab nur wenige schattige Stellen. Schließlich schlug er sein Zelt unter einer Schirmakazie auf, die er etwa zweihundert Meter neben dem Tempel entdeckte, den er untersuchen wollte.

Der Tempel war schon sehr verwittert. Es bereitete Paul wegen der Hitze Mühe, seine Ecken und Winkel zu untersuchen. Einmal scheuchte er eine große Eidechse auf, die vor ihm floh; es war wohl eine Art Waran. Die Vielzahl von Vögeln, die er im Wald gesehen hatte, blieb hier aus, bis auf die überall gegenwärtigen Pfauen.

Eines Morgens, als er aus seinem Zelt kroch, erwartete ihn eine Überraschung. Fünf indische Gazellen, rehbraun, mit weißem Bauch, standen ein paar Meter vor ihm. Sie schauten ihn neugierig an, ergriffen aber dann die Flucht. Sie ähnelten europäischen Rehen, hatten aber ein ganz anderes Gehörn; sie schienen ihm auch etwas größer zu sein.

Bislang hatte er nichts Besonderes bei den Tempeln gefunden. Ein paar Steine mit eingemeißelten Ornamenten hatte er ausgegraben; er hob sie auf. Doch Spuren menschlicher Aktivitäten gab es genug. Offensichtlich hatten schon viele vor ihm nach den Kristallen gesucht. Er nahm sich vor, in der nächsten Zeit den östlichen Kraterrand zu erkunden. Dort sollte es eine Schlucht geben, durch die ein Bach von der Hochebene in den Krater floss. Mehrere kleine Tempelbauten sollten sich in der Schlucht befinden.

Nachdem er sich in Lonar wie immer mit Lebensmitteln versorgt hatte, ging er vom Hotel nach rechts auf einer Straße entlang. Sein Weg führte ihn zunächst durch die

168

Außenbezirke des Ortes, bis ein Pfad abzweigte, der schräg nach links zum Kraterrand führte, durch steppenartiges Gebiet. Er streifte eine halbverfallene Moschee und gelangte schließlich auf einen anderen Pfad, der zur Schlucht führte. Die Vegetation wurde nun dichter und ging in Wald über.

Steinerne Stufen führten jetzt abwärts; Paul konnte links und rechts des Weges Bebauungsreste erkennen. Der Bach bildete nur ein kleines Rinnsal und war kaum noch erkennbar. Unterwegs traf er manchmal Passanten. Alle waren Inder, wie er an ihrer Hautfarbe und Kleidung erkannte. Paul wollte sein Zelt nicht so dicht am Weg aufschlagen und so suchte er seitlich, bis er eine geeignete Stelle fand. Als er anfangen wollte, es aufzubauen, hörte er Geräusche.

Die Büsche teilten sich und eine junge Frau erschien, groß gewachsen und offensichtlich europäisch oder eine Amerikanerin. Paul schätzte, sie müsse etwa so alt sein wie Jessica. Sie trug Cargohose, eine olivfarbene Jacke und ein sandfarbenes T-Shirt . Auf dem Rücken schleppte sie einen hohen Trekkingrucksack. Sie schwitzte. Ihre dunkelbraunen Haare waren streichholzkurz geschnitten. Sie lächelte und sprach ihn auf Deutsch an.

„Ich habe nach dir gesucht. Mein Name ist Nina, Nina Ahrens. Ich weiß von dem Hotelbesitzer, dass sich ein Deutscher seit ein paar Wochen am See aufhält."

„Und jetzt willst du mich besuchen?" Paul schaute sie skeptisch an.

„Sogar noch etwas mehr. Ich möchte mein Zelt neben deinem aufbauen. Ich sage dir gleich, warum. Aber ich würde erst einmal gern deinen Namen erfahren." Paul stellte sich vor.

„Paul Voigt." Er gab ihr die Hand.

„Also, ich habe vor ungefähr einem halben Jahr in Deutschland mein Examen in Betriebswirtschaft abgeschlos-

169

sen, mein Freund in Medizin. Unser Traum war es, eine Weile Auszeit zu machen und so sind wir vier Monate mit unseren Rucksäcken durch Indien gezogen, nur zu Fuß oder mit Bahn oder Bus. Es war traumhaft. Wir haben so viel gesehen und erlebt wie nie zuvor. Doch mein Freund musste zurück nach Deutschland, um im Oktober eine Stelle im Krankenhaus anzutreten. Ursprünglich wollte ich mit.

Vor einer Woche haben wir in einem Hostel in Mumbai einen indischen Studenten kennengelernt, der uns von diesem See erzählt hat. Angeblich gibt es hier etwas zu finden, welches eine direkte Verbindung zwischen Körper und Seele herstellen kann, eine Art Kristall. Ich weiß nicht, ob das ein Aberglauben ist, doch in Indien habe ich gerade im spirituellen Bereich so viel Rätselhaftes erfahren, dass ich zu dem Entschluss gekommen bin, es lohne sich, hier einmal direkt nachzuschauen. Dazu kommt, dass der Lonarsee in einer überschaubaren Entfernung zu Mumbai liegt." Paul nickte.

„Den Kristall gibt es wirklich. Ich besitze sogar einen, doch die Frau, die ihn besaß, ist tot. Er nützt mir nichts, um eine Verbindung in der Weise herzustellen, die du beschrieben hast. Dazu braucht jeder einen eigenen Kristall."

„Und wie bekomme ich ihn?"

„Indem du dich eine Weile hier aufhältst und nach ihm suchst. Es gibt keine andere Möglichkeit. Wenn du Glück hast, wirst du einen finden, wenn nicht, hast du Pech gehabt."

Nina blieb eine Weile still.

„Ich will es versuchen. Kommen wir zu dem Ansinnen – etwas anderes ist es wohl nicht –, warum ich gern in deiner Nähe bleiben würde. Es ist in Indien schwierig, als Frau allein zu reisen. Zusammen mit meinem Freund hatte es gut geklappt, doch wenn er mal nicht in der Nähe war, wurde ich sofort von den Männern angemacht. Aus diesem Grund habe ich mir auch diese Verkleidung zugelegt."

„Wieso Verkleidung? Sieht doch gar nicht so schlecht aus!" Nina grinste und zeigte ihm ein paar Fotos, die sie aus ihrem Rucksack holte. Sie zeigten ein attraktives Mädchen in Minirock und T-Shirt mit langen blonden Haaren, das ihn schelmisch anzublicken schien.

„Das war ich, vor einem halben Jahr. Es ist kein Outfit, zu dem ich einer Frau raten würde, wenn sie vorhat, sich in Indien zu bewegen." Paul lachte.

„Herzlich eingeladen. Du bist mein Gast, jedenfalls hier am Lonarsee!"

Nina packte aus und baute ihr Zelt auf. Paul half ihr dabei. Im Grunde war er ganz froh, dass er Gesellschaft hatte, die letzten Wochen in Einsamkeit hatten ihm zugesetzt. Sie teilten ihr Abendessen; Nina, im Kochen geübter als Paul, zeigte ihm, wie man besser mit einem einfachen Gaskocher umgeht, um ein schmackhaftes Abendessen hinzukriegen. Nachher zog sie eine Flasche Whisky aus ihrem Rucksack, trank und reichte sie Paul. Paul dankte und nahm auch einen Schluck.

Später standen sie auf und gingen zu dem Weg, der in die Schlucht führte. Sie waren allein, niemand mehr würde zu dieser Zeit hinab gehen. Sie setzten sich auf die Stufen und beobachteten den Sonnenuntergang, wie die orangefarbene Scheibe den Rand des Kraters berührte, sich verminderte und die Stimmen der Vögel zum Verschwinden brachte. Sie schwiegen in Andacht, bis Paul das Schweigen brach.

„Warum bist du nicht mit deinem Freund nach Deutschland zurückgegangen, Nina?"

„Ich weiß, auf was du hinaus willst, Paul. Nein, ich habe keine Probleme mit meinem Freund, zwischen uns passt kein Blatt Papier, wie man so sagt. Nur, seit ich in Indien bin, habe ich das Gefühl, in Deutschland fehlt mir etwas, vorher hatte ich das Gefühl noch nicht. Deshalb bin ich hier."

„Das kann ich verstehen. Mal ganz abgesehen davon, irgendwann ist dein Geld alle." Nina lachte.

„Das geht nicht so schnell. Meine Eltern sind Wirtschaftsprüfer in Frankfurt, haben sich während der Nachkriegszeit mehrere Straßenzüge in Frankfurt erackert und ich bin ihr Prinzesschen, weil ich keine Geschwister habe. Das ist der Grund, warum ich Betriebswirtschaft studiert habe. Heute würde ich das nicht mehr tun."

„Hört sich nicht sehr rational an!"

„Ist es aber. Einem Menschen, der sich nicht von seinem Elternhaus lösen kann, wird es ergehen, wie einem Vogeljungen, das sein Nest nicht verlässt.

Es wird piepen und klagen, auch wenn man es mit reifen Würmern füttert. Irgendwann wird es zum fetten Küken, kann noch nicht einmal über den Rand seines Nestes schauen, schon gar nicht über ihn klettern. Es wird unglücklich werden und sterben."

Paul schmunzelte. Nina wurde immer sympathischer.

In den nächsten beiden Wochen machten sie alles gemeinsam, die Ausflüge, das Aufstöbern von Tempelresten und die Suche nach dem Kristall. Zweimal ging Paul wieder nach Lonar und besorgte Vorräte; Nina passte unterdessen auf die Zelte auf.

Auf der südlichen Seite der Schlucht gab es eine kleine Landzunge. Sie war dicht mit Wald bewachsen. Die ebene Fläche erlaubte es ihnen, die Zelte ohne Probleme im Dickicht aufzuschlagen, geschützt vor neugierigen Blicken. Ein Tempelrest befand sich etwa dreihundert Meter seitlich; sie warteten ab, bis sich die Besucher verlaufen hatten und untersuchten ihn erst ab dem Nachmittag. Wieder fanden sie nichts.

Am Abend setzten sie sich an das Seeufer und leerten Ninas Whiskyflasche. Das Abendrot schien diesmal besonders kräftig auszufallen. Sie gingen spät in ihre Zelte.

Nachts wurden sie wach. Ein krachendes Donnern dröhnte in ihre Ohren, als wäre es nicht von dieser Welt. Paul setzte sich auf und öffnete den Reißverschluss des Zeltes. Ein Schwall von Regenwasser kam ihm entgegen. Sofort machte er das Zelt wieder zu. Er versuchte, Kontakt zu Nina herzustellen und brüllte gegen den Donner und das Hämmern der Wassertropfen auf dem Zeltdach an.

„Nina, alles in Ordnung?"

„Ich bin o.k.", hörte er schwach.

„Geh bloß nicht raus. Wir müssen das Unwetter abwarten."

„Alles klar."

Irgendwann am frühen Morgen kehrte Ruhe ein. Paul spürte Feuchtigkeit und stellte fest, dass der Regen an zwei Stellen durch das Zelt gedrungen war.

Es wurde hell und heiß. Die Sonne hatte ihre volle Kraft wiedergewonnen und schickte ihre Strahlen durch das Zeltdach. Paul zog sich Hose und Hemd an und ging hinaus. Nina saß bereits vor ihrem Zelt und guckte erstaunt zum See hin. Weißer Dampf stieg vom Wasser auf.

Im Wald tropfte es überall und dunstige Schwaden zogen durch die Blätter. Die Vögel schienen erst jetzt zu erwachen und ließen zaghafte Laute vernehmen.

Sie hörten ein Geräusch. Ein kleiner Junge, etwa acht Jahre alt, erschien plötzlich und ging auf Paul zu. Er trug eine kurze braune Hose und ein weißes Hemd. Seine Kleidung war völlig trocken.

Der Junge lächelte. Er hob beide Arme. Die rechte Hand war leer. In der linken Hand befanden sich zwei rosafarbene Kristalle. Sie sahen genauso aus wie die Kristalle von Leela und Prasad. Der Junge streckte sie ihm entgegen und bot sie ihm offensichtlich an.

Paul stockte der Atem.

Er suchte in seiner Hosentasche und entnahm ihr ein paar Rupien-Scheine, insgesamt etwa zehntausend Rupien. Der Junge nahm das Geld und gab ihm die Kristalle. Eine Weile schauten sie sich gegenseitig in die Augen, während der Junge weiterlächelte. Paul war es, als schaue er durch die Augen des Jungen hindurch in die Unendlichkeit, so, als ob er ein Fernglas umgekehrt an die Augen halte. Der Junge drehte sich um und ging. Nach ein paar Schritten verschwand er spurlos im Dickicht.

Nina, welche die Szene entgeistert beobachtet hatte, war vor Aufregung die Sprache abhanden gekommen. Jetzt war es an Paul, zu lächeln. Er nahm Nina in den Arm und flüsterte:

„Es ist kaum zu glauben, Nina, doch wir haben bekommen, was wir uns wünschen."

174

LONAR, INDIEN, IM NOVEMBER 2012

Nina und Paul saßen auf der Terrasse des Hotels am Lonarsee.

Sie waren den gesamten Tag damit beschäftigt gewesen, zusammenzupacken, ihre Zelte zu sichern, die beiden Kristalle bruchsicher einzupacken und im Wald zu verstecken. Auf Pauls Vorschlag hin gedachten sie, sich für diesen Tag zu belohnen und im Hotel zu Abend zu essen. Nach dem Essen ließen sie sich Gin mit Limonensaft und Wasser servieren. Paul hob das Glas.

„Auf unseren Erfolg, Nina!" Sie tranken.

„Eigentlich könnten wir morgen zusammenpacken und nach Deutschland zurückkehren", sagte sie. Paul schüttelte den Kopf.

„Ich habe etwas anderes vor, Nina", antwortete er. „Es dauert ungefähr eine Woche, bis wir die Kristalle mit unserer Seele verbunden haben, das weiß ich von Ramesh Prasad, meinem indischen Bekannten in Aurangabad. Danach kommt ein Risiko auf dich zu. Überleg dir gut, ob du es eingehen willst." Er gab das wieder, was er von Prasad erfahren hatte. Nina wurde etwas blass, überlegte kurz und erklärte ihm dann, sie wolle es in Kauf nehmen.

„Wenn das soweit ist, könnten wir noch einen zweiten Versuch machen. Wir legen unsere Kristalle übereinander und probieren aus, ob unsere Seelen uns zu Wiedergeburten lenken, in denen sie sich einstmals getroffen haben. Bei Prasad hat das funktioniert."

Er sprach jetzt mit Nina über Leela und seinen Wunsch, sie nach ihrem Tod wieder zu treffen.

„Wenn du das mitmachen würdest, müssten wir noch eine Woche hierbleiben."

Nina war einverstanden.

175

Paul schlug vor, die Zelte auf der Nordseite des Sees auf halber Hanghöhe aufzubauen. Er kannte von seinen vorherigen Exkursionen einen Platz, der fast uneinsehbar war und zu dem so gut wie nie Touristen kamen.

Sie gingen nun zurück, bauten die Zelte ab und verließen die Landzunge. Als sie den von Paul bezeichneten Platz erreicht und ihr neues Lager aufgebaut hatten, dunkelte bereits der Abend. Sie waren müde, gingen in ihre Zelte und legten die Kristalle neben ihre Schlafmatten. Sie schliefen sehr schnell ein.

In dieser Nacht passierte so gut wie nichts. Sie hatten zwar beide geträumt, doch in ihrer Erinnerung gab es nur Fetzen und Bruchstücke.

Auch die zweite und dritte Nacht verlief ähnlich. Paul verließ ihren Zeltplatz, um ein letztes Mal Vorräte in Lonar einzukaufen.

Die vierte Nacht brachte die Wende.

Paul konnte sich am nächsten Morgen an einen zusammenhängenden, wenn auch verschwommenen Traum erinnern, in dem er offensichtlich in die Rolle eines Arztes in einem eigenartigen Hospital geschlüpft war. Eine gefühlt lange Zeit verbrachte er damit, in einem grünen Baumwollkittel durch Krankensäle zu laufen, die mit schmutzigen, übelriechenden Patienten, ausschließlich Männern, gefüllt waren. Mit einem Helfer, fast noch ein Kind, ging er von Saal zu Saal und verabreichte ihnen Medikamente in Form von Injektionen und Flüssigkeiten, die sie schluckten. Manchmal betraten sie ein Nebenzimmer und trafen auf stöhnende Patienten, die auf OP-Tischen lagen. Ein weiterer Helfer kam hinzu und betäubte die Patienten, indem er ihnen eine Spritze in die Armvene verabreichte. Paul nahm ein bereitgestelltes Skalpell und schnitt in entzündete Körperteile hinein; gelblichgrüner Eiter trat hervor und wurde von seinen Helfern in einer Tonschale aufgefangen.

Später verließ er den Trakt, in dem die Krankensäle lagen, und ging einen langen, fensterlosen Gang entlang, bis er einen von vielen Lampen erhellten Raum erreichte, von dem Wasch- und Umkleideräume abzweigten. Er zog sich aus und warf die Schuhe, Unterwäsche und den grünen Kittel in eine Tonne. Dann duschte er der Reihe nach unter drei Duschen, die Beschriftungen trugen. Die Schriften konnte er nicht lesen, doch er vermutete, dass das Ganze eine Art Schleuse war und ihr Wasser verschiedene Desinfektions- und Waschmittel enthielt. Schließlich erreichte er einen Trocknungsraum, wo er sich unter einem Fön abtrocknete und von Kopf bis Fuß neu einkleidete, diesmal in Weiß. Zum Schluss streifte er weiße Sandalen über und ging durch eine breite Tür hinaus. Er stand jetzt in einem hohen Raum, der aussah wie der Rezeptionsbereich eines Hotels. Ein angenehmer parfümartiger Geruch wehte in seine Nase. Hinter einem Tresen stand eine hübsche dunkelhäutige Frau, die ihn lächelnd begrüßte und ihm ein paar Schriftstücke überreichte. Zwischendurch beobachtete er, wie mehrere Boten eilig den Raum durchquerten. Manche hatten Blumen bei sich, andere Kartons verschiedener Größe, die oft mit Schleifen verziert waren. Einer der Boten trug einen Kühlcontainer. Die Boten verschwanden in verschiedenen Gängen, von denen Zimmer abzweigten.

Es waren Krankenzimmer.

In eines dieser Zimmer ging auch Paul. Es war groß, geräumig und luxuriös ausgestattet mit einer Art Seidentapete und kristallenen Lüstern. An der Seite stand ein Büffetschrank mit einem Getränkefach und einem Kühlschrank. Auch eine Sitzgruppe mit schweren Sesseln war vorhanden.

Mitten im Zimmer stand ein Krankenbett. Es ähnelte den Krankenbetten, die Paul kannte, war jedoch aus verziertem Messing gearbeitet. Daneben saß auf einem Stuhl eine junge Frau, bei der es sich wohl um eine Krankenschwester handelte, wie Paul wegen ihres uniformähnlichen Kleides vermutete.

Im Bett lag ebenfalls eine Frau, diesmal mittleren Alters, offensichtlich die Patientin. Einer ihrer Arme war mit mehreren Sensoren bestückt, die zu verschiedenen diagnostischen Geräten führten. Über dem Bett hing ein Monitor, der fortlaufend medizinische Daten anzeigte. Die Frau lächelte ihn an. Paul unterhielt sich mit ihr in einer ihm unbekannten Sprache und zeigte ihr ein Schriftstück, aus dem er ihr vorlas. Manchmal machte sie seitliche Kopfbewegungen nach rechts oder links, die wahrscheinlich „Ja" oder „Nein" bedeuteten. Zwischendurch beantwortete er ihre Fragen.

Der Arztbesuch dauerte eine halbe Stunde. Nachdem Paul sich von der Frau verabschiedet hatte, machte er noch drei weitere Besuche dieser Art. Im einem der Zimmer lag ein Mann. Dieses Zimmer war mehr eine Art Suite mit einem Nebenzimmer.

Schließlich wachte Paul auf. Besonders schöne oder glückhafte Gefühle hatte Paul in diesem Traum nicht erlebt, eher Gefühle wie Dumpfheit oder Gleichmütigkeit.

Nina kam zu ihm, öffnete sein Zelt und schaute ihn zufrieden an.

„Es hat geklappt Paul! So einen Traum wie diesen habe ich noch nie gehabt!"

„Erzähle!"

„Na ja, irgendwann in der Nacht war mir, als sei ich durch eine Tür gegangen. Ich fand mich wieder in einer fremden Stadt. Die Häuser waren niedrig und aus grünen

Natursteinen erbaut. Alles erschien sauber, die Wege waren mit Bäumen bepflanzt und von Blumen gesäumt, alles Pflanzen, die ich nicht kannte. Auf den Straßen fuhren seltsame Autos mit durchsichtigen Hauben anstelle von Fenstern. Sie erzeugten keine Geräusche, es konnte sich also nicht um Verbrennungsmotoren handeln. Ich hatte einen bunten Kittel an, der bis zu den Knien reichte; meine Haut kam mir dunkler vor als jetzt.

Mein Weg führte mich zu einem Gebäude, massiv und hoch, auch mit den grünen Steinen gebaut. Ich lief durch einen Seiteneingang und kam auf einen Gang, von dem ein großer fensterloser Raum abzweigte. Etwa zehn Frauen in bunten, phantasievollen Gewändern befanden sich darin. Sie saßen vor einem langen Tisch mit Spiegeln, schminkten sich, lachten und sprachen in einer eigenartigen Sprache, die keine Ähnlichkeiten mit den mir bekannten Sprachen hatte. Es war ein Umkleideraum, vermutete ich.

Ich öffnete einen Schrank und entnahm ihm ein kniekurzes Kleid. Es war mit schillernden Blüten gemustert und sah sehr hübsch aus. Ich zog es an, setzte mich vor einen freien Platz und begann ebenfalls, mich zu schminken.

Irgendwann ertönte eine Glocke. Namen wurden gerufen. Drei Frauen verschwanden. Der Vorgang wiederholte sich mehrfach. Zwischendurch kamen manche wieder zurück. Bei einem der Glockenschläge stand ich auf und ging in das Innere des Gebäudes, bis ich zu einem mit schwerem Stoff verhangenen Eingang kam, über dem ein Licht blinkte.

Ich schlug den Vorhang zurück und stand in der dunklen Ecke einer Bühne. Ein Mann lächelte mich an. Nach einer Weile gab er mir ein Handzeichen. Ich lief mit großen Schritten auf die hell erleuchtete Bühne, schrie etwas und stand in einem Theater.

Das Publikum im Zuschauerraum lachte. Ich schätzte, dass im Theater etwa tausend Personen saßen; ein Teil der Plätze war unbesetzt.

Um mich herum stand eine Menge anderer Darsteller in einer Dekoration, die wohl einen Garten oder Park darstellen sollte, in deren Mitte ein Brunnen plätscherte. Sie schauten mich alle an, manche erstaunt, manche entsetzt, einige wütend.

Es entwickelten sich Dialoge, teilweise durcheinander, an denen ich viel Anteil hatte. Ich nehme an, dass ich in einem Stück mitspielte, das man als Komödie bezeichnen könnte. Eine Weile später verschwand ich von der Bühne und tauchte mehrfach in anderen Dekorationen wieder auf. Im Umkleideraum war ständiges Kommen und Gehen, oft zogen sich die Darstellerinnen um.

Am eindrucksvollsten war die Schlussszene des Stückes, unvergesslich. Es handelte sich wohl um ein Happy End. Wir standen alle auf der Bühne und umringten ein halbnacktes Paar, das sich umarmte und sich zärtliche Worte zuflüsterte. Anschließend hatten sie Sex miteinander, unter dem Beifall des Publikums."

„Richtigen Sex? Etwa auf der Bühne?" Nina lächelte und nickte.

„Genauso. Und ich empfand es beim Zuschauen noch nicht einmal anstößig, eher wohltuend. Jetzt, im wachen Zustand, kommt es mir befremdlich und pornographisch vor. Überhaupt empfand ich während des Traumes eine Menge Gefühle, darunter Anspannung, Freude und Genugtuung. Im Ganzen betrachtet war es ein schöner Traum. Er tat mir gut."

„Es ist ganz normal, dass du Gefühle, auch ungewohnte, empfindest, wenn du dich durch den Kristall mit deiner Seele verbindest. Sie sind Reflexionen der Körper, in denen

180

sie gewohnt hat. Die Entstehung von Gefühlen ist wahrscheinlich nicht in unserer Seele angelegt. Sie entstehen dann, wenn die Seele auf unser Unterbewusstsein trifft. Sie sind also nicht angeboren. Dieser Zustand wird vermutlich in den nächsten Tagen noch zunehmen, auch die Klarheit der Träume. Du wirst sie sozusagen in 3 D wahrnehmen. Es kann auch passieren, dass du in einen üblen Traum gerätst, einen Albtraum. Wir kennen das alle."

„Was soll ich dann tun?" Paul beruhigte sie.

„Deinen Willen anstrengen und dich auf das Wachwerden konzentrieren. Nach etwas Übung klappt das. Zum Glück kommen Albträume nicht so oft vor."

„Und was war das für ein Ort, an dem ich mich befand?"

„Es war bestimmt nicht die Erde, sondern eine andere Welt, fernab von uns. Bei meinem Traum war ich mir nicht ganz so sicher."

Paul erzählte ihr jetzt über seinen Traum. Nina zeigte sich skeptisch.

„Aber ein Krankenhaus in dieser Form kann es in der Vergangenheit nicht gegeben haben!"

„Erst einmal halte ich das durchaus für möglich. Möglicherweise spielte der Traum in einer vergangenen Zukunft. Denk an das Rad im Hinduismus und das Prinzip, dass die Zukunft immer in die Vergangenheit mündet!"

Zwei Tage später empfingen sie glasklare Träume, so wie sie Paul aus den Begegnungen mit Leelas Kristall kannte. In einen eigentümlichen Traum gelangte er am siebten Tag.

Er fand sich auf einem Feld mit fremdartigen Gewächsen wieder und war damit beschäftigt, Knollen auszugraben und in eine Kiepe zu werfen. Seine Bekleidung bestand aus einem grauen Umhang, der aus dickem Stoff gearbeitet und an den eine Kapuze genäht war, es war eine Art Mönchskutte. In seiner unmittelbaren Umgebung konnte er andere Personen erkennen, welche die gleiche Kleidung trugen. Auch sie verrichteten Feldarbeiten. Manche hackten, andere pflanzten und weitere Personen waren damit beschäftigt, mit einer Sichel Gräser mit Beerenrispen abzumähen.

Es war eine anstrengende Arbeit. Paul tat der Rücken weh, sodass er sich von Zeit zu Zeit aufrichten musste. Er fühlte sich unbehaglich. Zu seiner gedrückten Stimmung trug auch bei, dass er im Halbdunkel arbeitete. Eine schwache Sonne schaffte es kaum, eine dichte Wolkendecke zu durchdringen und er konnte die Gegend kaum erkennen, weil sie im Nebel verschwand.

Plötzlich hörte er einen lauten Ton, ähnlich einem Trompetenstoß. Er nahm seine Kiepe auf den Rücken, den Spaten in die Hand und ging auf ein längliches Gebäude aus Holz zu. Auch die anderen Männer packten ihre Arbeitsgeräte zusammen und hörten mit der Arbeit auf. Manche zogen kleine Wagen mit geernteten Feldfrüchten hinter sich her.

Im Inneren des Gebäudes stellten sie alles ab und gingen zu einem Umkleide- und Waschraum, wo sie ihre grauen Kutten auf Haken hängten und nach dem Waschen weiße Umhänge anzogen. Die Männer betraten danach einen Speiseraum und setzten sich an zwei lange Tische, auf denen schon Schüsseln mit Essen und Holzteller mit hölzernen Löffeln lagen. Einen Moment blieben alle still. Einer der Männer sprach etwas, wohl ein Gebet. Dann aßen sie. Es war eine Art Eintopf, stellte Paul fest, er schien gut zu schmecken, denn jetzt empfand er ein angenehmes Gefühl. Nach dem Essen brachten zwei Knaben, auch in weiße Umhänge gekleidet, Wasser in Krügen und Bechern, alles aus Ton. Sie schenkten den Männern ein.

Nach dem Essen verließen sie das Gebäude und gingen zu einem Bauwerk, das aussah wie eine gewaltige Scheune. Es war aus roten Ziegeln gemauert und mit einem spitzwinkligen Dach aus Schilfrohr gedeckt. Ab und zu wurde die Außenmauer von länglichen Fenstern unterbrochen, die über die gesamte Höhe reichten.

Der Innenraum wirkte riesig. Er war nicht unterteilt; zwei Reihen massiver senkrechter Holzbalken als Pfeiler stützten das Dach, dessen Konstruktion offen war. In der Mitte erhob sich eine Art Skulptur, etwa drei Meter hoch. Sie bildete ein gewundenes Rohr, ein längliches, offenes Oval aus massivem, silberfarbenem Metall. In der Mitte verlief eine ebenfalls silberfarbene Querstrebe, die durch eine etwa fußballgroße goldene Kugel lief, welche sich langsam drehte. Vor der Skulptur standen ein silberner Krug und eine silberne Schale, in der eine Quaste mit Griff lag, ähnlich einem Pinsel. Die Männer mit den weißen Umhängen, deren Zahl jetzt auf etwa dreißig gewachsen war, gruppierten sich nun um die Skulptur, ebenfalls in Form eines Längsovals. Paul reihte sich ein.

Türen öffneten sich. Menschen, Männer und Frauen, traten ein und versammelten sich um den Ring der weißgekleideten Männer. Es waren viele, Paul schätzte, es müssten mehr als zweihundert sein. Sie trugen keine einheitliche Kleidung, sondern verschiedene Gewänder in unterschiedlichen Farben. Niemand sprach ein Wort. Die weißgekleideten Männer stimmten jetzt einen Gesang an. Obwohl seine Tonstruktur jenseits menschlicher Harmonieempfindung lag, fühlte Paul Rührung.

Nach einer Weile verstummte der Gesang. Ein Mann aus dem Kreis von Pauls Gefährten trat vor und sprach zu der Versammlung, etwa zwei Minuten lang. Dann ging er zu dem Krug und der Schale vor der Skulptur. Er goss eine

Flüssigkeit in die Schale. Die Männer in der weißen Kleidung traten vor und streckten die Hände aus. Der Mann tunkte die Quaste in die Schale. Dann ging er reihum und bestrich jedem der Männer die Hände mit der angefeuchteten Quaste. Als Paul an die Reihe kam, war er nicht darauf gefasst, was im nächsten Moment passieren sollte.

Ein Schwall von Euphorie befiel ihn, wie er es nie zuvor erlebt hatte. Er spürte, wie Schauer über seinen Rücken liefen und merkte, wie er kurz davor war, ohnmächtig zu werden. Es dauerte eine Weile, bis er sich gefangen hatte. Die Männer blickten einander an und gingen zurück zu dem Holzgebäude, aus dem sie gekommen waren. Bevor sie gingen, konnte Paul beobachten, dass die anderen Besucher des Rituals nachrückten und ebenfalls ihre Hände ausstreckten, um sie sich mit der Flüssigkeit bestreichen zu lassen.

In Obergeschoss des Holzgebäudes verteilten sich die Männer auf eine Anzahl von Zimmern. Auch Paul hatte ein eigenes Zimmer. Es war klein. Seine Möblierung bestand aus einem Tisch, einem Stuhl, einem Schrank und einem Bett, eher eine Pritsche. Er legte sich darauf. Im Liegen konnte er durch ein kleines Fenster in den Himmel schauen. Mittlerweile war es draußen dunkel geworden. Was er sah, bestätigte seine Vermutung, dass ihn sein Traum in eine andere Welt geführt hatte: zwei Monde, scheinbar nur wenig voneinander entfernt, schienen ihn fragend anzuschauen. Paul wachte auf und rieb sich die Augen. Es war eine neue Erfahrung.

Er hatte eine fremde Welt kennengelernt, die manche Ähnlichkeiten mit der Erde besaß. Offensichtlich war er in eine Art Kloster geraten. Etwas beindruckte ihn besonders. Unglaublich, welch mächtige Emotionen die Religion im Bewusstsein der Menschen erzeugen konnte!

Es war jetzt an der Zeit, auszuprobieren, ob es funktioniere, zusammen mit Nina und Ninas Kristall einen gemeinsamen Traum und darin eine gemeinsame Begegnung zu erleben. Nina schlief noch, er wartete, bis sie wach war und ihn rief.

„Hast du einen schönen Traum gehabt?" Sie lächelte.

„Unglaublich klar und erlebbar. Diesmal verschlug es mich ich in eine Welt, in der man vorwiegend auf Inseln und im Wasser lebte. Ich kam mir vor, wie eine Polynesierin, allerdings futuristisch, denn auf den Inseln standen Städte mit Hochhäusern. Ich hatte eine Familie, mit der ich sehr komfortabel auf einer eigenen kleinen Insel wohnte. "

„Dann ist es wohl an der Zeit, dass wir unser zweites Vorhaben verwirklichen. Dazu müsste ich dich heimsuchen, Nina." Sie schaute ihn kritisch an.

„Wie meinst du das?"

„Ganz wörtlich. Um in einen gemeinsamen Traum zu kommen, müssen wir uns nebeneinander legen, mit den Kristallen in der Mitte. So hat es Ramesh Prasad gemacht. Und da mein Zelt zu klein ist, geht das nur in deinem Zelt."

Ninas Zelt war größer, weil sie es gemeinsam mit ihrem Freund benutzt hatte. Nina überlegte einen Moment und war einverstanden.

Als es dämmerte, kroch Paul mit der Matratze und seinem Kristall in ihr Zelt. Als Nina ihm ihren Kristall gab, fragte sie:

„Und wie können wir unsere Kristalle nachher voneinander unterscheiden?" Paul schaute sie sich genau an.

„Deiner ist etwas dunkler, Nina." Als er die Kristalle übereinander legte, beobachteten sie etwas Seltsames. Die beiden dreispeichigen Räder in ihnen begannen, sich langsam gegeneinander zu bewegen. Nach ein paar Umdrehungen hielten sie an und standen jetzt deckungsgleich übereinander. Nina und Paul waren fasziniert. Noch etwas anderes passierte. Sie wurden blitzschnell müde und schliefen ein.

Sie lagen auf einer sommerlichen Wiese im hellen Sonnenlicht, als sie erwachten. Über den blauen Himmel zogen scharf umrissene Wolken, ein leichter Wind streifte sie. Sie erhoben sich jetzt und ließen die Augen schweifen.

Es war eine hügelige, grüne Graslandschaft, in der sie erwacht waren, kleingefeldert und begrenzt durch niedrige Steinmauern und hölzerne Weidezäune. Auf manchen Flächen grasten Rinder oder Schafe. Ihr Blick machte Halt, als er auf ein Gespann fiel. Es stand etwa zwanzig Meter neben ihnen auf einer Straße, mehr einem Weg, und bestand aus einem Planwagen und zwei Pferden, die davor gespannt und an einem Baum festgemacht waren. Sie hatten die Köpfe gesenkt und grasten am Wegrand.

Es waren kleine, muskulöse Pferde mit schwarzweiß geschecktem Fell und einem Haarbehang über großen Hufen. Sie sahen etwas plump aus. Dann schauten sich der Mann und die Frau gegenseitig an.

Die Frau war braungebrannt und dunkelhaarig. Sie trug ein rotweißes Mieder über weiten Röcken, es mussten mehrere sein. Der Mann war in Kniehosen, Strümpfe und ein weites graues Leinenhemd gekleidet. Seine Beine, auch die der Frau, steckten in kurzen Stiefeln. Als sich ihr Blick traf, empfanden beide ein angenehmes Gefühl, eine Mischung aus Liebe und Verlangen.

Dazwischen mischte sich ein weitaus unangenehmeres Gefühl, ein nagender Hunger.

Das Paar ging zum Wagen. In ihm befand sich nicht viel, ein Lager aus alten Decken, eine Kiste mit Gerätschaften, ein paar Töpfe und Flaschen.

Der Mann holte hinter einer Bank im Inneren des Wagens eine Lederflasche hervor. Sie setzten sich und tranken daraus. Dann sprachen sie miteinander, in einer gutturalen, unbekannten Sprache.

Nach einer Weile stand der Mann auf, machte die Pferde los und spannte sie vor den Wagen. Das Paar setzte sich auf eine Art Kutschbank, der Mann ergriff die Zügel und trieb die Pferde an, die sich langsam in Bewegung setzten. Es war eine holprige Fahrt.

In der Ferne erschien eine kleine Stadt, durch die sich ein Fluss schlängelte. Nachdem der Fluss die Stadt verlassen hatte, weitete er sich und bildete eine Au mit dichten Gehölzen.

Hier hielten sie an, sicherten das Gespann und machten die Pferde wieder fest. Der Mann stülpte ihnen lederne Klappen über die Augen. Nun verließen sie den Ort und schlugen einen Weg zur Stadt ein. Sie nahmen Körbe mit.

Als sie durch das Stadttor gingen, schlug ihnen Stimmengewirr entgegen. Nina und Paul meinten, zwischendurch englische Sprachfetzen zu erkennen. Die Häuser der Stadt waren entweder aus grauen Granitsteinen erbaut oder es handelte sich um Fachwerk. Sie standen dicht zusammen und ließen den Straßen wenig Platz. Der Platz wurde noch dadurch eingeschränkt, dass beidseits der Straßen Stände aufgebaut waren, sodass in die Mitte kaum noch ein Gespann passte. Es war wohl Markttag.

Der Mann und die Frau verlangsamten ihre Schritte zum Schlendergang. An einem Stand mit Brot blieb der Mann stehen. Er ließ sich verschiedene Brote zeigen und verwickelte den Bäcker in ein Gespräch. Die Frau stand dicht neben ihm. Irgendwann musste er etwas Witziges gesagt haben, denn der Bäcker lachte. Dann deutete der Mann mit dem Zeigefinger auf einen Stand in der Ferne, der Bäcker drehte sich und guckte hin.

Im gleichen Moment schoss die Hand der Frau aus den Röcken hervor, nahm blitzschnell ein Brot und schob es in den Korb. An einem Käsestand wiederholte sich der Vorgang, ebenso an den Ständen mit Wurstwaren und Fisch. Doch an einem Obststand passierte etwas.

Die Frau hatte mit ihrer rechten Hand gleichzeitig zwei Äpfel gestohlen, doch einen der Äpfel konnte sie nicht halten, er kollerte zu Boden. Im gleichen Moment drehten sich mehrere Menschen um und erfassten die Situation. Die Frau nahm ihren Korb und rannte, so schnell sie konnte, bloß aus der Stadt heraus, schoss es durch ihren Kopf. Der Mann stürzte hinter ihr her. Das Stimmengewirr des Marktes steigerte sich zum Geschrei, Paul meinte, englische Sätze wie „Stop the thief" zu hören. Er konzentrierte sich und wachte auf. Nina schlief noch. Ihr Gesicht war verzerrt, ihr Atem hechelte und ihr Brustkorb pulsierte. Paul stieß sie an, sie erwachte und sank vor Erleichterung in sich zusammen. Paul schmunzelte.

„Der letzte Teil war ein Albtraum. Du musst es noch lernen, mit deinem Willen aus ihm herauszukommen, aber du wirst es schaffen." Nachdem Nina sich beruhigt hatte, wurde sie nachdenklich.

„Obwohl du in diesem Traum nicht wie du selbst aufgetreten bist, habe ich dich in diesem fremden Mann gespürt. Wie kommt das?"

„Das war meine Seele, Nina. Deine Seele habe ich auch gespürt. Da wir uns nicht so lange kennen, ist das momentan noch nicht so eindeutig. Mein Ziel ist es ja, meine Freundin Leela im Traum wieder zu treffen. Und unsere Seelen hatten wir fast bis in den letzten Winkel gekannt und genossen."

„Und an welchem Ort sind wir gewesen?"

„Deutet alles auf Irland hin. Die Pferde schienen der Rasse der „Tinker" anzugehören. Mit dem gleichen Namen hat man auch ein Volk von Landstreichern bezeichnet, die in Irland umherzogen und sich mit Gelegenheitsarbeiten durchschlugen."

„Davon habe ich schon gehört. Ich denke, sie lebten in Sippenverbänden?"

„Das ist kein Widerspruch. Das Paar in unserem Traum war vielleicht frisch verheiratet, der Mann hat seine Frau aus ihrer Sippe mitgenommen und wollte mit ihr zu seiner Familiensippe zurückkehren."

„Und wann sollte das gewesen sein?"

„So wie es aussah, etwa zu Beginn des neunzehnten Jahrhunderts in unserer Welt. Es kann aber auch eine ganz andere Welt zu einer ganz anderen Zeit gewesen sein." Nina dachte eine Weile nach.

„Weißt du, was?"

„Woher soll ich das wissen?"

„Wenn der Traum länger angehalten hätte, wäre es möglich gewesen, dass wir miteinander geschlafen hätten?" Paul lachte lauthals.

„Davon kannst du ausgehen! Das haben wir sicher schon viele Male getan, in der Vergangenheit, und werden es in Zukunft tun. Wir wissen nur nichts davon. Denk an das Phänomen der Unendlichkeit!"

Sie standen jetzt auf, kleideten sich an und frühstückten miteinander. Danach packten sie alles zusammen und verließen ihren Zeltplatz. Auf dem Weg zum Hotel machten sie an einer Stelle Halt, von der aus man den ganzen See überblicken konnte. Sie setzten sich, schauten auf ihn und schwiegen eine Weile. Dann stiegen sie zum Kraterrand hoch. Nachdem sie sich vom Hotelbesitzer verabschiedet hatten, verließen sie Lonar.

Mit einem Mietauto mit Fahrer erreichten sie am frühen Abend Aurangabad. Paul hatte mit Ramesh Prasad telefoniert, der bereits vor der Klinik auf sie wartete. Überrascht hielt er inne, als er Nina erblickte. Paul stellte sie ihm vor, sie begrüßten sich.

„Hast du auch das Gleiche am See gesucht wie Paul?", fragte er sie.

„Nicht gesucht, sondern sogar gefunden", lächelte Nina.

„Na, dann fahrt erst einmal hinter mir her zu meinem Haus und seid ein paar Tage meine Gäste. Wir werden uns viel zu erzählen haben."

Nach dem Abendessen schilderten sie ihm, wie sie nach den Kristallen gesucht und sie schließlich bekommen hatten. Als die Sprache auf den Jungen kam, wurde Prasad nachdenklich.

„So wie ich es von euch gehört habe, sieht alles so aus, als sei das Kind nicht von dieser Welt. Es kann sich auch um eine Sinnestäuschung oder eine Erscheinung gehandelt haben. Die Geschichte der Weltreligionen ist voll von derartigen Phänomenen. Damals mit Leela haben wir die Kristalle ebenfalls auf eine rätselhafte Weise gefunden. Es scheint so, als ob man die Kristalle nur dann bekommt, wenn man sich längere Zeit am See aufgehalten hat, und jedes Mal auf eine andere Art."

Es wurde ein langer Abend. Prasad unterhielt sich mit Nina über die Zeit, als er mit Leela durch Indien gezogen war und Nina konnte dazu viel beisteuern, weil auch sie und ihr Freund einen Teil der Plätze und Personen besucht hatten, die Prasad kannte.

190

Hinterher genossen Nina und Paul es, nach langer Zeit wieder in einem richtigen Bett zu schlafen.

Am nächsten Tag drängte Nina zum Aufbruch, sie wolle zurück zu ihrem Freund nach Deutschland. Sie schauten im Internet nach und buchten für den Tag darauf einen Flug von Mumbai nach München für sie; Paul wollte noch ein paar Tage in Aurangabad bleiben. Weil Prasad schon zur Klinik aufgebrochen war, fuhren sie mit einer Autorikscha hin, damit sich Nina von ihm verabschieden konnte. Prasad bat sie, noch einen Moment in seinem Büro zu warten.

Er kam mit zwei Bastkästchen wieder, die mit Baumwolle gefüllt waren. Auch Leela hatte ihren Kristall in einem solchen Kästchen aufbewahrt.

„Die Kästchen sind für eure Kristalle", sagte Prasad, „ihr sollt sie darin aufbewahren, dann sind sie geschützt. In der Klinik bewahren wir darin empfindliche labormedizinische Glasutensilien auf. Sie gehören beim Flug in euer Handgepäck. Wenn ihr wieder zuhause seid, legt ihr sie am besten in einen Tresor." Er verabschiedete sich von Nina.

Paul brachte sie zum Bahnhof. Als der Zug nach Mumbai kam, umarmten sie sich.

„Das waren schöne Zeiten mit dir", lächelte Nina. „Doch jetzt freue ich mich auf meinen Freund."

„So muss es sein", lachte Paul.

Der Zug fuhr davon. Ein paar Tage blieb Paul noch in Aurangabad. Ramesh Prasad nahm sich einen freien Tag und zeigte ihm die Sehenswürdigkeiten der Umgebung, so die Festung Daulatabad und die Stadt Khuldabad mit ihren alten islamischen Kuppelgräbern.

Paul suchte danach im Internet nach Flügen von Mumbai nach Berlin über München und buchte. Als er seine Ankunftszeit in Berlin kannte, rief er Jessica an. Er konnte ihre Freude am Telefon spüren, es rührte ihn.

Am vorletzten Tag lud er Ramesh Prasad zu einem Abendessen in ein gutes Restaurant in Aurangabad ein.

Am nächsten Morgen stieg er in den Zug und fuhr nach Mumbai. Am gleichen Abend ließ er sich zum Flughafen fahren und verließ Indien.

BERLIN, IM DEZEMBER 2012

Paul kam am Nachmittag in Berlin-Tegel an. Als er nach der
Gepäckausgabe die Tür zum Hauptgebäude öffnete, konnte
er sofort Jessica erkennen, die in der ersten Reihe hinter der
Absperrung stand und wild mit den Armen winkte. Nach-
dem er hindurchgegangen war, fiel sie ihm sofort um den
Hals und er sah, dass ihr Tränen in den Augen standen.

Außen überfiel ihn eine Ungemütlichkeit, das deutsche
Wetter. Es war nasskalt, klatschender Regen schlug ihm
entgegen. Der Himmel war so dunkelgrau, dass man nur
mit Licht fahren konnte.

Dagegen empfing ihn in der Villa in der Matterhornstraße anheimelnde Wärme. Jessica hatte für ihn im Erker des
Gartenzimmers gedeckt und lief zwischen Küche und Tisch
hin und her, während sie pausenlos plapperte. Sie servierte
ihm eiskalten Champagner und eine Menge Delikatessen,
die sie am Morgen im KaDeWe, dem Kaufhaus des Westens,
besorgt hatte. Während sie aßen, erzählte er ihr von seinen
Erlebnissen in Indien, allerdings verschwieg er den Kristall,
sowohl die Suche nach ihm als auch die Tatsache, dass er
ihn gefunden hatte. Er wunderte sich, dass sie so wenige
Zwischenfragen hatte; es lag wohl daran, dass sie eher das
Bedürfnis hatte, ihm ihrerseits alles mitzuteilen, was während seiner Abwesenheit in Berlin passiert war.

Doch als die Rede auf Nina kam, wurde sie sofort eifer-
süchtig. Es legte sich, als er ihr Ninas Aufmachung beschrieb
und bemerkte, dass sie einen festen Freund habe. Paul
wusste, Eifersucht gehörte seit jeher zu ihren Charakter-
merkmalen; es störte ihn nicht und er fand es eher liebens-
wert, weil es sich nicht um eine aggressive, sondern mehr
um eine ängstliche Eifersucht handelte. Als sie später zusammen im Bett lagen und er ihren warmen und weichen

Körper spürte, fühlte er sich wieder in jeder Hinsicht wohl und zuhause.

Paul ging es sehr gut.

Im Laden fand er kaum Veränderungen vor. Richard Wendler und sein Sohn hatten ihn sauber geführt und Paul nahm sich vor, Richard auf Dauer zum Teilhaber zu machen, um mehr Zeit für sein Privatleben zu haben. Eine von Pauls ersten Maßnahmen war es, seinen in Indien beschafften Kristall in den Tresor zu Leelas Kristall zu legen. Er nahm sich vor, die Kristalle erst nach gewisser Zeit auszuprobieren.

Die Gelegenheit ergab sich nach Weihnachten, als Jessica mit ihrer Freundin Isabell für ein paar Tage zum Skifahren nach Salzburg reiste. Paul verließ die Villa in Zehlendorf, um für kurze Zeit in der Wohnung in der Bleibtreustraße zu wohnen. Bevor er zu Bett ging, nahm er die Kristalle aus dem Tresor und legte sie übereinander auf den Nachtisch. Er beobachte das gleiche Phänomen, das er schon in Indien zusammen mit Ninas Kristall erlebt hatte: die Räder in den Kristallen drehten sich und kamen nach kurzer Zeit genau übereinander zum Stillstand. Paul schlief ein.

Es war ein mächtiger Wald, eine Art Urwald, durch den er fuhr. Er saß auf einem leeren Pferdewagen, der von zwei muskulösen Pferden gezogen wurde. Es schienen ähnliche Pferde wie Kaltblüter zu sein, kräftige, große Tiere. Neben dem Waldweg, den er befuhr, ragten vereinzelt riesige Fichten in den Himmel, dazu gesellten sich knorrige, alte Eichen, im Kampf mit anderen Laubbäumen um das Licht. Der Boden war mit Laub, Buschwerk und toten Stämmen bedeckt. Manche der Bäume kannte er nicht, andere waren den Bäumen ähnlich, wie sie auch in deutschen Wäldern vorkommen.

Doch eines war fremd. In der Ferne konnte er die Ruine eines Hochhauses mit etwa zwanzig Geschossen erkennen, mitten im Wald. Leere Fensterhöhlen schauten ihn aus Betonwänden an, die Balkone waren teilweise abgefallen. Als er weiterfuhr, erschienen andere Häuserreste im Wald, manchmal waren nur die von Pflanzen überwucherten Mauern sichtbar. Nach ein paar Minuten Fahrzeit erreichte er eine gerodete Fläche, auf der weitere Hochhausruinen standen. Am Rand der Fläche waren Männer damit beschäftigt, Bäume zu fällen, sie benutzten dazu Äxte und Handsägen. Andere Männer gruben den Boden auf und schienen nach etwas zu suchen. Die Männer waren bärtig und trugen einheitliche olivfarbene Overalls, so wie er selbst.

Paul erreichte eine Stelle, an der rostige Eisen- und Stahlteile aufgehäuft waren und begann, den Wagen damit zu beladen. Einige Männer eilten herbei, begrüßten ihn lachend in einer unbekannten Sprache und halfen ihm dabei. Nach kurzer Zeit war der Wagen voll, Paul setzte sich auf den Bock und trieb die Pferde vorwärts. Er schlug einen anderen Weg ein.

Der Wald wurde nun wieder dichter. Es schien kurz zuvor geregnet zu haben und nun kam die Sonne durch, sandte streifige Nebelschwaden durch die Bäume und ließ Wassertropfen wie Diamanten auf dem Blattwerk funkeln. Zwei große Raubvögel mit gelbbraunen Gefiedern kreisten umeinander; es war ihm, als blickten sie ihn an. Ein knisterndes und trampelndes Geräusch ließ ihn aufmerken. Das Buschwerk schwankte und öffnete sich, durch die Lücke strömte ein Pulk wilder Tiere, offensichtlich eine Art Rinder oder Büffel und querte den Weg. Sie hatten ein zotteliges Fell von grauweißer Farbe, um die Schultern trugen sie dunkelbraune Behänge und auf ihren Köpfen saßen Hörner, die einen Kreis bildeten, sodass sich ihre Spitzen beinahe berührten. Die Pferde verharrten einen Moment. Jetzt konnte Paul auch die Stimmen des Waldes hören, ein vielfältiges Konzert, zusammengesetzt aus schrillen, spitzen, tiefen, gurrenden und rätschenden, klackenden Lauten. Das Gespann setzte seinen Weg fort, als wieder Platz war.

Nach etwa einer Stunde erreichte Paul wieder eine gerodete Freifläche, in der eine tiefe Grube ausgehoben war. Am Boden der Grube erblickte er ein zigarrenförmiges Objekt von etwa fünfzig Metern Länge. Es könnte sich vielleicht um die Reste eines Flugzeuges handeln, vermutete Paul. Mehre Männern waren damit beschäftigt, das Objekt mit einfachen Werkzeugen in seine Einzelteile zu zerlegen. Paul grüßte die Männer und fuhr weiter.

In der Ferne erschienen wieder Hochhausruinen, die sich auf einer Fläche gruppierten. Paul umfuhr sie und steuerte einen See an, der in der Nähe der Ruinen silbrig und klar vor ihm lag. Es war ein großer See, das jenseitige Ufer konnte er nur als schmalen Streifen erkennen. Am Seeufer gab es einen kleinen Hafen. Eine Anzahl kleiner Schiffe und Boote aus Holz lag dort vertäut. Rund um den Hafen standen lange, niedrige Blockhäuser mit Strohdächern. Manche hatte man zusammengefügt, sodass sie eine Art Halle bildeten. Paul hielt das Gespann an und schaute auf das Bild, das sich ihm bot. Ein leichter Wind strich über den See, ließ seine Wasserfläche kräuseln und die Wellenkämme rosa schimmern, denn die Nachmittagssonne hatte sich schon etwas gesenkt.

Er fuhr weiter und ließ Dorf und Hafen hinter sich. Abseits vom Dorf dominierte wieder Wald, doch nach wenigen Minuten Fahrzeit erreichte er eine neue Lichtung, ebenfalls am Seeufer gelegen. Es roch nach Rauch, Kohle und Eisen. Paul sah eine Rauchfahne, die sich der Lichtung näherte. Es war ein Zug, von einer langen Dampflok gezogen. Die

Schienen waren bis zu einer Haltestelle in der Nähe des Sees verlegt. Als er weiterfuhr, konnte er die Lokomotive erkennen. Sie sah eigenartig aus. Ihre Form wirkte technisch, doch nicht altertümlich und schien eine Technologie zu verkörpern, die man wiederbelebt, aber nicht wiederholt hatte. Ihr Körper wirkte ellipsoid, fast aerodynamisch, aus einer unsichtbaren Öffnung quoll der Rauch und eine rundliche, längliche Fensterfront saß auf ihm, wie eine Raupe auf einem Zweig. Die Lok dominierte den Zug, einen leeren Güterzug, allein durch ihre schreiend rote Farbe.

Die Lichtung an See und Haltestelle war weiträumig mit Gebäuden ganz anderer Art angefüllt. Sie waren zwar auch einstöckig, doch ihre Wände bestanden aus roten Mauersteinen und trugen flache, rote Ziegeldächer. Auch hier hatte man manche Einheiten aneinander gefügt, sodass sie einen Verbund bildeten. Aus einer Menge von Schornsteinen stieg gelblichgrauer Rauch und erzeugte einen stechenden Geruch.

Es schien sich um eine Art Industrievorstadt zu handeln, nicht unähnlich derartigen Baukomplexen aus dem neunzehnten Jahrhundert in Europa. Paul trieb die Pferde an, bis sie zu einem Platz gelangten, auf dem sich Alteisen haushoch türmte. Sofort kamen Arbeiter auf ihn zu und halfen ihm, den Pferdewagen zu entleeren. Sie wogen den Inhalt auf einer Plattform, die in den Boden eingelassen war. Eine altmodische mechanische Uhr mit Ziffern, die Paul nicht kannte, zeigte das Gewicht der Ladung an.

Ein Mann in schwarzer Kleidung kam hinzu, hatte einen Bogen Papier auf ein Klemmbrett geheftet, füllte die Felder darauf mit einer Paul unbekannten Schrift aus, unterschrieb und ließ Paul unterschreiben.

Die Tür zu einer der Hallen war weit geöffnet. Hitze quoll heraus. Pauls Blick schweifte, er sah, wie in Großöfen

197

Metallschrott geschmolzen wurde. Arbeiter mit Schutzkleidung liefen umher. Der Strom der flüssigen, rotorangenen Schmelze, die aus einer Rinne lief, blendete ihn derart, dass er die Augen abwenden musste.

Mit dem nun leeren Wagen fuhr Paul wieder zurück. An dem Dorf am See verlangsamte er die Pferde, die mit Macht zum Stall drängten. Der Stall lag am Rand der Siedlung in einem Verbund mehrerer Blockhäuser; etwa zwanzig Pferde in ihren Boxen standen darin. Vor dem Stall parkten Arbeitswagen mit leeren Ladeflächen, ähnlich dem Wagen, den er führte und kutschenähnliche Gefährte, die wohl der Personenbeförderung dienten. Paul hielt an, schirrte die Pferde aus und brachte sie in den Stall. Dann ging er in die Siedlung hinein. Er betrat ein Blockhaus mit etwa zehn Zimmern. Eines der Zimmer öffnete er mit einem Schlüssel. Das Zimmer war nicht groß, zwei Schränke und ein breites Bett stellten die Möblierung dar und durch ein kleines Fenster fiel der rötliche Schein der Abendsonne.

Paul zog sich aus, band sich ein Tuch um die Hüfte und ging in einen anderen Raum, wohl ein Gemeinschaftsbad mit vier Duschen und Waschbecken. Die Armaturen waren aus Messing oder einer ähnlichen Legierung, die Becken und Duschwannen aus einer Art Steingut; sonst ähnelte der Raum seinem Zimmer: alles aus Holz, Wände in Blockbauweise und der Boden aus Brettern gefügt.

Paul wusch sich, ging zurück und zog sich um. Er trug jetzt eine schwarze Hose und ein dickes, buntes Hemd mit einem Streifenmuster. Dann legte er sich auf sein Bett und ruhte sich für eine Weile aus.

Die Dunkelheit kroch nun durch das Fenster.

Er ging jetzt in die Mitte der Siedlung, zu einem großen Blockhaus, das die anderen Blockhäuser weit an Länge übertraf. Die Tür stand offen, er konnte Stimmengewirr und

Lachen wahrnehmen. Ein appetitlicher Geruch nach gebratenem Fleisch zog in seine Nase

Innen saßen Frauen und Männer an langen Tischen aus grobem Holz. Die Männer hatten ähnliche Kleidung an wie er, die Frauen trugen meist Hosenröcke und Blusen, die Blusen waren manchmal aus einer Art glitzerndem Seidenstoff gefertigt. Zwei große Kaminöfen strahlten Wärme aus. Über dem offenen Feuer zischten und brodelten auf Eisenplatten verschiedene Fleischstücke.

Die Tische waren einfach gedeckt. An jedem Platz standen ein Tonbecher und eine kleine Tonschale mit hölzernem Besteck. Paul setzte sich an einen Tisch, an dem mehrere Personen saßen, die ihn offensichtlich kannten, denn er wurde sofort lauthals begrüßt. Nach kurzer Zeit kamen Frauen und Männer und servierten ihnen auf einer Tonplatte das fertig gegarte Fleisch, jeweils eine Platte für jeden Tisch. Andere kamen herbei und stellten Schalen mit Gemüse dazu. Zum Schluss gingen junge Mädchen von Tisch zu Tisch und offerierten ihnen Getränke, eines von bernsteingelber und ein anderes von roter Farbe. Zusätzlich stellten sie Krüge mit Wasser auf den Tisch. Paul entschied sich für das gelbe Getränk. Es schmeckte fruchtig und süßlich, mit einer Note nach Rum. Es stieg ihm schnell in den Kopf; er wurde euphorisch und unterhielt sich immer schneller und lauter mit seinen Tischnachbarn.

Ein lautes Geräusch unterbrach sie. Eine Gruppe von Musikern hatte sich inzwischen auf einer Freifläche zwischen den Tischen aufgebaut. Es waren fünf Frauen und ein Mann. Der Mann hatte ein krummes, hornähnliches Instrument in der Hand, aus dem er gerade einen silbrigen, hellen Ton blies. Die Frauen hielten Saiteninstrumente in ihren Armen, bis auf eine Frau, die einen Satz Trommeln bediente. Pauls Wohlbefinden steigerte sich und als die Band zu spielen anfing, stand er auf und applaudierte. Neben dem Mann saß eine Frau, dunkelhaarig und schlank, etwa 25 Jahre alt, mit einem ausdrucksvollen Gesicht, das gleichzeitig Gelassenheit, Genuss und Ironie ausstrahlte. Sie spielte auf einem Saiteninstrument, einer Art Gitarre und warf Paul einen Blick zu, fröhlich und verstohlen zugleich. Der Mann mit dem Horn bemerkte ihn und suchte misstrauisch nach dem Adressat des Blickes; es gelang ihm jedoch nicht, weil die Frau den Blick sofort wieder abgewendet hatte, als sie das Misstrauen des Mannes bemerkte. Im gleichen Moment wurde Paul von einer Gefühlswallung überschwemmt, einer Mischung zwischen Freude und gespannter Erwartung.

Er wusste jetzt, dass er Leelas Seele gefunden hatte.

Die Musiker spielten zunächst eine Stunde. Alle sangen, auch die Frau mit dem Gitarreninstrument. Als sie sich zum Singen erhob, legte der Mann besitzergreifend seinen Arm um sie und fiel mit seiner Stimme ein, sodass ein Duett entstand. Ihre Musik gefiel Paul, obwohl sie einen fremdartigen Charakter hatte; am ehesten ähnelte sie Countrymusik. Als die Musiker eine Pause machten, ging Paul nach draußen und verbarg sich in der Dunkelheit.

Es dauerte kaum eine Minute, dann kam eine Gestalt auf ihn zu. Es war die Musikerin. Sie legte ihre Arme um Pauls Hals, sie küssten sich und flüsterten sich etwas zu. Paul spürte heftiges Verlangen, genauso, wie es damals bei Leela gewesen war. Nach kurzer Zeit gingen sie wieder hinein.

Später verließ er seinen Tisch. Seine Tischnachbarn machten Gesten, die ihn zu bitten schienen, noch zu bleiben, doch er schüttelte den Kopf und ging heim, in sein Zimmer. Er versuchte, etwas zu schlafen, doch die Erwartung auf das Kommende hielt ihn wach.

Etwa eine Stunde später wurde an sein Zimmer geklopft. Paul öffnete, die Frau schlüpfte in den Raum. Sie fielen sich in die Arme. Verlangen und Aufregung machten ihre Bewegungen unsicher. Sie stolperten sich zum Bett und glitten hinein. Sie rissen sich die Kleider vom Leib und versanken in leidenschaftlichen Umarmungen. Paul spürte jetzt Leela mit jeder Faser seines Körpers.

Nach der gemeinsamen Entspannung machten sie erschöpft halt, tauschten Zärtlichkeiten aus und flüsterten miteinander. Paul schien es, als sei die Zeit stehengeblieben.

Doch das war nicht der Fall. Irgendwann wurde die Frau unruhig. Sie stand plötzlich auf, gab Paul noch einmal einen langen Kuss und verschwand. Paul schlief jetzt ein.

Er erwachte am Morgen in seinem Schlafzimmer in der Bleibtreustraße. Von dem Traum war er fasziniert. Es schien so, als habe er sich in einen Zivilisationswechsel verirrt. Eine alte, überlegene Zivilisation schien niedergegangen zu sein und eine neue Zivilisation sicherte die Reste der Vorgänger, um sich eine neue Zivilisation zu erschaffen.

Paul wurde jetzt ganz plastisch bewusst, wie sich Zukunft in Vergangenheit fortsetzen könne, so wie es Leela und Ramesh Prasad ihm oft erklärt hatten. Er dachte an einen Ameisenhaufen. Man kann ihn zwar zerstören, doch die Ameisen fangen sofort wieder an, einen neuen zu bauen.

Und das Wichtigste: alles war so abgelaufen, wie er sich eine Wiederbegegnung mit Leela vorgestellt hatte!

Er konnte den Vorgang mit den beiden Kristallen jederzeit wiederholen, jedenfalls in diesem Leben.

Jessica fiel ihm ein. Mit ihr würde er über dieses Geheimnis niemals reden können. Es war zwar kein Fremdgehen, Leela würde zwar weiterhin seine Traumfrau sein, im wahrsten Sinne des Wortes, doch Jessica konnte es nicht einmal ertragen, wenn er an eine andere Frau überhaupt dachte. Er erinnerte sich an ihre Reaktion, als sie ihn einmal in der Bleibtreustraße besucht hatte und Leelas Kristall auf seinem Nachtschrank entdeckte. Er hatte ihr wahrheitsgemäß gesagt, der Kristall sei ein Andenken an sie, doch allein diese Bemerkung hatte dafür gesorgt, dass Jessica wütend die Wohnung verließ. Das Beste wäre es, beide Kristalle in Leelas Wohnung in Charlottenburg zu schaffen. Von der Wohnung wusste Jessica nichts, und dabei sollte es erst einmal bleiben.

Während er weiter über Jessica nachdachte, festigte sich seine schon lange angedachte Erkenntnis, dass es notwendig war, das Verhältnis zu ihr weiter zu entwickeln. Leela hatte recht gehabt. Paul war nun fast vierzig Jahre alt und seine Beziehung zu Jessica war stabil, jedenfalls im Moment, und wäre damals Leela nicht dazwischen gekommen, hätten sie jetzt bereits fast fünf Jahre zusammengelebt.

Doch Jessica war nicht Leela, zu seinem Leidwesen. Paul machte sich in Bezug auf Jessica nichts vor. Sie war anders als Leela, sie war Frau, ganz und gar.

Und früher oder später möchte jede Frau die Fortpflanzungsorgane erproben, die sich jenseits ihrer Vagina verstecken, Leela war da eine große Ausnahme, Jessica würde es nicht sein.

Sie würde wissen wollen, wie es sich anfühle, Nachkommen zu produzieren, den Schmerz ertragend, wenn sie sich durch den Geburtsweg zwischen ihren Beinen zwängen, sie zu liebkosen und mit sich herumzutragen, wie sie es in der Kindheit mit den Spielzeugpuppen erprobt hatte. Sie würde gemeinsam Kinderwagen fahren wollen, mit anderen Müttern, plappern, quatschen, vergleichen und eine schöne Mutter mit einem hübschen Kind sein wollen. Die Männer spielen in diesem Zusammenhang kaum eine Rolle.

Trotzdem. Es wäre es jetzt dringend an der Zeit, mit ihr eine Familie zu gründen, etwas Normales zu tun, wie es auch andere taten. Früher hatte er sich über derartige Dinge nie Gedanken gemacht. Doch je länger er darüber nachdachte, desto mehr wurden sie für ihn greifbar, sogar sympathisch.

Wenn Jessica aus Salzburg zurückgekommen war, würde er mit ihr darüber sprechen müssen. Paul machte sich in Bezug auf Jessica nichts vor. Er müsste über sich hinaus springen. Er würde ihr vorschlagen, sie sollten heiraten.

BERLIN, SONNABEND, DEN 18. MAI 2013

Das Café Einstein in der Kurfürstenstraße war nur halb besetzt. Die warme Witterung und eine einschmeichelnde Mailuft mit Einsprengseln von Sonnenlicht in einem blauweiß gefelderten Frühlingshimmel hatte dazu geführt, dass die meisten Besucher trotz unberechenbarer wolkentreibender Winde im Garten Platz genommen hatten, in frohem Optimismus, dass nicht ein plötzlich einsetzender Maischauer sie überschütte und in das Innere der Lokalität treibe. Jessica und Isabell hatten es dagegen vorgezogen, an einem der gewohnten Tische Platz zu nehmen, den konservativen, dunkelbraunen Stil der Örtlichkeit genießend, der sie schon so oft davor gerettet hatte, sich allzu heftig in ihren Gedankengängen zu verlieren.

Jessicas Stimmung hätte nicht besser sein können als an diesem Morgen. Isabell merkte, dass es eine außerordentliche Welle von Euphorie sein musste, mit der die Freundin ihren Verstand und ihre Sinne geflutet hatte. Das war nichts Neues, Jessica neigte stets zu Extremen und Wut und Trauer drückten sich bei ihr umgekehrt ähnlich aus, sie hatte es oft genug erlebt.

„Ich vermute, es geht um Paul!" Jessica nickte.

„Vermute mal weiter!"

„Aus oder was Neues?"

„Woher? Paul ist der Einzige und Echte, alles, was ich habe und für immer haben möchte. Und seit er aus Indien zurück ist, klappt alles so, wie ich es mir früher vorgestellt hatte, in jeder Beziehung. Endlich ist er verbindlich und zärtlich, in jeder Weise, ich fühle und genieße es. Und – stell dir vor – wir werden heiraten, er hat mir einen Antrag gemacht!"

„Herzlichen Glückwunsch!"

„Wir haben uns verlobt, Isabell!

Auf dem Frühlingsfest meiner Eltern, vor einer Woche! Alle haben geklatscht, etwas Schöneres hätte ich mir niemals vorstellen können."

Isabell hatte Probleme damit, ein paar unselige Neidgefühle wegzuwischen.

„Und wie geht es weiter?"

Jessica nahm einen Schluck Kaffee.

„Die Hochzeit soll Ende Juli, Anfang August stattfinden. Es ist zwar die heißeste Zeit des Jahres, doch gleichzeitig auch die mit der höchsten Wettersicherheit. Wir wollen auf alle Fälle draußen feiern. Es hat mich eine Menge Überredung gekostet, Paul davon zu überzeugen, in meinem Elternhaus zu feiern.

Wir haben doch den See und den Garten und wenn es unerwartet regnen sollte, könnten wir uns ins Haus zurückziehen. Platz ist genug da. Und mittlerweile gibt es in Berlin Caterer, die übertreffen manches Sternerestaurant."

„Und welchen Personenkreis willst du einladen?"

Jessica wippte mit ihren Beinen, die aus einem knappen Minirock herausragten.

„Familie natürlich, bei mir ist sie reichlich vorhanden, bei Paul weniger. Ein paar Kolleginnen und Kollegen vom Verlag kommen dazu, derartigen Anhang hat Paul nicht, außer Richard Wendler mit Familie. Mein Vater – der übrigens hocherfreut war, über unser Vorhaben und auch über den Ort, wo es stattfinden soll – hat dazu bemerkt, er müsse natürlich auch ein paar wichtige Geschäftsfreunde einladen. Ist mir egal, habe ich ihn angepatzt, Hauptsache, sie kommen nicht aus Indien."

Isabell lehnte sich zurück und lachte lauthals.

„Und selbstverständlich", Jessica beugte sich jetzt vor, „gibt es noch die eine oder andere Hauptperson, die wir einladen. Damit meine ich dich!" Isabell zuckte mit den Schultern.

„Tut mir leid, wird nichts daraus. Ich bin zu diesem Zeitpunkt nicht in Deutschland." Jessica zog ihre Augenbrauen hoch. „Wie das?"

„Na ja, hast du mal was vom arabischen Frühling gehört?" „Interessiere mich nicht für solche Dinge."

„Im Nahen Osten wirbelt zurzeit alles durcheinander – was heißt, zurzeit, ist wohl ein Dauerzustand. In Ägypten hat man einen Islamisten zum Präsidenten gewählt, der am liebsten die Scharia einführen möchte. Das gefällt dem Militär gar nicht, es mischt sich ein, nicht das erste Mal in Ägypten." „Und was hast du damit zu tun?"

„Der Sender rbb gehört zur ARD. Und die ARD hat ein Büro in Kairo, ihr größtes Büro im Nahen Osten, und möchte es wegen der aktuellen Ereignisse verstärken. Und wir sind dazu angehalten, unseren personellen Beitrag zu leisten. Dazu hat man mich ausgewählt, eigentlich ein Privileg und eine Treppenstufe auf der Treppe nach oben."

„Ist das nicht gefährlich?"

„Für mich eher nicht. Ich komme nicht in den Außendienst, sondern bleibe im Büro. Es bedeutet aber auch, dass ich in der nächsten Woche meinen Abgang aus Deutschland mache und erst im Herbst wiederkomme. Ich kann also nicht dabei sein, wenn du in dein Glück rennst." Jessica blieb einen Moment still und schaute betreten auf ihre Hände. Dann fasste sich wieder. Ihr Gesicht hellte sich auf.

„Nicht zu ändern. Weißt du was? Bevor wir von hier gehen, trinken wir noch ein Gläschen Sekt." Sie winkte der Kellnerin.

Es war ein heißer Tag Anfang Juli, als Jessica die Praxis ihres Frauenarztes in Wilmersdorf verließ. Die Aufregung

206

sorgte dafür, dass sie zunächst ihr Auto nicht wiederfand, das sie in der Nähe geparkt hatte. Als sie es entdeckte, öffnete sie sämtliche Fenster, das Schiebedach und beide Vordertüren, lehnte sich auf dem Fahrersitz zurück, holte Luft und schaute in den wolkenlosen Himmel.

Sie war schwanger! Es gab keinen Zweifel. Nachdem ihre Hochzeitspläne mit Paul gemeinsam durchgesprochen waren, hatte sie nicht mehr verhütet, mit Pauls vollem Einverständnis.

Es überwältigte sie. Die Gewissheit, dass jetzt in ihrem Körper ein neues Wesen heranwuchs, überforderte ihre Vorstellungskraft, obwohl sie sich eine Schwangerschaft immer gewünscht hatte.

Nachdem sie zur Ruhe gekommen war, schaute sie auf die Uhr. Es war jetzt Viertel nach fünf. Paul würde noch bis sechs im Laden sein. Sie startete das Auto. Paul sollte es als Erster erfahren.

Als sie den Laden betrat, war Richard Wendler allein. Sie begrüßte ihn und fragte nach Paul.

„Herr Voigt hat bereits vor einer Dreiviertelstunde den Laden verlassen. Er müsste längst zu Hause sein." Jessica rief an. In der Matterhornstraße meldete sich niemand.

„Dann könnte er in der Wohnung sein." Wendler deutete auf die Wendeltreppe. Jessica stieg hinauf. Auch hier war niemand.

„Wo könnte Paul sonst sein, Herr Wendler?" Wendler dachte nach.

„Vielleicht in der Wohnung von Frau Roy. Dahin fährt er manchmal und schaut nach dem Rechten." Jessica war es, als habe sie ein Blitz getroffen.

„Wieso das? Die Dame ist doch längst tot!"

„Natürlich. Die Wohnung gehört jetzt Herrn Voigt. Wussten Sie das nicht?"

„Woher? Kennen Sie die Adresse?" Wendler kam es vor, als hätte er sich lieber gerade in die Lippe gebissen. Er schrieb sie auf einen Zettel und reichte ihn Jessica.

„Gibt es Schlüssel?"

„Keine Ahnung. Wenn das der Fall ist, sind sie oben im Tresor."

Jessica rannte nach oben. Den Zahlencode vom Tresor kannte sie, Paul hatte ihn ihr neulich gegeben, für alle Fälle, sagte er. Sie durchsuchte ihn, neben Schriftstücken und Goldmünzen fand sie mehrere Schlüsselbunde. Auf einem der Schlüsselbunde hing ein Namensschild mit den Anfangsbuchstaben „L. R.". Sie nahm es an sich, lief nach unten, durch den Laden und knallte die Tür zu.

Richard Wendler kam es vor, als müsse er im Boden versinken, besser noch: er habe sich in Luft aufgelöst.

Als Jessica weiterfuhr, begann es in ihrem Kopf zu keimen. Eine Wut erster Güte entwickelte sich.

BERLIN, IM OKTOBER 2013

Jessica Andert und ihre Freundin Isabell gingen am Ufer der Krummen Lanke spazieren.

Der Waldsee, ungeachtet seines Namens und seiner ironischen Verquickung im Liedgut der Berliner, hatte sich über die Zeit seine unvergleichliche Romantik erhalten. Er nahm zu jeder Jahreszeit den Himmel auf, spiegelte ihn wider und leistete dazu einen weiteren Beitrag, indem er die Bäume an seinen Rändern durch ihr Blattwerk malen ließ, als wollten sie den Lauf des Jahres illustrieren. Nach der Kahlheit des Winters sprießten sie zum frühlingshaften Grün, dann entwickelte sich die Sattheit des Sommers, die sich schließlich zum Bunt des Herbstes wandelte, der langsam die Blätter zum Fallen brachte, an die Endlichkeit dieses Kreislaufes erinnernd, zugleich an seine Wiederholbarkeit.

Die flache Sonne blitzte golden und warf schwankende Schatten auf den Weg. Jessica schaute, wie die Blätter herabfielen und ein leichter Wind aufkam und sie ihr entgegen trieb, als wolle er ihren gewölbten Bauch füttern. Es war schwer für sie, ihre Traurigkeit zu überwinden, die gleichzeitig auch zu Sprachlosigkeit geführt hatte, sehr ungewöhnlich für sie. Isabell machte den Anfang.

„Ich hätte in Ägypten nie daran gedacht, dass sich alles so entwickeln würde, Jessica. Konnte man das in irgendeiner Form vorhersehen?"

„Nein", sagte Jessica müde. „Es gibt wahrscheinlich doch irgendetwas wie ein Schicksal. Es nahm damals seinen Anfang, als ich im Sommer zu Paul fuhr, in die Wohnung von Leela. Sie liegt in einem angesagten Teil von Charlottenburg, neben einem Kinderspielplatz. Ich parkte mein Auto, ging ins Haus hinauf und schloss auf."

„Und wie sah die Wohnung aus?"

209

„Wie Leela. Alles edel und minimalistisch, schwarz und weiß, geprägt vom Verzicht bis auf das Wesentliche. Es war ein Moment, in dem ich zum ersten Mal spürte, was Paul zu ihr hingezogen haben könnte. Nichts wies auf ihre indische Vergangenheit hin, bis auf ein Relief mit Rädern an der Wand, welches aus einem indischen Tempel hätte stammen können. Ich ging weiter, durch eine Tür, direkt in ihr Schlafzimmer. Es hatte ein einziges Fenster, das zu einem Hof mit Kinderspielplatz zeigte. Paul hatte es geöffnet, der Tag war sehr heiß. Der Krach der Kinder drang herein.

Ich sah ihn, wie er mitten in einem breitem Bett lag. Er schien tief zu schlafen, seine Atemzüge waren lang und regelmäßig. Alles nicht so schlimm, schließlich war er allein."

„Und warum hast du ihn nicht geweckt?"

„Wollte ich erst. Doch als ich in sein Gesicht sah, habe ich etwas bemerkt, was ich noch nie an ihm gesehen hatte. Es ist mir oft passiert, dass ich in Pauls Gesicht schauen konnte, während er schlief. Es war immer rührend. Zufrieden und entspannt sah er auch normalerweise aus. Doch jetzt lag etwas in seinem Gesicht, das ich nie zuvor in ihm beobachtet hatte."

„Und was war das?"

„Tiefes Glück. Ein so glückliches Gesicht habe ich in meinem ganzen Leben noch nie gesehen, schon gar nicht bei ihm. Ich spürte, wie die Wut in mir hochkroch. Und als ich mich umblickte, sah ich die Schälchen."

„Was für Schälchen?"

„Eine Art Kristalle. Habe ich dir doch schon erzählt! Er hatte einmal in meiner Gegenwart solch ein Rosenquarzschälchen weggesteckt, mit einer Bemerkung, es sei eine Erinnerung an Leela. Über dem Bett lagen zwei von den Schälchen übereinander. Ich habe sie genommen und aus

210

dem Fenster geworfen. Unter dem Fenster gab es eine geflasterte Fläche, auf der sie zerplatzten. Ich ging zurück. Paul wachte nicht einmal auf. Ich verließ das Haus."

„Und was passierte dann?"

„Zunächst einmal nichts. Ich schlich mich hinaus. Ich wollte Paul jetzt nicht mehr wecken, er hatte sowieso nicht gemerkt, dass ich gekommen war; der Krach vom Kinderspielplatz und sein tiefer Schlaf hatten ihn wohl unempfindlich gemacht. Ich setzte mich in das Auto und fuhr nach Hause."

„Weiter!"

„Paul ließ sich zwei Tage lang nicht blicken. So etwas war noch nie vorgekommen. Ich rief Wendler an, der berichtete, auch im Laden sei Paul nicht gewesen und die Wohnung in der Bleibtreustraße sei leer. Ich wurde unruhig und fuhr in Leelas Wohnung. Als ich ins Schlafzimmer kam, war es ein Schock. Paul hatte das Bett offensichtlich nicht verlassen, sondern lag ruhig und entspannt da. Ich befühlte seine Stirn. Er war tot."

„Du liebe Güte! Wie hast du das nur verkraftet?"

„Mir wurde schlecht. Ich musste mich festhalten, sonst wäre ich umgefallen. Dann kam der Weinkrampf. Der Boden im Zimmer muss nass gewesen sein, so habe ich geheult. Als ich einigermaßen zur Ruhe gekommen war, habe ich den Notarzt und die Polizei gerufen. Im Nu war die Wohnung voll. Man hat Paul weggeschafft. Die Polizei machte einen misstrauischen Eindruck. Warum soll jemand, der jung und kerngesund ist, plötzlich über Nacht sterben? Es ist verrückt, doch ich hatte mich wohl verdächtig gemacht, denn ich war die Letzte, die ihn lebend gesehen und die Erste, die ihn gefunden hatte. Man hat ihn obduziert. Paul ist an einer Gehirnblutung gestorben. So etwas kann jedem von uns passieren. Ein schöner Tod für ihn selbst,

211

doch eine Katastrophe für die Angehörigen. Dann kam alles andere. Wir haben Paul auf dem Waldfriedhof in Zehlendorf begraben. Ein paar Tage später meldete sich sein Rechtsanwalt. Paul hatte vor kurzem ein Testament abgefasst und mich zur Universalerbin eingesetzt. Mir gehören jetzt die Wohnung und der Laden in der Bleibtreustraße, die Villa in der Matterhornstraße, eine Menge Bargeld, verteilt auf mehrere Banken, und, so verrückt es klingt, Leelas Wohnung in Charlottenburg. Auf diese Weise habe ich die Wohnung von meiner Vorgängerin, sagen wir besser mal: Zwischengängerin, geerbt."

„Was machst du damit?"

„In der Matterhornstraße werde ich bleiben. Den Laden in der Bleibtreustraße hat Richard Wendler gemietet, in der Wohnung wohnt jetzt sein Sohn. Und was ich mit Leelas Wohnung in Charlottenburg mache, weiß ich noch nicht. Ach Isabell, nimm mich doch einmal in den Arm!"

Als sie sich lösten, sagte Jessica leise:

„Wenigstens gibt es die Chance, dass ich ein Stück von Paul demnächst wiederbekomme."

Sie strich sich über den Bauch.

„Wird es ein Junge?" Jessica nickte.

Die Bäume an der Krummen Lanke, die wie sonst zu jeder Jahreszeit ihren Beitrag zur einschmeichelnden Romantik des Sees beitrugen, wirkten auf einmal anders. Es sah gnadenlos aus, wie sie ihr Laub weiter fallen ließen, wie eine Uhr des Schicksals.

212

WYOMING, NORTH LARAMIE RIVER RANCH.
IM SOMMER 2098

Es war sehr heiß. Der Geländewagen von Matthew Collins näherte sich den Farmgebäuden. Collins hatte das Verdeck halb geschlossen, damit ihm die Sonne nicht so sehr auf den Kopf schien. Der Wagen nahm die unebenen Wege der Farm mit spielender Leichtigkeit, dafür sorgte der automatische Ausgleich der Räder untereinander. Der eingeschaltete Autopilot sorgte dafür, dass er seine Sinne auf das Geschehen ringsum konzentrieren konnte.

Die Farm bestand aus etwas mehr als 20 000 Hektar Weide- und Ackerland. Früher hatte man sich fast ausschließlich auf Rinderhaltung konzentriert, das war den Umständen geschuldet. Die Rinderhaltung war damals weniger kompliziert als der Ackerbau. Die Rinder standen ganzjährig auf der Weide und die fortlaufende Arbeit erstreckte sich darauf, die Zäune zu reparieren, die Herde zu kontrollieren und sich um genügend Wasser für die Tiere zu kümmern. Für das Futter sorgte die Natur, besonders das eiweißreiche Gras, wie es im südlichen Wyoming von allein wuchs. Für diese Arbeiten reichten um die zehn Mitarbeiter.

Ein paarmal im Jahr musste man die Personenzahl verstärken. Die Rinder mussten zusammengetrieben, durch eine Desinfektionsrinne geschickt und tierärztlich untersucht werden. Kranke Tiere wurden aussortiert und eine Weile behandelt. Gleichzeitig sonderte man das Schlachtvieh aus, das auf einem abgesperrten Korral auf die Lastwagen wartete, die es zum Schlachthof transportierten. Doch der breitflächige Anbau von Getreide wäre noch wesentlich personalintensiver gewesen.

Heute war es umgekehrt. Der Getreideanbau funktionierte automatisch. Matthew hatte zwei Drittel der Fläche der

213

Farm mit Weizen und Mais bebaut – was heißt er, das machten die Maschinen. Die Flächen waren so ausgerichtet, dass gleichzeitig je vier Maschinen Einheiten von etwa dreitausend Hektar bewirtschafteten. Es waren Giganten. In jeder Einheit gab es eine sogenannte Wartestation. Hier standen die Maschinen, die ständig an das Stromnetz der Farm angeschlossen waren. Einige Maschinen bearbeiteten die Böden, andere hatten Verbindung mit Silos hinter der Station, welche mit Düngemitteln und Mitteln gegen Krankheiten und Schädlinge gefüllt waren. Natürlich waren dies nur Mittel, die sich nach langen Testreihen als für die Umwelt unschädlich erwiesen und nach kurzer Zeit vollständig abgebaut waren. Sensoren im Boden und ein Bewässerungsnetz steuerten das Geschehen und bestimmten, wann die Maschinen ausrückten.

Für Aussaat und Ernte sorgten weitere Maschinen, welche in einer weiteren, größeren Wartestation standen und einmal im Jahr die gesamte Ackerfläche der Farm versorgten. Im Frühjahr kam eine Firma und befüllte die Silos der Saatmaschinen mit Saatgut, das die Maschinen in die Ackerflächen einbrachten. Zur Erntezeit rückten Erntemaschinen aus, ernteten das Getreide und schafften es selbständig in Großsilos, die in Sichtweite der Farmgebäude standen. Hier holte es schließlich eine Vertragsfirma ab. Alles wurde über Programme digital gesteuert.

Das Kontrollzentrum befand sich im Hauptgebäude der Farm. Aufgabe von Matthew und zwei weiteren Mitarbeitern war es, die Abläufe zu beobachten und einzugreifen, wenn nötig. Das kam selten vor und ließ sich zumeist vom Zentrum aus regeln. Selbst die Wartung der Maschinen funktionierte vollautomatisch. Auf diese Weise konnten drei Menschen die Äcker der gesamten Farm bewirtschaften.

Die Viehhaltung hingegen war personalintensiver. Zwar gab es auch hier viele Erleichterungen. Beispielsweise brauchte sich niemand mehr um die Zäune kümmern, weil man die mechanischen Zäune durch ein System von Laserzäunen ersetzt hatte.

Die Bereitstellung von Wasser war ebenfalls kein Problem mehr. Im wasserarmen Wyoming hatte man über Jahrzehnte ein derartig intelligentes System der Wasserversorgung ersonnen und installiert, dass das Wasser der Flüsse zu jedem Ort und zu jeder Farm in der Menge geleitet wurde, wie man es benötigte.

Doch das Vieh musste immer noch mindestens zweimal im Jahr zusammengetrieben werden. Das erledigten jetzt Lockstoffe, welche die Tiere automatisch in die dafür vorgesehenen Flächen lenkten. An der sich anschließenden Desinfektion und Sortierung hatte sich nicht so viel geändert; nach wie vor traten hier Menschen in Aktion, vorwiegend Tierärzte, die auf der Farm als Saisonkräfte arbeiteten. Das Schlachtvieh wurde auf einer speziellen Fläche abgesondert und von der Schlachtfirma abgeholt. Sie kam mit langen Lastzügen und führte die Tiere in einzelne, gekühlte Boxen. Zwang war nicht nötig, weil man die Tiere vorher mit speziellen Sprays beruhigt hatte. Was später mit ihnen passierte, wusste Matthew nicht und verdrängte es wohl auch. Er beruhigte sich damit, dass jeder Schlachtbetrieb bis in den letzten Winkel hinein von den Behörden und den Tierschutzverbänden kontrolliert wurde.

Lauren, seine Frau, mochte das alles nicht. Sie sprach in diesem Zusammenhang von „Todeszellen" für die Tiere und versuchte, ihren Mann von der Viehhaltung abzubringen. Bislang ohne Erfolg.

Es war in erster Linie die Tradition der Farm, die ihn abhielt, darauf ganz zu verzichten. Seit fast zweihundert

Jahren hatte die Familie Collins hier erfolgreiche Rinderhaltung betrieben. Allerdings war er vor einem Jahrzehnt auf Bisons umgestiegen. Diese amerikanischen Büffel hatten sich seit Tausenden von Jahren hervorragend an die Vegetation Wyomings angepasst und lieferten ein hochbegehrtes Fleisch, welches weltweit Höchstpreise erzielte. Zudem hatte man durch Gentechnik Rassen erzeugt, die ihre Wildheit weitgehend verloren hatten und sich gut zur Farmhaltung eigneten, ähnlich wie Rinder.

Die Gentechnik war lange Zeit so angefeindet worden, dass sie sich erst in den letzten vierzig Jahren hatte durchsetzen können. Man war lange der Meinung, der Mensch müsse in seinem Ersinnen gestoppt werden, wenn er Dinge ausführen wolle, die sich missbrauchen lassen. In der Vergangenheit – er musste hier den Kritikern recht geben – hatte es das auch oft genug gegeben, man denke nur an die Nutzung der Kernenergie. Doch das war noch lange kein Grund, menschliches Forschen und dessen Umsetzung zu behindern. Im Falle der Gentechnik machten es die Menschen ähnlich wie die Evolution, eben nur gesteuert. Und die planmäßige Züchtung von Pflanzen und Tieren lief im Prinzip auch so ab, jedoch viel langsamer. Doch hier war ebenso Missbrauch betrieben worden, man denke nur an die sogenannten Qualzüchtungen bei Haustieren.

Aber der gewichtigste Grund für die Durchsetzung der Gentechnik war der medizinische Fortschritt, den sie ermöglichte. Mithilfe der Gentechnik wurde es möglich, vorher unheilbare Krankheiten zu heilen oder zu stoppen und kranke Körperteile zu ersetzen.

Generell war der Verbrauch von Fleisch seit Jahrzehnten gesunken, Fleisch wurde allmählich zu einer Delikatesse, die man sich selten leistete. Also hatte – abgesehen von der Haltung von Milchvieh – auch die Tierhaltung abgenommen, was der Umwelt zugutekam und die Verbreitung der Wildtiere begünstigte.

Matthew Collins kam vom Einkauf in Casper zurück. Er hatte den Geländewagen mit Lebensmitteln vollgepackt, die auf der Farm nicht produziert wurden. Fleisch, Gemüse und Obst gab es genug auf der Farm; um den Gemüsegarten kümmerte sich Lauren, der das Gedeihen der Pflanzen besonders am Herzen lag. Im Klima Wyomings mit seiner starken Sonneneinstrahlung wuchs alles prächtig.

Die abgelegene Lage der Farm brachte es mit sich, dass man zum Einkaufen entweder zum etwa 50 km entfernten Casper oder zur noch etwas weiter entfernten Hauptstadt Cheyenne fahren musste. In Wheatland, der nächstgelegenen Kleinstadt, gab es nur wenig zu kaufen.

Doch die Fahrt machte ihm nichts aus. Im Gegenteil, er liebte die rauhe Landschaft seiner Heimat mit ihren Ebenen und Bergen. Der Blick schien maßlos in die Weite zu schweifen; steinige Flächen mit spärlichem Bewuchs zeigten sich und in der Ferne reckten sich begrünte Hügel empor, welche die Wolken einzufangen schienen. Ab und zu tauchten ein paar Rinder oder ein einzelnes Farmhaus wie aus dem Nichts auf.

Er erreichte nun die Farmhäuser der North Laramie River Ranch. Das Hauptgebäude mit dem Wirtschaftsbereich war noch nicht alt, Matthews Vater hatte es vor zwanzig Jahren gebaut. Das Wohnhaus der Collins dagegen befand sich im alten, historischen Farmgebäude nebenan, stammte aus der Zeit der vierziger Jahre des zwanzigsten Jahrhunderts und war aus Holz, wie alle Gebäude der Farm. Es hatte als einziges Haus auf der Farm ein ziegelrotes Satteldach, das in freundlichem Kontrast zu seinem leuchtend weißen

Anstrich stand. Alle anderen Häuser auf der Farm hatten Pultdächer.

Matthew stellte das Auto in einen Carport, räumte es aus und trug alles in das Gebäude. Um sein Fahrzeug brauchte er sich nicht kümmern, der Akku des Elektromotors lud sich automatisch auf.

Die drahtlose Übertragung von Energie über weite Wege war eine der wichtigsten Erfindungen der letzten fünfzig Jahre gewesen. Auf diese Weise konnte das Gewirr von Stromleitungen, das Wyoming früher durchzog, nach und nach abgebaut werden. Stromleitungen benötigte man nur von den Fusionsreaktoren zu den Stationen, die unter der Erde lagen und den Strom drahtlos in die Haushalte einspeisten.

Strom war seit einigen Jahrzehnten nahezu kostenlos verfügbar. Dafür sorgte die Kernfusion von Wasserstoff zu Helium, die Masse zu Energie umwandelte, wie Albert Einstein es vor langer Zeit physikalisch beschrieben hatte. Es war der gleiche Vorgang, wie er in der Sonne tagtäglich stattfindet und die Entstehung des Lebens auf der Erde erst ermöglicht hatte. Doch die technische Umsetzung war schwierig gewesen und es hatte über sechzig Jahre gedauert, bis der erste brauchbare Fusionsreaktor entwickelt wurde. Diese Reaktoren hatten den Vorteil, dass der Brennstoff, nämlich Wasserstoff, nahezu unbegrenzt verfügbar war und nur geringe Strahlung entstand, die leicht in den Griff zu bekommen war. Zudem fielen keine Endprodukte an, deren Entsorgung Probleme machte, wie bei den Atomreaktoren, die auf Kernspaltung beruhten. Auch musste man zur Stromerzeugung nicht fossile Ressourcen wie Kohle oder Gas angreifen. Dadurch war auch das Problem der Anreicherung von Kohlendioxid in der Atmosphäre gelöst, welche sich auf das Weltklima auswirkt. Im Gegenteil, heute war Kohlendioxid ein wichtiger Grundstoff, den man brauchte, um Kohlenstoff und Sauerstoff zu erzeugen, beides Substanzen, die bei der industriellen Produktion eine wichtige Rolle spielten. Durch ähnliche Verfahren wie die Fotosynthese, die man sich bei den Pflanzen abgeschaut hatte und den Zugriff auf die reichlich vorhandene Energie der Fusionsreaktoren war dies möglich geworden.

In den zwanziger Jahren hatte die Erde vor einem Wendepunkt gestanden.

Die Weltbevölkerung betrug mehr als sieben Milliarden und wuchs noch weiter. Auch das Wirtschaftswachstum wuchs ungebremst weiter. Dadurch stieg der Verbrauch der Rohstoffe an, über welche die Erde nur begrenzt verfügt. Ein weiteres Problem war die Entsorgung der Abfälle in Industrie und Haushalten, besonders in den unterentwickelten Ländern; giftige Substanzen reicherten sich in den Böden und im Meer an. Der massenweise Verbrauch von fossilen Brennstoffen führte zudem zu Klimaveränderungen mit ständig ansteigenden Temperaturen, Unwettern und Missernten.

Das größte Problem der Überbevölkerung waren Pandemien, die viele Menschenleben kosteten und die Wirtschaft lahmlegten.

Als ob nichts gewesen sei, lebten die Menschen in den Tag hinein. Sie arbeiteten nicht nur für Wohnung und Unterhalt, wie es seit Jahrtausenden gewesen war, sondern immer mehr auch für ihr Vergnügen; eine enorm wachsende Industrie sorgte dafür, dass die Menschen Spaß hatten oder sich bespaßen ließen, besonders durch Reisen in fremde Länder. Die Flughäfen quollen über vor Flugzeugen und durch die Meere schwammen gewaltige Kreuzfahrtschiffe mit Tausenden von Passagieren. Niemand brauchte das alles.

Doch das traf nur auf einige reiche Länder zu. Die Mehrheit der Menschen lebte in armen Ländern, konnte sich Derartiges nicht leisten und musste mit wenig auskommen. So entstand Neid und der führte wiederum zu enormen Flüchtlingsproblemen oder sogar zu Kriegen. Auf diese Weise entwickelte sich in vielen, selbst in den reichen Ländern, wieder der Nationalismus, der im zwanzigsten Jahrhundert zum Tod von fast hundert Millionen Menschen geführt und den man für überwunden gehalten hatte. Zum Glück erkannte jetzt eine Anzahl von Ländern, dass die Menschen dabei waren, die Erde in eine Katastrophe zu führen. Nach langen Beratungen schlossen sie einen Vertrag mit den Vereinten Nationen und änderten deren Verfassung. Die Reduzierung des Bevölkerungswachstums war die wichtigste Aufgabe.

Ebenso sollte das Industriewachstum begrenzt und mit dem bisherigen schrankenlosen Kapitalismus Schluss gemacht werden. Man führte eine gewisse Lenkung ein, indem man die Produktion von Waren und Dienstleistungen beschränkte, die nicht gebraucht wurden oder Probleme bereiteten oder man führte Luxussteuern für solche Produkte ein.

Auch in der Abfallwirtschaft gab es ein Umdenken. Man erkannte, dass Materie nicht vergeht, sondern nur der Verwendung entzogen wird, indem sie nach Verbrauch ungünstig verteilt wird. Also führte man ein Recyclingsystem ein, das nahezu hundert Prozent der Abfälle der Wiederverwendung zuführte und auf diese Weise auch die Umwelt schonte. In der North Lamarie River Ranch kamen sämtliche Abfälle zusammen in geschlossene Container, die regelmäßig von autonom gesteuerten, fahrerlosen Elektrofahrzeugen abgeholt und zu Fabriken gebracht wurden, die automatisch trennten und zum Schluss wiederverwertbare Materialien lieferten. Alles machten Industrieroboter, keine Menschenhand war dabei.

Weiterhin musste global abgerüstet werden, um die immer noch drohende Kriegsgefahr abzuwenden. Im Gegensatz dazu mussten die Truppen der Vereinten Nationen aufgerüstet und mit mehr Machtfülle ausgestattet werden, damit sie bei drohender Kriegsgefahr eingreifen konnten. Dies war ein Vorgang, der nur allmählich machbar war und Jahrzehnte dauerte.

Schließlich war es nötig, dass es zwischen armen und reichen Ländern zu einem Ausgleich kam. Die reichen Länder mussten an die armen Länder abgeben. Auch im Inneren mussten die Länder in dieser Weise etwas tun, sonst bestand die Gefahr, dass der Abstand zwischen der normalen Bevölkerung und den wenigen Superreichen immer größer wurde, was dazu führen konnte, dass diese faktisch die Macht im Staat übernahmen.

Solche Maßnahmen waren zwar in der Vergangenheit immer schon angedacht worden, konnten aber nie durchgesetzt werden. Jedoch zu diesem Zeitpunkt war die Gelegenheit günstig gewesen.

Die Einführung der Kernfusion war eine außerordentliche Chance, weil sie außerordentlichen Wohlstand versprach. Doch der Bau von Fusionsreaktoren gestaltete sich derart kompliziert und schwierig, dass dazu nur ein paar wenige Länder in der Lage waren und es auf unabsehbare Zeit sein würden.

Und so geschah etwas wie ein Wunder der Geschichte.

Diese Länder einigten sich darauf, dass nur solche Länder Reaktoren bekommen sollten, die an den vorher genannten Maßnahmen teilnahmen.

Natürlich gab es zunächst heftigen Widerstand. Doch nach und nach trat ein Land nach dem anderen bei und innerhalb von zwanzig Jahren machten alle mit. Auch die Rolle der Vereinigten Nationen wandelte sich. Der Völkerbund, vorher eine Art Vermittlerinstanz, wurde zu einer Kontrollinstitution, besaß wesentlich mehr Macht und ein viel umfangreicheres und gut ausgebildetes Militär.

Die Anzahl der Menschen sank auf sechs Milliarden, denen es gut ging. Die Umwelt und das Klima erholten sich, der alte Artenreichtum der Pflanzen und Tiere kam wieder. Zwar verschwanden exorbitanter Luxus und Reichtum, doch die Menschen hatten alles, was sie brauchten und mehr. Nur in Nordafrika und Vorderasien gab es noch Gegenden, in denen es manchmal brodelte; dann griffen die Vereinten Nationen sofort ein und hatten keine Schwierigkeiten, weil die Gebiete demilitarisiert waren.

Er lebte in einer glücklichen Zeit, dachte Matthew.

Er betrat das Wohnzimmer des Farmhauses. In seiner Größe erinnerte es an eine Halle. Es war sehr geräumig und strahlte Behaglichkeit aus, vorwiegend durch den großen offenen Kamin, den Blickfang an der Stirnseite. Vor dem Kamin stand eine lederne Sesselgruppe. An den Wänden gruppierten sich Jagdtrophäen. Zwei riesige ausgestopfte Bisonköpfe flankierten ihn; sie stammten von seinen Vorfahren aus einer Zeit, in der die Jagd auf Bisons noch erlaubt war. Ringsum hingen Geweihe von Wapitihirschen und Gabelböcken und das Fell eines Grizzlybären. Der Kamin diente mittlerweile nur optischen Zwecken und wurde betrieben, um dem Raum durch sein Feuer eine anheimelnde Note zu verleihen; geheizt wurde mit dem überall preiswert verfügbaren Strom. In der Mitte des Raumes stand ein schwerer langer Esstisch, den zwölf breite Lehnstühle umringten. Ein Gewehrschrank, ein Bücherschrank und ein Schrank für Geschirr vervollständigten das Bild; der Raum

222

war bewusst spärlich möbliert und wirkte durch seine Fläche.

Die Fenster zur Eingangsseite hatte man klein gehalten. Sie erinnerten daran, dass die Winter in Wyoming sehr kalt werden können. Zum Garten hin hatte Matthew eine große Fläche verglasen lassen, einmal, um mehr Licht in den Raum zu bringen und auch, um den Blick auf Terrasse und Garten zu öffnen. Er öffnete die Tür und trat auf die Terrasse. Sofort schlug ihm warme Luft entgegen, denn in der Wohnhalle war es kühl gewesen.

Dahinter erstreckte sich der Ziergarten mit dem Pool. Ein Teil des Gartens, in dessen Mitte der Pool lag, war mit kurzgeschorenem Rasen bedeckt. Die anderen Flächen hatte Lauren als Präriegarten gestaltet. Verschieden hohe Präriegräser, manche blühend, wechselten ab mit Grüppchen von niedrigen Kiefern, Tannen und Espen.

Matthew erblickte seine Frau. Sie trug einen Bikini und lag neben dem Pool auf einer breiten Liege, die mehreren Personen Platz bot. Matthew schaute zu ihr hin. Als sein Blick über ihren Körper wanderte, streifte ihn angenehmes Begehren. Sie bemerkte es und lächelte ihn an.

Lauren war jetzt einundfünfzig Jahre alt, zwei Jahre jünger als er. Ihre jugendliche Figur hatte sie sich über die Zeit erhalten und sie zeigte einen sonnengebräunten, festen Körper. Sie musste erst vor kurzer Zeit im Pool gewesen sein und hatte ihre nassen Haare zurückgeworfen. Im trockenen Zustand trug sie sie lang und leicht gelockt; sie waren dunkelblond, mit hellen Strähnchen und nur wenigen grauen Haaren.

„Komm auf die Liege, Matt!", rief sie ihm zu. Matthew nickte, ging wieder ins Haus, zog sich um und kam in Badehose wieder heraus. Er legte sich neben sie.

Auch Matthew hatte sich gut gehalten. Er trieb viel Sport, schwamm und spielte Tennis, auf diese Weise hatte er sich einen schlanken und muskulösen Körper bewahrt. Sein dunkelbraunes Haar war noch voll, wenn auch von grauen Stellen durchsetzt.

Sie führten miteinander eine glückliche Ehe. Als Matthew jung war, hatte er wenig Gelegenheit, Mädchen kennenzulernen, bedingt durch die abgelegene Lage der Farm. Die einzigen Möglichkeiten dazu gab es in Wheatland, wo er zur Schule ging oder bei Familienfesten.

Mit achtzehn Jahren hatte Matthew die Farm verlassen, um Farmwesen und Wirtschaftswissenschaften zu studieren und zog zu diesem Zweck nach Denver, Colorado. Denver überwältigte ihn, denn er war noch nie in einer amerikanischen Großstadt gewesen. In Wyoming gab es nur Kleinstädte und selbst die Hauptstadt Cheyenne hatte nicht mehr als 40 000 Einwohner. Die Collins reisten nicht viel. Die Farm band sie fest und sie verbrachten meistens auch ihre Freizeit dort; selten fuhren sie weit weg und typische Urlaubsreisen kannten sie nicht.

Das war früher einmal anders gewesen. Die gute Ertragslage der Farm hatte dazu geführt, dass Matthews Vorfahren mehrmals im Jahr weite Reisen unternahmen. Strandurlaube in Florida oder Kalifornien waren normal und manchmal fuhren die Männer zur Jagd nach Kanada oder sogar nach Afrika. Auch Reisen nach Europa und sogar Weltreisen gehörten zum Programm. Das gab es in dieser Form nicht mehr, obwohl die Farm noch genauso viel abwarf wie früher.

Seit etwa dreißig Jahren hatte sich das Verhältnis der Menschen zum Tourismus gewandelt. Man erkannte, dass der schrankenlose Massentourismus der zwanziger Jahre die

224

Welt so negativ veränderte, dass man dagegen etwas tun müsse.

Damals verbrauchten die Autos und der aus dem Ruder gelaufene Flugverkehr einen Großteil der fossilen Brennstoffreserven, ohne jede Notwendigkeit. Unnütze Dinge wurden gebaut wie Wohnwagen und Wohnmobile, die meistens standen und nur zu einem Bruchteil der Zeit genutzt wurden, alterten und schließlich mit viel Aufwand entsorgt werden mussten. Freilich brachte der Tourismus auch Geld in ärmere Länder, doch er erzeugte andere Übel: Kriminalität, Umweltverschmutzung und den Neid der einheimischen Bevölkerung. Unter dem Strich diente er also nicht der Völkerverbindung, sondern eher der Entfremdung.

Die Nutzung der Kernfusion hatte zwar die Energieprobleme gelöst und auch die Umweltproblematik hatte man inzwischen im Griff. Doch die anderen negativen Folgen des Tourismus blieben. Matthew erinnerte sich an ein altes Bild, das er einmal gesehen hatte: ein Kreuzfahrtschiff mit achtzehn Stockwerken fuhr dicht an der alten Lagunenstadt Venedig, einem Kulturerbe der Menschheit, entlang, die Türme der Stadt gigantisch überragend.

Doch das größte Problem des Tourismus war die unabwendbare und explosive Verbreitung von Seuchen.

Aus diesem Grund hatten die Vereinten Nationen ein Programm verwirklicht, das zur Eindämmung des Tourismus führte. Auf Zugfahrten und Schiffsreisen wurden hohe Steuern erhoben, die umso höher waren, je weiter die Reise führte. Ebenso für die Unterkünfte, Hotels oder Ferienwohnungen. Ein Auto mit Elektroantrieb besaßen alle, der Akku musste aber auf Reisen aufgeladen werden. Die Ladestationen erkannten die Herkunft des Autos und berechneten die Stromkosten nach der Entfernung vom Herkunftsort: je weiter der Herkunftsort entfernt war, desto höhere Steuern

225

berechneten sie. Für Geschäftsreisen gab es Ausnahmen. Besonders hohe Kosten fielen bei Reisen zwischen den Kontinenten an. Es war noch nicht möglich, große Passagierflugzeuge mit Elektroantrieb zu bauen, deshalb waren Flugzeuge die einzigen Fortbewegungsmittel mit herkömmlichen Verbrennungsmotoren. Der Sprit wurde ausschließlich synthetisch hergestellt und hoch besteuert. Eine etwas preiswertere Möglichkeit ergab sich, wenn man mit dem Schiff reiste. Es gab zwar schon Schnellschiffe mit Elektroantrieb, doch sie konnten nicht so viel Strom speichern, wie er für eine Interkontinentalreise benötigt wurde. Hier verwendete man die Brennstoffzellentechnik mit Wasserstoff als Treibstoff. Eine Atlantiküberquerung dauerte auf diese Weise drei Tage.

Vor Flug- und Schiffsreisen mussten sich alle Passagiere einer gründlichen Gesundheitsprüfung unterziehen; während der Einschleusung blieben sie zu diesem Zweck einen Tag in speziellen Hotels, die man auf dem Gelände der Häfen errichtet hatte. Das Gleiche passierte bei der Rückkehr. Derartige Reisen mussten immer am Ausgangspunkt beendet werden; Gabelflüge waren verboten.

Die Medizin hatte es zwar geschafft, innerhalb von Tagen gegen jedes neu auftretende Virus einen Impfstoff zu entwickeln, es blieb jedoch der Vorbehalt, dass eines Tages eine Virenmutation auftreten könne, gegen welche die herkömmlichen Methoden machtlos sein könnten.

In Denver hatte Matthew Lauren getroffen, die wie er auf einer Farm aufgewachsen war. Ihr Elternhaus lag in der Nähe von Colorado Springs. Er erinnerte sich genau.

Es geschah bei einer Tanzveranstaltung in der Universität. Sie saßen sich zunächst an einem Tisch gegenüber und redeten miteinander. Aus einem ihrer Blicke entnahm er, dass sie Lust habe, zu tanzen. Er führte sie auf die Tanzfläche. Als sie sich in den Armen hielten und anschauten, traf es beide wie der Blitz. Es war, als habe ein Gefühl der Wiedererkennung bei ihnen eingeschlagen. Ihre Körper kamen ihnen seltsam bekannt vor und es schien ihnen so, als blickten sie durch die Augen in ihre Seelen.

Von diesem Tag an blieben sie zusammen. Nach dem Studium heirateten sie und Lauren zog auf die North Laramie River Ranch. Nach dem Tod von Matthews Eltern führten sie zunächst mit Matthews Bruder Ben die Ranch. Ben heiratete später und zog aus Wyoming fort, weil er die Ranch seiner Schwiegereltern in Montana übernehmen wollte.

Lauren und Matthew hatten zwei Kinder, die längst ausgezogen waren.

Ihr ältestes Kind, Rose, machte zurzeit ein Praktikum auf der Ranch von Laurens Familie. Sie hatte wie Lauren und Matthew in Denver studiert und würde später in ihr Elternhaus zurückkommen, um die Farm zu übernehmen. Vor kurzem hatte sie geheiratet.

Matthew junior war unverheiratet und lebte in New York. Er arbeitete in der Unterhaltungsbranche und bereitete Auftritte von Künstlern in der gesamten USA vor. Er reiste viel geschäftlich, und wenn er in der Nähe von Wyoming zu tun hatte, besuchte er sein Elternhaus. Nächste Woche würden sie ihn sehen, seine Firma hatte ihn für die Betreuung des Konzertes einer Popband in Billings, Montana, vorgesehen.

Matthew schwitzte, die Sonne setzte ihm zu. Er blickte zum Pool, der türkisfarben in der Sonne schimmerte. Das Wasser lockte ihn. Er sprang auf und warf sich hinein.

Lauren, die etwas eingedöst war, bekam Spritzer ab, erwachte und setzte sich auf.

„Komm herein, damit du nicht verschmorst, Lauren", rief er.

„Ich war gerade eine halbe Stunde im Wasser!" Sie lachte ihn an. Schließlich machte sie mit. Sie schwammen und spielten sich müde, wie kleine Kinder. Dann gingen sie wieder auf die Liege. Matthew öffnete einen Sonnenschirm und Lauren holte Limonade, Gläser und Eiswürfel. Während sie tranken, wurden sie schläfrig. Sie streckten sich aus, nickten für kurze Zeit ein und versanken in Gedanken, jeder für sich.

Lauren wurde wieder wach.

Sie verschränkte ihre Arme hinter dem Kopf und schaute Matthew an.

„Ich habe etwas Seltsames geträumt, Matt!"

„Eben gerade?"

„Nein, letzte Nacht." „Erzähle."

„Es war ein langer Traum. Es ist wie immer in meinen Träumen, ich kann ich mich nur an Bruchstücke erinnern. Diesmal waren es ungewöhnlich klare Bruchstücke.

Mein Traum spielte in einer Sommernacht. Ich kann sogar den Ort benennen. Es muss Berlin gewesen sein, Berlin in Deutschland."

„Woher willst du das wissen? Du bist doch noch nie da gewesen!"

„Du weißt wie ich, dass die Innenbereiche europäischer Großstädte schon lange zum Weltkulturerbe erklärt worden sind. In ihnen hat sich seit den letzten sechzig Jahren nichts geändert. Berlin habe ich am Stil der Straßen und Häuser, am Fernsehturm, dem denkmalgeschützten Bahnhof an dem Fluss Spree und anderen Dingen erkannt. Außerdem wurde in dem Traum Deutsch gesprochen. Ich verstehe kein

Deutsch, aber das Wort „Berlin" habe ich herausgehört. Ich befand mich erst in einer Galerie, zu einer Vernissage. Es war sehr voll. Ich kannte viele Leute und sprach mit ihnen. Irgendwann ging die Tür auf und – du wirst es nicht glauben – du kamst herein, Matthew. Du hattest eine schwarze Hose und ein schwarzes Hemd an. Und dann war da etwas mit Griechenland, ich weiß nur nicht mehr, was." Entgeistert schaute Matthew sie an.

„Es war ein Grieche, der ausgestellt hatte, irgendwelche bunten Bilder. Und es gab griechisches Essen. Du sahst sehr schick aus und hattest einen seidenen schwarzen Hosenanzug an." Nun war es an Lauren, die Fassung zu verlieren.

„Woher weißt du das?"

„Weil ich etwas ähnliches geträumt habe. Ich war im Traum auch in der Galerie. Wie ging es weiter?"

„Weiß ich nicht. Ein paar Visionen habe ich noch. Zwei geschminkte Frauen mit Glatzen waren dabei. Dann stand ich plötzlich draußen, mit dir."

„Du hattest reichlich Schnaps getrunken und wolltest eine Weile zu Fuß gehen, um wieder nüchtern zu werden, Lauren. Nun setzt es bei mir aus. Meine nächste Erinnerung ist ein Kanal, an dem wir entlang gelaufen sind."

„Dann fülle ich die Lücke. Draußen war es warm, viele Menschen liefen die Straßen entlang. Auf den Straßen fuhren altmodische Autos, ausschließlich mit Verbrennungsmotoren. Ich muss in eine Zeit geraten sein, die mehr alsr achtzig Jahre zurückliegt. Wir gingen eine belebte Straße entlang, in der es mehrere Theater gab. Dann kamen wir zu dem Bahnhof mit dem Fluss, dessen Bild ich schon einmal gesehen habe. Kurz danach überquerten wir eine breite Allee, an der geschmückte Linden standen. Die Straße endete in einem Viertel, das etwas amerikanisch aussah, nur dass die Häuser nicht so hoch waren wie in einer amerikanischen Stadt. Später kamen wir zu einem Kanal, über dem eine Bahn entlang fuhr. Ich hörte Geschrei und Geschimpfe. Dann setzte meine Erinnerung aus."

Matthew übernahm das Wort.

„Es war ein Pärchen, das sich stritt, ein ziemlich übles. Wir gingen weiter und erreichten einen Platz, an dem ein großes Kaufhaus stand. Es wurde wieder sehr voll, die Menschen in ihrer altmodischen Kleidung saßen vor den Restaurants und Bars, ich hörte Musik. Ich wurde müde. Was danach passierte, weiß ich nicht mehr."

„Dann helfe ich dir weiter, Matt. Mir ging es gut, ich war wieder wach und unternehmungslustig. Wir gingen weiter, nicht mehr so weit. Du hast mich in eine Bar gelotst und wir haben getanzt und getrunken, bis mitten in der Nacht. Später gingen wir zu einer Wohnung, die offensichtlich dir gehörte. Man musste durch einen Laden gehen und eine Wendeltreppe hinaufsteigen, um sie zu erreichen. Dann legten wir uns zu Bett."

„Haben wir miteinander geschlafen?"

„Wohl nicht. Wir schliefen in verschiedenen Zimmern. Doch als ich aufwachte, lag ich in deinem Bett und hatte einen schwarzen Slip und einen schwarzen BH an. Ich schaute noch einmal an mir herunter. Der Slip und der BH waren weg, du weißt ja, dass ich immer nackt schlafe. Und ich war nicht mehr in Berlin, sondern ich lag in unserem Schlafzimmer in der Ranch."

„An den Slip und den BH kann ich mich nicht erinnern. Ich wachte heute Morgen so mit dir auf, wie du es beschrieben hast. Wir sind gemeinsam vom Traum in die Wirklichkeit geglitten. Hat dir der Traum gefallen, Lauren?" Sie nickte.

„Ich hoffe, dir auch. Es ist verrückt. Wir haben beide den gleichen Traum geträumt, doch unterschiedliche Bruchstü-

230

cke davon. Sie passen genau zusammen. Wenn man sie verbindet, ist der Traum komplett."

Sie schwiegen einen Moment und dachten nach. Matthew sagte:

„Weißt du, was mir im Kopf herumgeht?"

„Woher soll ich das wissen, Matt?"

„Wir könnten doch einmal eine große Europareise unternehmen, wie meine Vorfahren. Dann machen wir in Berlin Station und versuchen, genau den gleichen Weg entlang zu gehen, wie wir es im Traum getan haben."

„Können wir uns das leisten?" Matthew schmunzelte.

„Nicht jedes Jahr, aber einmal im Leben schon. Und wenn es nicht klappen sollte, ist es auch nicht so schlimm. Wo man nicht hinkommt, kann man sich hinträumen. Das ist auch ganz schön."

231

STEINREISEN. Die Freunde Hartmut und Stefan wachsen in einer Provinzstadt auf. Nach ihrer Berufsausbildung versuchen sie, in ihrer Heimatstadt Fuß zu fassen. Doch sie scheitern. Stefan wird Oberarzt in Berlin und Hartmut arbeitet in Köln in einer Immobilienfirma. Plötzlich verschwindet er. Seine von ihm schwangere Freundin Elke wendet sich verzweifelt an Stefan. Zwischen ihnen entwickelt sich eine Liebesbeziehung. Nach langer Zeit finden sie Hartmut wieder. Der Schlüssel ist ein Stein, den er in seinem Elternhaus aufbewahrte.

BoD ISBN 983743 136526

SAXOPHON. Der Student Marcus spielt seit seiner Kindheit Saxophon. In Paris lernt er die Sängerin Anna kennen, mit der er zusammen mit anderen Musikern durch Südfrankreich tourt. Beide entwickeln eine Spielweise, in der das Saxophonspiel von Marcus und Annas Gesang miteinander verschmelzen. Gleichzeitig gehen sie eine Liebesbeziehung ein. Als sie feststellen, dass sie vermutlich nah miteinander verwandt sind, machen sie sich auf die Suche nach ihren Wurzeln. Ihre Reise in die Vergangenheit führt sie in das turbulente Westberlin um 1968 – in eine Zeit voller Aufregungen und Gefühle wie die wirbelnden Klänge des Saxophons.

IMPRINT ISBN 978-3-945597-05-7

RIEDHAUS. In der Leineniederung bei Neustadt steht in einer einsamen Gegend ein einfaches Haus. Es wurde zwischen den Weltkriegen erbaut und ist Begegnungsstätte für mehrere Großfamilien. Im Mittelpunkt der Gemeinschaft stehen die Freundinnen Friederike und Stefanie, die eine jüdische Großmutter hat. Mit ihrem Freund Christoph besucht Stefanie einen Bekannten aus der Gemeinschaft in Namibia. Hier passiert etwas, das ihr Leben einschneidend verändert. BOD ISBN 9-783750-4808-10

DER ALLTAG IST MAKABER. Ein Chirurg plant einen Eingriff, ein Pfarrer eine Beerdigung. Eine Politikerin feiert ihren Geburtstag. Das sind alltägliche Dinge, die hier in einer plötzlichen und ungeahnten Weise zu skurrilen Situationen führen, denn die Menschen in diesen zehn, meist satirischen Geschichten, verhalten sich unterschiedlich, je nach Temperament und Charakter. Ihre Reaktionen reichen von stoischer Ruhe, hektischer Betriebsamkeit bis hin zu jähem Entsetzen. ImPRINT ISBN 978-3-945597-01-9

SCHOKOKUCHEN UND MILCHREIS.
Hildesheim, in den fünfziger Jahren.
Vier Kinder wachsen in der Oststadt
auf. Der im Krieg gering zerstörte
Stadtteil ist ihr Spiel- und Lebens-
raum. Marlene ist dunkelhäutig, die
Mutter alleinerziehend. Als Heran-
wachsende verlieben sich Marlene
und Rainer intensiv. Vor dem Abitur
trifft Rainer auf Angela, die schwan-
ger wird. Unter dem Druck der Eltern heiraten beide. Am
Studienort Göttingen bauen sie eine stabile Familie auf.
Marlene zieht mit der Mutter zum Vater in die USA. Nach
Jahren kommt sie zurück und trifft auf Rainer, es wird
dramatisch… Der Roman spiegelt die Verhältnisse in der
Nachkriegszeit authentisch wider.
BoD ISBN 9 783753459875